曼陀罗悬疑馆

给您最好看的原创悬疑小说

《女神探希娃》系列悬疑推理小说　25

Vanishing Point

失踪迷雾

[英]帕特丽夏·温沃斯　著

肖颖　译

贵州出版集团
贵州人民出版社

图书在版编目（CIP）数据

女神探希娃·失踪迷雾 / [英]帕特丽夏·温沃斯著　肖颖译—贵阳：贵州人民出版社，2019.6

ISBN 978-7-221-15290-9

Ⅰ.①女…　Ⅱ.①帕…②肖…Ⅲ.①推理小说－英国－现代Ⅳ.①I561.45

中国版本图书馆CIP数据核字（2019）第086960号

女神探希娃·失踪迷雾

[英]帕特丽夏·温沃斯/著　肖颖/译

总 策 划　陈继光
责任编辑　陈继光
特约编辑　Echo
封面设计　源画设计
出版发行　贵州人民出版社（贵阳市观山湖区会展东路SOHO办公区A座）
印　　刷　长沙鸿发印务实业有限公司（长沙市黄花工业园3号）
版　　次　2019年6月第1版
印　　次　2019年6月第1次
印　　张　10
字　　数　200千字
开　　本　880mm×1230mm　1/32
书　　号　ISBN 978-7-221-15290-9
定　　价　36.00元

她来了，女神探希娃小姐

《女神探希娃》（中文版）系列悬疑推理小说序

日本“侦探推理小说之父”江户川乱步曾说过：“要写出堪称一流的文学作品，却又不失去推理小说的独特趣味，是非常困难的事情。但是，我并不完全否认成功的可能性。”不得不说，这种可能性在《女神探希娃》系列悬疑推理小说中得以完美实现。

众所周知，第一次世界大战和第二次世界大战之间这段时期，被称为是西方侦探小说的“黄金时代”。当时，仅英美两国，就出现了数以千计的侦探小说。阅读侦探故事已不仅仅是有钱阶级的一种消遣，下层阶级的人也竞相阅读起来，这无疑刺激了侦探小说作家们的创作热情。于是，密室杀人等罪案侦破题材被大家争相追捧，“谋杀案”逐渐成为了每一部小说必不可少的元素。人们热衷的不仅仅是善恶的斗争，罪犯的作案手法和动机才是被关注的重点。在那段时间里，侦探小说作家们绞尽脑汁，创作出了一部部令人拍案叫绝的优秀作品，不少别具一格的侦探形象也由此而诞生，并流传于世。

《女神探希娃》系列小说的作者帕特丽夏·温沃斯，一生亲历两次世界大战，历尽人间疾苦。她的丈夫在第一次世界大战的军舰沉船中丧生。为了养活三个儿子和一个女儿，帕特丽夏拖着病弱之躯，开始废寝忘食地进行创作，没想到一举成名，家喻户晓，成为英国密室杀人小说的开山鼻祖。是她，将密室杀人小说的模式发扬光大，使它成为最引人瞩目的一种推理类型。帕特丽夏也因此成为英国推理小说界的代表人物，与“侦探小说女王”阿加莎·克里斯蒂双姝并列。《女神探希娃》是帕特丽夏最为成功的系列小说，故事情节惊险曲折，引人入胜，构思令人拍案叫绝，赢得了英国民众的喜爱，在英国媒体《每日电讯》和犯罪文学协会举办的公众评选投票中名列前茅。不仅如此，该系列小说在美国、德国、法国、荷兰、意大利、葡萄牙等国家也广为流传，并跻身于各国畅销书排行榜前列。

希娃小姐是帕特丽夏塑造得最为成功的一个人物形象，说她的影响力不亚于“神探福尔摩斯”也不为过。初次拜读该系列的原版小说时，我便对小说中那个优雅老练、有点另类还带点神经质的女侦探希娃小姐的形象产生了莫名的好感。希娃小姐只是一名普通的退休家庭女教师，却干起了私人侦探的工作。她为人彬彬有礼，讲话时总是爱引用丁尼生勋爵的诗句，看起来弱小而又无害，这恰恰成为她与受害人亲属打成一片的便利条件，情报总是来得异乎寻常的轻松。她心思极其机敏，但外表波澜不惊，喜欢在倾听与案件相关的描述时有条不紊地摆弄针线活，而往往在她眼神流转之间，案情便已见眉目。这种平和安静的气场，却暗藏着出其不意的震慑力，让她自如地奔走于警察局以及名门大宅之间。不管是谎言、伪装、杀机，还是试探，在她面前都无处遁形。

生活的百般苦难使帕特丽夏洞悉了生而为人的种种原罪——贪婪、傲慢、怨恨、残暴……因而造就了她笔下人物的血肉灵性。

如果说阿加莎·克里斯蒂是心理博弈与气氛营造的大师，那么帕特丽夏·温沃斯则是剖析人性与密室设计的专家。《女神探希娃》系列悬疑推理小说，记录了种种离奇的谋杀案件，它的主角常常是柔弱的女子，身处亲情、爱情、友情的种种旋涡之中，挣扎、徘徊、抗争。小说的背景往往设置为英国的上流社会，涉案人物大抵有着复杂的身世，特权阶层中的尔虞我诈、钩心斗角，金钱腐蚀下人性的贪婪与不堪被帕特丽夏刻画得入木三分。财富与亲情，孰重孰轻？爱情与婚姻，是否等价？情感与金钱的矛盾，人性与智慧的较量，均在作品中表现得淋漓尽致，令人读时兴致盎然，读后意犹未尽。

《女神探希娃》系列悬疑推理小说，全套共32册，由于种种原因，一直湮没在历史的长河中，未曾整体翻译引进到中国内地，实为憾事。此次，应广州原典纪文化传播有限公司之邀，我主持翻译了《女神探希娃》系列小说中文版，并得到了贵州人民出版社策划部主任陈继光老师的大力支持，在此深表谢意。同时，也要感谢参与本书翻译的诸多译者，感谢他们为全球华文读者奉献了一套风格迥异、独具特色的推理小说典范。

让我们在美好的阅读时光中,记住这位神奇的女侦探:莫德·希娃!

郑榕玲

二〇一八年五月于广州

目录

第一章
心事重重

扫码听本章节
英文原版朗读音频

罗莎蒙德在阴暗的树林里走着。她的头顶是光秃秃的枝丫，脚下的土地松软潮湿，秋风卷落了一地的枯叶，铺成了厚厚的地毯。一连几天，雨都下个不停，枯黄的树叶浸满了雨水。她一路走过，脚下悄然无声。树林坐落在花园的最深处，只要她经过森林入口那两棵大橡树，似乎就能把那所房子和门口的小路甩到五百英里①开外。眼不见，心不想，只要看不见，心就不会被悲哀占据。这句话是亘古不变的真理。若是看不见路，何须在乎它通向何处？若是看不见房屋，又何须在乎何人在此居住？克鲁曾是一个大家族，一度拥有名望与财富。而莉迪亚·克鲁生不逢时，因未曾享受家庭的荣耀，整日郁郁寡欢，哀悼家族逝去的一切。无论是克鲁家族的先辈、莉迪亚·克鲁，还是在此后出生的人，比如罗莎

① 英制长度单位。1英里约为1609米。

蒙德和简妮·麦克斯韦尔，一旦身处这片森林，一切都不重要了。这里不是那栋房子，这里不需要乖顺、规矩和卑躬屈膝，这里没有什么过去和未来。这里只有一片泥土、茂密的树林，以及上方的穹顶。所以对罗莎蒙德而言，在这片树林里散步，可以将她从日常的生活中抽离。通常，每日六点她便起床开始忙碌，几乎整日不得片刻停歇。往往经过繁忙而漫长的一天，她回到卧室便会倒头大睡。正是如此，她找到了能暂时逃离这种生活的方法，她要抓紧这片刻的光阴，享受当下的逃离。她知道，如果不是能有这片刻的闲暇，她早就崩溃了。她必须离开，去一个不需要她回应铃声，不需要她写信、采购，到处忙碌才能使一切事情有序进行的地方。她必须得离开……

可有一个人，她始终无法抛下——那就是简妮。她在丛林里走着，不知不觉就想起了简妮。她想象着简妮在身边，光秃秃的枝丫和黑沉沉的夜衬着她金色的秀发，画面可笑又可爱——因为简妮讨厌在潮湿的树林里散步。简妮喜欢温暖、彩色与光明，她喜欢各种声音与音乐，喜欢明亮的火焰。她永远无法理解为什么罗莎蒙德要抛开这一切，穿过潮湿的花园，到那片孤寂的丛林里散步。不过她想得通，在她看来，成年人总是会做一些奇怪的事情。如今，她已经决定了等成年以后自己要做些什么。她并不想一直留在乡村，这是她第一次为自己做决定。她想要离开这里去伦敦，她要住进一间顶楼的公寓，要坐落在最高的房子里。她要在电梯里体验快速升降的刺激。无论何时，只要你想，就可以按下按键，那种感觉就像在飞行。她要写畅销书，赚好几千镑，那时，她的腰也不再是她的拖累，所以每晚她都要去跳舞，她要穿上世界上最美的裙子。当然，她会把一半的钱分给罗莎蒙德，因为罗莎蒙德肯定会在她身边。她不能没有罗莎蒙德，至少现在是这样，除非等她真正成年，到十七八岁的时候。虽然到那时也不过五六年，可这等待成年的时日在她看来，却显得格外漫长。

罗莎蒙德在树林的一端，看着黑色的枝丫映衬在灰暗深沉的天空下构成了美丽而繁复的图案。她已经静静地在这里站了许久。忽然，一只小小的、毛茸茸的小动物从她的鞋子上蹿了过去，一只白色猫头鹰像一团白云一般飞了过来，悄无声息。它以极快的速度俯冲而来，又飘走了，什么也没留下。远方隐约传来了村庄教堂的钟声，已是六点了。她深深地吸了一口凛冽、潮湿的空气，向两棵大橡树走去，又回到了每日忙碌的生活中。

第二章
不速之客

她从一扇侧门走进屋来，穿过一条黑暗的走廊，来到了大厅。大厅里只有一只孤零零的灯泡，散发着微弱的光。大壁炉空荡荡的，像一个黢黑的山洞。楼梯在幽暗的客厅深处。在侧门上有许多插销，像是要把犯人关在屋内，又像要把别人拒之门外。在简妮写的故事里，常常提到这扇门，她心里有些害怕这扇门，还有那些在客厅墙壁上阴暗的先辈们。肖像画上的他们垂着眼，静静地注视着客厅，注视着这个他们曾走动过、谈笑风生的地方，这里曾有他们的爱与恨。

当然，这些只是简妮自己的想法，并不是罗莎蒙德的。因为一旦走出了森林，罗莎蒙德就没有闲暇去胡思乱想了。大厅幽暗是因为电太贵了。在莉迪亚·克鲁女士看来，安装电灯已经耗费了相当大的财力，所以她特意强调，要少用电灯，最好不用。这个家里有多少钱？除了莉迪亚·克鲁，谁也不知道问题的答案。这栋房子倒是正常运转，但目前她没法儿支付一笔比较体面的工资。可家里的旧家具要擦拭，旧银具要清洗。于是村里有几个姑娘白天会来当用人。但无论是她们，还是一直在厨房干活儿的博得太太，总是不太能达到她要求的标准。于是就轮到了罗莎蒙德，她必须处理好一切用人们未尽的职责和未完成的事。

正当她穿过大厅的时候，沉重的前门传来了一阵敲门声。如果门铃响了，博得太太应该听得到，或者说她没有听到吗？即便敲门声让她有些压力，她依然固执地认为，去开前门不是她应该做的。这里本来应该有一个管家，至少要有一个女仆来做这件事。过了一会儿，她才意识到确实只有她去开门了。她很惊讶，堂堂罗莎蒙德小姐竟然得去开门。她从不去开门，她不知道会发生什么。在她看来，她才不会低三下四到这种地步，可她怎么也没想到还会有这么一天。

罗莎蒙德也明显察觉到了自己的情绪，但她知道，门铃之前应该已经响过很久了，此刻外面的人拼命地敲门，就是为了让屋里的人听到。她拉开大门上的门闩，想着究竟是什么人在门外。因为大凡知道这栋房子布局的人，都会绕行走到西面的房间去。那边是莉迪亚·克鲁的房间，也是罗莎蒙德和简妮住的地方。

她打开门，看见了克雷格·莱斯特。他的身后，似乎停着一辆车。微亮的天色映衬出他那件厚重的夹克下高大、结实的身躯。他沉默了一阵，魁梧的身躯有些压抑。他的眼神和站立的姿态有些奇怪，好像有什么话要说，却说不出口。这是她打开门的第一感觉，但这种感觉马上就消失了。

他开口了，嗓音低沉动听。

“这里是克鲁大宅吗？”

或许只是一个问路的人。但显然他并不是，因为她的“是”还没说出口，他就急不可耐地问起了简妮！

“我是来拜访简妮·麦克斯韦尔小姐的。”

“简妮？”她问。

“你不是简妮，对吧？”

他并不认为她是，这显而易见，而随后她的“嗯，不是”也印证了他的猜想。

她侧着身子说话，手依旧搭在门上。借助门口的微光，他发现她的身后并没有灯，他可以清晰地看到她的脸颊。他可以确认，自己确实没有判断失误。他其实并不指望她是简妮·麦克斯韦尔，他也不知道她到底是谁，但他可以确定，她就是照片里的人。她还没说话的时候，那高挑而优美的身材、深色的发束，还有举手投足，无一不向他印证了这点。他站在昏暗的门前，看着她此刻浸在门厅昏黄暮色中的脸颊。这好比是水里的倒影，他只能透过更亮一些的光线，来猜测倒影的颜色。她的双眼被阴影遮蔽了，看不清，或许是棕色的，也可能是灰色，又或者是深蓝色。上方的那双眉毛正如照片里一样独特，高高扬起，又斜转直下，显出一张坚毅的脸庞。照片里的那个女人应该有一张更宽厚丰满的嘴唇，以及轮廓分明的脸和颧骨，可这双高挑的眉毛绝对不可能是别人，绝对不是之前给他写信的简妮·麦克斯韦尔的。他说道："抱歉，现在来拜访有些迟了，但我正好从这条路经过，希望可以见见她。其实我本来可以早些过来的，但在之前的路上车轮胎被扎破了，后来我又在这边弯弯曲曲的小道上迷了路。"

她往后退了一步。

"你是说简妮？"

"简妮·麦克斯韦尔小姐。她难道不是住在这儿吗？"

"是吧。"

她的声音里带了一丝疑惑。一个毫无关系的陌生男子顶着夜色前来，还说想见简妮。这样的事情听起来好像有点不可思议，但这件事就发生在她眼前。她直率地开口问道："我是她的姐姐，罗莎蒙德·麦克斯韦尔，你能不能告诉我为什么想见简妮呢？"

他很喜欢这种直率，回答："她给我写信了。"

"简妮给你写信了？"

他点点头，问道："她没有跟你说过吗？"

"没有，她没说……"

"那你也不知道我是谁？"

他拿出一张名片递过来。她低头看名片，上面写着"克雷格·莱斯特先生"。在这行字的下面，有一行用铅笔添上的另外一个名词——佩瑟顿。

罗莎蒙德明白了，又往后退了一些，手放开了门。他跨过大门，顺手将身后的门关上了。

"你是佩瑟顿出版社的人？简妮给出版社写信了？"

他哈哈大笑。

“我好像泄露了一个秘密！不过她年纪不大，对吧？”

罗莎蒙德说：“简妮十二岁，这件事她应该告诉我的。我在想，我们去哪里聊聊。你也看到了，这个房子的很大部分已经废弃了，所以很冷。我的舅祖母有自己的房间，简妮和我那边有一个小客厅。我还是想先和你谈谈，如果你不介意这儿有点冷的话。”

他顿时来了兴致，他要接受她的提议，到一个和北极一般冷的房间去，此前他已经做好了充足的准备。他跟着她穿过昏暗的大厅，来到绵延的楼梯下方，那里有一扇房门正开着。

她扭开了头顶上那盏唯一的吊灯，房间里的光景瞬间映入眼帘。房间很小，因年代久远，原本象牙色的护墙板几乎变成了咖啡斑似的颜色，油画上也已出现了裂缝，浅色的碎花地毯有好几处磨损。整个房间是一种惨淡的白色，这是他的第一印象。窗帘和帘幕上绣有花纹，尽管已经稍有染色，但还是能使人想象出那往昔的光彩。镜子的边框是金色的，但已经发黑变色了，玻璃也暗淡无光，只能映照出雾气一般的一团影子。屋里的旧瓷器让壁炉台锦上添花，“威廉玛丽”式壁柜弥散着 17 世纪风情，窗户之间的花边圆桌造型优雅，这些都一尘不染，尽显铅华。只有一双审美的眼睛才能体味出房间散发的那种闲适的情调。克雷格·莱斯特就有这么一双审慎犀利的眼睛。只是扫视一下房间，他便明白了许多。

罗莎蒙德在他的注视下坐下了，就坐在那把本来她让给他坐的大扶手椅上。他注意到，她的眼睛确实不是棕色和灰色，而是像他之前想象的那种深蓝色。对此，他很满意。但是，她面色灰白，跟房间的颜色一样。她的双唇本该红润一些，脸颊也本该有气色一些。她体态瘦削，脸颊映衬出的线条纤细，微微下垂。她的衣着破旧，下面穿着旧呢布裙子，上身套一件旧的蓝色套头毛衣，脚上是一双厚底便鞋。鞋子看起来像是打湿了，头发也湿漉漉的。而他却穿着温暖舒适的外套，这让他突然间心生羞耻。她该不会就穿着这些出门吧？但同时他几乎确定她就是这么穿出门的。

看到她这样，他几乎是脱口而出："你在这儿不会觉得很冷吗？"

"应该是你觉得冷。我还有一件外套，你呢？如果你就这样穿着出门，外面一件衣服也不套……"

她微笑的时候给人一种与众不同的感觉，是什么呢？他一时想不到用什么词描述。过了一会儿，他想到，应该是"善意"。

她又说道："在花园的尽头，那儿有一片树林，我喜欢在里面走一走。"

"黑漆漆的？"

"嗯，是的，这样很放松。"

他当时就看出来了，她很累。正是因为累，她的脸色很苍白。他的心中忽然燃起了一股熊熊的怒火，对于自己这样的反应，他大为震惊。他有一种感觉，他一开始只是心血来潮的突发之想，但接下来要变成危险的尝试了。他沉默不语，因为觉得没有什么可说的，不然就是他刚刚说得太多了。到这里来是一件极荒唐的事，也或许是他这一生中做过最明智的事。

她看着他，有点惊讶，又有点疑惑。房间里开了灯，她才看清了，他确实如她刚刚开门的时候见到的一样。他的身材比一般人宽厚、强壮，身上那件沉重的粗花呢外衣显得他的体格更为健壮。他的脸也很宽，棱角分明，皮肤黝黑。他的头发也是深色，非常茂密，剃得非常短，所以并不是很卷，但也不是完全不卷。他有双深色的眼睛，一双深色的眉毛，但眼神却显出愤怒。她觉得自己不太可能会冒犯到他，但现在看来她似乎确实是冒犯到他了。可她只说了屋里很冷，还有在树林里走走之类的话。不过她为什么要说这些话呢？那片树林是她的秘密天地，在那里她可以思考自己的问题，有私人的空间。她不知道为什么要对克雷格·莱斯特说这个，也不知道为什么这竟能使他感到不快。她的想法全写在了脸上，有疑惑，还有一丝胆怯。接着，她说道："你是想谈谈简妮的问题？你说，她写信给你了？"

他阴郁的脸色顿时消散了，眼里含着笑意。她喜欢他笑着的时候弯弯的眼角。

"她寄了一些自己的作品给我们。"

"哦……"她的声音很轻柔，透着些许惊愕。

"她写了一封很翔实、措辞恰到好处的信。她没有说自己的年龄，毕竟，商业信件里不会写这些。整封信的风格大概是这样的：本人简妮·麦克斯韦尔小姐向诸位先生表达本人的敬意，在此附上手稿，恳求佩瑟顿诸位先生对此加以考虑。"

罗莎蒙德瞪大了眼，嘴唇动了动。

"天哪，"她惊讶极了，接着说，"这是我舅祖母写商业信的口吻，一般是她说我写。她写的后半部分的口吻，像极了舅祖母。之前有一次因为租约的事，她给她的律师去信，当时她就说，恳求律师先生能对此加以考虑。”

他仰着头，哈哈大笑起来。

她立即担心地问道：“见到简妮的时候，你不会笑话她吧，莱斯特先生？她很骄傲，而且敏感，写作对于她来说真的意义非常重大。如果你笑话她的文笔，她真的会非常沮丧。这样的情绪对她是不利的。你也知道，她两年前遭遇了一场很严重的车祸。起初他们以为她可能会死，后来她并没有，但在他们看来，她可能再也站不起来了。”

他观察到她的脸绷得紧紧的，睫毛上挂上了泪珠。他准备开口，她伸出手阻止了他。

“我也不知道为什么会说这些，但现在他们改变了想法。舅祖母把我们带到这里，简妮在这儿过得很好。她现在能走一点路了，他们说她会恢复如初的，但得有一个平静、规律的生活，还要保持情绪舒畅。如果她担忧或者情绪低落，她的情况可能又会坏起来，所以不能让她担心和难过。而现在能让她感到开心的最重要的一件事就是写作。你应该明白，她的生活很沉闷。这儿也没有别的孩子，即便是有，她也不可能真的站起来和他们一起玩。但当她拿起笔的时候，就好像进入了另外一个世界。在这个世界里，她可以找到自己的同伴，可以做任何她因为那次事故而不能做的事情。你不知道我有多么欣慰，我……”她忽然停下了，看着他，满脸通红，她的眼神黯然失色，双眼闪着泪光，继续说，“你不会笑话她，也不会说什么打击她的话的，对吧？”

他立即回答：“不会，当然不会。但我怕……”

“我不是说她寄给你们的文章就得发表。你们肯定不会发表，因为她年纪太小了。但是如果你能说些什么……”

他忍俊不禁。

“啊，确实有很多想说的！在现阶段，她确实有很多是摘录别人的内容，盗取别人的劳动果实。但时不时，也会有一些原创内容。如果她想开始观察，把观察到的用自己的话写到纸上的话，”他做了一个手势，“我也不清楚，但她可能是在某种阶段。写作这行有少年现象，情况非常复杂。我见过五六岁的一个孩子写出了五六行文采飞扬的诗，但都是一些片段，没成篇章。这种现象通常出现在他们幼儿到上学之前这段时期。上学后，学校教育会磨钝他们的感情。实际上，那个年龄段的每一个孩子都能做到，他们很多都能写出原创的作品，但一旦进了学校，创作就结束了。‘群羊效应’会开始影响每个人，在集体里，每个人都和其他人一样，并不是世界上最可怕的事情。简妮已经过了那个年龄，但她在群体之外，所以如果真的有文才，应该会保留下来。”

她的身子朝他的方向靠了靠。

“莱斯特先生，你对她的作品的真实想法是什么？”

“我刚刚已经说了。你呢，你自己是怎么看待的？”

“她不把她的作品给我看。我刚刚说了，她很骄傲。她不愿意被批评，而且不管我说什么，她总是知道我想的。”

“如果她以后会成为作家，那么她必须得面对批评，而且得经得起批评。”

她直言不讳地说：“如果她会成为作家……你不明白吗？这正是我想知道的。她除了我，没有别人。我想知道我应该要怎样去鼓励她。如果她能和其他孩子一样做所有的事情，那写作这件事也不会在她的心中占据这么重要的地位。我应该鼓励她把写作当作事业还是……”

他说道：“还是？”他看到她的脸忽然红了。

“不，没有什么还是。我不能给她泼冷水，不能剥夺她的爱好，她不能接受。”

他发现他能感同身受，而不是冷眼旁观，妄加批评。他们两人此时的讨论很激烈。好吧，所以呢？他想他或许是把对面的人当作一个男人了。他说话了，带着谨慎：“我没法儿给你答复，因为，正如我刚刚说的，这件事情成不了。我不明白为什么这个会困扰你。目前为止，没有任何内容能够出版。现在你唯一能做的，就是让她保留自己的思想，继续写下去。最终，她和我们所有人都会明白，她究竟是不是写作的这块料。同时，要确保她阅读的是优良的作品，不要在垃圾作品上消耗了自己的品位。我想，这个屋里应该有个跟这个房间一般的图书室吧？”

她露出了一丝苦笑：“都是一些老掉牙的书了。”

他又笑了：“要读斯科特、狄更斯，还有其他维多利亚时代的作家。”

“她不会读的。”

“那就不要给她别的书，除非她看这些。不要给她看垃圾书籍。

如果看不到这些垃圾书了，她对于书籍的渴望就会落到这些有益的书上去。顺便问一句，她平常都看些什么书？算了，你不用告诉我，我知道，内容都是类似于‘他在她的唇上印下了深深的一个吻。她哭喊：我的爱人，我的爱人！’。”

她的深不见底的双眼瞪得圆圆的。

“天哪，这是她写的？”

他咧着嘴笑。

“还有很多跟这个类似的，但她仅在一处写了一个苦涩的吻，其他的地方都是类似于‘咸咸的泪水流到了唇边’。这句应该不是抄袭的。”

“但是，她写作不应当是这样的内容。我是说，这只是抄袭的话，倒也没有什么，但如果这是她自己想出来的……”

他只感觉一股意料之外的愤怒情绪又涌了上来。她悲伤的表情令人觉得难过和遗憾。她明白流泪时的吻吗？

她带着一丝不确定，说道：“我觉得，你还是得见见她。”

第三章
逐客出门

他们又一次穿过了大厅，走到了一个长长的漆黑的走廊。罗莎蒙德打开的那盏灯挂在天花板上，昏暗得像一支蜡烛。四下无声，忽然传来了持续的电铃声，声音来自左边的后门。显然，如果这个人的诉求未得到满足，铃声会一直响下去。罗莎蒙德站着不动了，悄悄地说：“是我的舅祖母，我必须得过去，不能让她等太久。”说完她就匆匆地离开了。讨厌的电铃声终于停下了。他听见了一个尖刻刺耳的嗓音，接着是另外一阵喃喃低语，接着尖刻的声音又响起来。他猜想定是罗莎蒙德被责骂了，不知道是出于习惯还是谨慎，面对责骂她只是默不作声。他很不喜欢那个刺耳的嗓音。

他往前走，渐渐听不到这些声音了。这时，他几乎已经走到了走廊的尽头。他面前的这扇门被拉开了，一个穿着绿色裙子的女孩从屋里向外盯着他。她一只手放在门上，身体的中心靠着另外一只抓着门框的手。她的肩上披着一条长长的混色披肩，已经有些褪色了，从她的肩膀一直拖到地板上。披肩的上方，有一张漂亮的脸蛋，只是憔悴极了。她那双眼睛蓝得令人心惊，头发闪闪发亮。那张脸仍旧是孩子气的，但眼神却比一个孩子应当有的眼神更加冰冷。她头发的颜色是那种金铜色的，有些卷曲的长发，太阳穴与耳朵附近越发卷曲。在他的一生中还没有见过如此闪耀的头发。

他问："是简妮·麦克斯韦尔小姐吗？"她的手从门上拿下来，抓住了她的披肩，说："是的，就是我。但你是谁？"她的声音里既没有害羞，也没有慌乱。

他回答说："你的姐姐刚刚带我来见你。"

"她人呢？"

"一个铃响了，她去了走廊中间的一个房间。"

简妮点点头，说道："那是莉迪亚舅祖母按的铃，她一分钟也等不得。她是克鲁家族的人，这是她的房子。"她迟疑地往后退了一步，继续说，"如果你是来见我的，最好赶紧进来。"

房间里的一切陈设都很简陋，窗帘的边角已经磨损了，脚下的地毯也看不出原有的花纹，陈旧的椅子已经有了凹坑。维多利亚式的沙发上也满是修补的痕迹，上面放了一个沙发垫，但沙发的绝大部分都盖在简妮的大毛毯和一些书籍与报纸之下。她在沙发上坐下，把毛毯扯过来搭在身上，指了指："你最好坐在那椅子上。只是这把椅子的弹簧已经坏了，你可能会不大习惯。"

“我希望不会。”

她那明亮的双眼饶有兴趣地盯着他。她的眼神不像罗莎蒙德的眼神那般柔和而深沉，她的双眼闪闪发亮，仿佛阳光下波光粼粼的海水。她时不时地打量着他，得出了结论：“我猜你是一个医生。我见过太多医生了。起初他们以为我会死。虽然他们没有这么说，但我就是知道。现在呢，他们又说我简直是一个奇迹。当病人很无聊，但你可以见到一些非常有趣的人，所以成为一个奇迹也挺好的。”

“我不认为这就能弥补你不能四处跑动的缺憾。但你会恢复如常的，不是吗？”

她噘起了嘴。

“希望如此。你还没告诉我你的名字呢。你是很有名的医生吗？上次有个人来看我，他就是一个很有名的医生，是专门从巴黎赶过来的。我记不得他的名字，因为我觉得那应该是俄语，听起来像是打喷嚏，从鼻子里发出来的，俄语就是这样的，对吧？”

“我恐怕跟医生完全没有关系。”

“哦？那你为什么要来见我？”

“是这样，我正好经过……”

“你怎么知道能从这儿走，你怎么知道到这儿你能见到某个人？你认识我的父母吗？如果你认识我父亲的话，莉迪亚舅祖母会很不高兴的。她总会很生气，因为我的母亲是一个女人，而且我父亲在婚后拒绝改名字。如果他改了名字，那我们就是克鲁家族的人，就能延续这个家了。但现在克鲁家再没有别人了。她一想到麦克斯韦尔家的人住在克鲁家的房子里，就怒火中烧，所以也许以后她会把这个房子留给国家，到时候罗莎蒙德和我就没有地方可去了，就像《热情的心》里的薇拉·瓦瓦苏和她的孩子一样。你读过《热情的心》这本书吗？是格罗瑞亚·吉尔摩写的。”

“我好像没有读过。”

“如果你读过的话，你应该知道，这本书真是太妙了！读第十七章的时候，因为我哭了好多次，罗莎蒙德就把书拿走了。但她后来又不得不把书还给我了，因为我一直哭个不停。”

他尽量控制住自己的情绪，不表现出来。

“为什么女人总是喜欢一些会让她们流泪的东西？”

他差点说成了“女孩”，但他意识到这样说可能不太对。简妮听到后有点扬扬得意。然而他的话并没有达到预想的效果。她依旧继续谈论着她喜欢的书籍，他感觉有一些失望了。什么《苏醒的心》《马西亚夫人的秘密》《姐姐的牺牲》，如果这些就是简妮的品位的话……

他问道：“你喜欢的就是这种类型的书？”

她的脸红了，变得急切起来：“是啊！难道这些你一本都没有读过吗？”

他摇摇头：“这些不太合我的胃口。”

“多遗憾啊！这些书真的很好！但好笑的是，罗莎蒙德一点也不喜欢。她总是要我读一些沉闷至极的东西，但如果不喜欢，我为什么要读呢？当罗瑞亚·吉尔摩的书在手边的时候，世界上其他的东西对我而言都不重要了。我也不在意我的腰伤，一切都不重要。还有梅维斯·拉·路易，她也是一个很棒的作家。但我实在不理解，为什么罗莎蒙德总是瞧不起她。她总是让你觉得，即便是难看的东西也是很美的，如果你懂我的意思的话。反正罗莎蒙德不懂。尽管我已经跟她讲过道理，她还是把我的那本《对两个人的爱》拿走了。我没有想到她这么不近人情，可她就是。但尼古拉斯准我看，我想她肯定把尼古拉斯说了一顿，因为从那之后，他带来的书就没有那么让人兴奋了。”

所以罗莎蒙德不该为她读罗瑞亚·吉尔摩的书而负责，他竟然感觉自己松了一口气。“尼古拉斯是谁？”他问道。简妮随意地做了一个手势。

“姓坎宁安，”她回答道，“他在村子另一头的达林庄园工作。那儿平时给飞机做实验，你知道的——你也可能不知道，因为这个要绝对保密。莉迪亚舅祖母说，总有一天他们会炸死我们，但我猜她想的应该是原子弹吧。不管我怎么问尼古拉斯，他总是笑笑，说他要守口如瓶。”

“他是你的朋友吗？”

她坐直了一些，收回下巴。

“我原来觉得他是，但现在不确定了，因为他对罗莎蒙德就这样轻易屈服了。我告诉你，他很爱她。至少我觉得是的，因为他总是用那样的眼神看她。这样的眼神出现在书里还可以。在书里，罗瑞亚·吉尔摩和梅维斯·拉·路易的描写看起来都很可爱，但是如果这个人是你的朋友，而且后来你还发现他不过是一条被忽视的可怜虫，这种眼神只会让人觉得肉麻。”

那就是说尼古拉斯对罗莎蒙德的态度很肉麻。克雷格渐渐发觉简妮·麦克斯韦尔简直知道得太多了。这个话题勾起了他的兴趣，他说道："人人都说，恋爱中的人看起来很傻，只有当事人不觉得。"

"罗莎蒙德才没有谈恋爱，"简妮的语气极其轻蔑，"一方面，她没有时间。纯粹是尼古拉斯单恋她。我怀疑她根本没有注意到他的爱。莉迪亚舅祖母很喜欢尼古拉斯，所以他经常过来玩。他和他的姑姑住在一起，那位姑姑是舅祖母的老朋友。他们俩都喜欢尼古拉斯。坎宁安这家人就住在我们隔壁，这个距离对于两个屋子来说有点太近了，不过那个屋子原来也是克鲁家族的，原本是一位亡夫的遗产，是留给来自克鲁家族的妻子和女眷的。那个屋子有一条通往花园的路，所以这些女眷可以过来，而家人也可以过去拜访。就像现在的人一样，他们好像从来不厌倦亲戚之间的往来，每个人都觉得房子这样的位置非常好。后来，家里的财政状况急转直下，于是莉迪亚舅祖母的父亲卖掉了那栋遗产房，莉迪亚舅祖母当然耿耿于怀。她是那种即便卖掉了车道上一个石子，都会放在心里好久的人。所以你可以想象一下，当卖掉的是隔壁的整整一栋屋子，而且以后会有生人在那里进出，她是什么样的一种感觉。不过她后来和坎宁安女士成了朋友，那真是最好不过，对吧？那边有个弟弟，她和他恋爱了，就像罗密欧与朱丽叶一样。后来发生了一些事情，我不知道，因为大家都不告诉我。这个正是青春岁月令人不快的原因之一。他们还说这是你生命中最好的年华，这是不对的，因为青春实在是……"她停下了，努力在脑海中搜寻着准确的词语，然后脱口而出，"让人很失望！"

克雷格大笑起来："你振作点，它很快就溜走了！'青春'是很短暂的。"

她仰着孩子的脸庞看着他："那是站着说话不腰疼，人们总是对自己不用经受的事情妄加评论！我说到哪儿啦？对，说到亨利·坎宁安了。没人知道究竟发生了什么事情，就算他们知道也不会说。他已经离开这里二十多年了，莉迪亚舅祖母一直也没有走出来。像莉迪亚舅祖母这把年纪的人也曾经恋爱过，真的是很难想象对吧？还有一件让人觉得难过的事情。在书画房里有一张她的照片，那时的她真美，可现在的她真是相当可怕。"

偏偏在这个相当尴尬的时刻，罗莎蒙德·麦克斯韦尔推开了门。她神色自若，其实心里已经快崩溃了。她的脸色比先前还要苍白。他猜测接下来的事情发展。她努力使自己的声音镇静下来，说道："舅祖母非常想见见你，莱斯特先生。"

简妮猛地动了一下，说道："到底为什么？他是来见我的，难道不是吗？"

"我会带他回来的，简妮。一会儿你们还可以继续你们的话题，莉迪亚舅祖母只是想见见他。"

简妮的表现就是一个被宠坏的孩子，他觉得自己最好尽快离开这个房间。罗莎蒙德关门的时候，他听到了她在门后一阵阵的抗议。

在走廊上走了一段，他停住了。

"她以为我是一个医生。"

"哦，"罗莎蒙德顿了顿，"那你还没有和她聊过吗？"

“聊过了，我们聊过了。”

他有点好奇，如果她知道他们刚刚的对话这么直白坦率，她会说什么。于是他继续说：“但谈论的不是她的写作——大多数是她在表达对于罗瑞亚·吉尔摩小姐作品的喜爱之情。”

罗莎蒙德连忙举起了一只手。

“我能怎么办！她确实很喜欢这些书，这些书也几乎没什么危害，都是尼古拉斯·坎宁安带来的。这样的书他的姑姑有好几柜子，但我之前跟他说过，不要再带一些拉·路易之类的女性言情书籍来，比如《未遵守的誓言》和《对两个人的爱》。我拿走这些书的时候，简妮会相当恼火，可内容真的太俗气了。我认为别的书至少不会给她带来危害。”

他有些哭笑不得。

“小孩子都喜欢甜言蜜语一类的。”

她脸上的微笑转瞬即逝，有一点不自然。

“你不要对简妮说这样的话。”接着，她的语气又变得急促起来，“我们不能站在这儿说话，莉迪亚舅祖母不喜欢一直等着。”

她把他带到了一个之前她已经打开了的门前，往前走了几步，站在一边，等着他从她身边经过，说道：“这位是莱斯特先生，这位是莉迪亚舅祖母。”

他永远不会忘记看到克鲁女士房间的第一眼。首先跳到他脑海里的就是两个词：灰色和拥挤。后来，他才发现壁挂、剥落的墙纸还有图案已有些褪色的地毯，原本的颜色应该是灰蓝色。在灯光的映照下，再加上多年未曾悉心养护，它们的颜色已经变成了灰色，像是蒙着一层厚厚的灰。就连莉迪亚女士整个人也是灰暗的。

她坐在一把直椅背的座椅上，两只手分别搭着厚重的扶手，非常引人注目。她很高，身体僵硬笔挺，浓密的铁灰色头发平整地束在脑后。她的眉毛又高又细，五官瘦骨嶙峋。他有些好奇，不知道她年轻的时候会是什么样的。她的五官生得很好，如果还有健康的气色和颜色的话，或许还能找到美的影子。她瘦削、僵硬的身材或许原来还有曲线，但现在已经无所寻觅了。她抬起右手，朝他伸过去。她的手上有六枚戒指，戒指上的宝石闪闪发亮，有钻石、翡翠、红宝石还有蓝宝石。她的手指冰凉，碰上去像是白骨一般。她说道："你好！莱斯特先生。我知道你来是为了看我的侄孙女。请坐吧。"

这绝对是一个危险的信号。不，不对，应该是一个不确定的危险信号。这个女人已活成精了，并选择独处，有一片自己的小天地。可他不是一个孩子，能轻易被这个老女人吓着。他除了同情，若还有别的感情，就太荒唐了。只是这同情究竟是对她，还是对罗莎蒙德·麦克斯韦尔呢？她给他做了一个手势，要他坐到那把椅子上。酝酿已久的愤懑在他心中升腾，他说道："我正巧路过。我很抱歉这么晚来打扰你。我不得不说我迷路了，然后当我接近……"

头顶上的吊灯通透明亮，五彩斑斓。房子里的其他地方都很少用电，而这间屋子却是灯火辉煌，让一切都熠熠生辉。屋里的家具都是古旧器物，价值不菲。墙边摆放的书柜和壁柜，有各种椅子和一种简易小茶几，瓷器填满壁柜，桌上散落着无数小物件。

莉迪亚小姐围着灰色的绒毛披巾，一边将戴有戒指的手举起，一边说："你是来看我的侄孙女的。我听说你在一家出版社工作。我相信，她乱写一通来让自己开心，但是你不要告诉我，你把这个还真当一回事了。"

她的语气透露出明显的不快，他已经感觉到了。她的话无疑将简妮的梦想一票否决。虽然这些梦想本身没有什么价值，但对于一个无法行走的孩子而言却是全世界。

"她无意麻烦你。"莉迪亚·克鲁说。

他挤出一个微笑："好吧，这就是问题。我不知道她的年纪有多大。当然，现阶段要出版她的任何一篇文章都是不太可能，但我认为还是过来见见她，或许可以给她一些建议。显然，她喜欢写作，但她的身体并不好，所以写作对她而言可能是一种极大的快乐。不过现在就说有没有天赋之类的问题还太早了。"

"所以这就是你到这里来想说的话吗？非常感谢你，真的。需要我们端给你一些食物和饮料吗？"

她浑身带着优越感。这一点让他觉得不舒服，像是有针在戳他。他回答道："不必了，谢谢。"接着，他站起了身。

"你是要离开了吧？我们或许可以给你指路。你要去哪里？"

他知道，罗莎蒙德先前一直站在他的身后，也在这个灰色的房间里。她走上前来，在桌子之间穿行着。他的心里涌起一种想留下来的冲动。可莉迪亚·克鲁分明是在赶他走，他没有心思再想。他用一种愉快又镇定的嗓音回答道："非常感谢你们。你们或许可以告诉我怎么去村子。我想这里肯定有个村子，那里应该有旅馆之类的地方。我不去远的地方，也不赶时间。但我今晚不想又在小道上绕。那么，再说一句，我想明天再见一下简妮。如果她真的想写作的话，她应当开始上一些日常的阅读课。”

她眯起眼睛，冷冷地看了一眼莱斯特。那双眼睛深陷，眉骨突出。他暗想，这双眼睛曾经一定很美。忽然她问了一个毫不相干的问题：“你是不是米德霍尔姆的莱斯特家族的人？”

“嗯，是的。”

她点点头：“你跟他们长得很像，都是大块头。我们的家族还有一些关系。我的曾祖父在 1785 年的时候娶了亨丽埃塔·莱斯特。但她很早就死了。”她的口吻似是把亨丽埃塔当作了一个失败者。

他有些惊讶。她带着些亲切的口吻，继续说道：“你是一个好人，为简妮这么费心。她见到你会非常高兴。罗莎蒙德会告诉你出去的路，还有旅馆的方向。当然，那地方比较小，但斯塔布斯太太的厨艺很棒。她原来是温特伯恩酒店的一把手。那么再见，莱斯特先生。”

他再一次握了握那冰凉的手，做了道别。走到走廊以后，他竟发现自己松了一口气。

“我现在还见简妮吗？”

罗莎蒙德摇了摇头：“还是不要见了。她如果太兴奋，连觉也不会睡。你明天上午真的能来吗？”

“嗯，能来。我什么时候来比较好？十点半吗？”

当他们走回大厅，罗莎蒙德忽然轻松地笑了：“你真的是那个莱斯特家族的人吗？”

“真是。”

“莉迪亚舅祖母绝对会盘问你。她知道每个人的家族谱，比他们本人知道得还详细。”

他笑了，说道：“我的家族很完美。我的祖父是罗格·莱斯特老爵士的兄弟，而现任爵士是我的堂兄克里斯托弗。”

她打开了前门，说道：“在你停车的位置向左转，村庄离你大约不超过四百米。村子叫黑兹尔格林，旅馆名叫冬青树。斯塔布斯太太非常和善。”

他心不在焉地听着，忽然打断了她：“那些浑蛋瓷器上的灰尘都由你来打扫吗？”

她之后回想了一下，觉得其实应该冷落他的。可罗莎蒙德并不很善于冷落别人。她愧疚地回答道：“白天的帮佣平常不够小心，莉迪亚舅祖母不信任她们。”

有刺骨的冷风吹进来，但没有人感觉到。他愤愤地说：“你知道我想干什么吗？我想把所有东西都推到地板中间，然后用棍子把它们全敲烂！”

她只能怔怔地看着他，说：“怎么了？”

他的回答喷涌而出。

“因为你成了它们的奴隶。这些悲催的东西上面哪儿有一粒灰尘，我看到的地方都是干干净净的。是谁除灰呢？每次都是你！你要知道，我明白除灰是什么样的过程。我的姐姐和我在家都得帮忙干活儿。我的父亲去世后，母亲做的第一件事就是把家里的灰尘打扫干净。她说，我们不做的话，没有任何人会帮我们做，而且她没有打算要我们成天守着这堆瓶瓶罐罐，成为它们的奴隶。所以，她把这些东西全清理了。刚刚那个房间里的东西塞得满满当当，都没法儿走路。要给这间房除尘，你要累趴下的。”

这是最非同寻常的对话了。或许，这其中最非同寻常的部分是他竟为她感到愤怒。陌生人不该跟你那样说话，但他不像是一个陌生人。他将所有规则打破，将一切藩篱击垮，但这不是为他自己，而是为她。他生气是因为她厌倦了这些事。瓷器和家具都不多，但她从未完成过任务。已经有很久没有人在乎她是否厌倦，是否动摇，但她并无嗔怨。她感到有些虚弱，又有一丝温暖。她没有回答，只是露出一丝淡淡的微笑。

他接着问道:“你为什么要做这些？”她抬起头，轻言细语地说:“现如今，大多数女人在家里总有很多事要做。一天的活儿干完了，人疲倦了，又有什么关系呢？”

“真正让人痛苦的是要去完成一个毫无希望的任务，一直做到让人崩溃！那些东西有四分之三应该被扔掉！你为什么不在之前就抗议或者罢工？”

脸上的微笑消失了，她把背挺直了一些。

“我求你了，别这样。我的舅祖母能接纳简妮，已经够慷慨了，这对简妮来说非常重要。我们真的不能要求什么。我只能这样来回报……”

“我知道，我明白，而且这也不关我一个外人的事，这都是历来的规矩！让我们考虑一下事实，直奔主题吧。对你来说，真的不可能跟克鲁女士心平气和地好好谈谈吗？毕竟，她还记得原来这儿有多少人干活儿，并且希望你一个人能做和他们一样多的事情。”

“她的世界是另一个世界，不同的人生。她根本不明白每天要做多少事。这里曾经有一个厨师、一个厨娘、一个总管，一个村里的女人每周来三次帮忙洗刷，还有一个男管家、一个客厅女仆、两个女佣。”

“她跟你说了这些，自己却不明白有多少事？”

“不，她真的不明白。她只是觉得他们很懒，而且工钱拿得太多，现在这儿又没客人需要我们款待。所以，家里一切都变简单了。”

她周身忽然一阵战栗。

他连忙说：“你很冷。我不缠着你说话了。但我没有非要你陪我说话的意思。”

一只温暖的手把她的手盖住，稍握片刻，然后松开。他向门口走去，下了台阶，钻进车子，离开了。

第四章
失踪的麦琪

扫码听本章节
英文原版朗读音频

斯塔布斯太太的厨艺果然如克鲁女士所言。冬青树旅馆的客厅温暖明亮，舒适怡人。旧的皮制椅子被磨出细纹，他用餐完毕之后，白桌布被换成了红桌布，壁炉上面的架子上摆了一排迷人的小物件。克雷格坐在那里，眼睛一边注视着它们，一边想，比起克鲁大宅昔日单调的辉煌，他是多么沉迷于这种简单的幸福和温暖。赛佛尔瓷器和镀金瓷器在以前非常流行，但现在他依旧在壁炉边流连，把玩这些器物。其中有个奶油罐子，造型是一只黄色的奶牛，背上有一个盖子。牛奶从盖子上面倒进去，从嘴里倒出来。杯子和托盘散发着铜器的色泽，边缘的一圈刻着水果和花朵，在深蓝色的背景下柔美可人。马克杯呈紫灰色，上面印有维多利亚女王和阿尔伯特亲王，背景是 1851 年的万国博览会，“1851”

这几个数字镀上了银色。还有几个相当好看的木头烛台，底座的四个角落分别堆着几个小炮弹。一个大陶罐上印有一张照片，上面是一个穿着卡其色军服的士兵，背景是1899年—1901年的南非战争。在壁炉另一边的下方，有两个粉色的大贝壳。这不禁让他回想起了小时候，那时，在上学的路上有一家杂货店，他总是会站在这个小小的杂货店跟前，呆呆地盯着店里极其相似的粉色贝壳，眼中满是渴望。

斯塔布斯太太走进屋来，想和他亲切地聊聊天，看看他是不是还感觉满意，或者有没有别的需要。这两枚贝壳是一位老先生从海边带回来的。那个奶牛罐子和流光溢彩的杯子与托盘则是从她的祖母那里传下来的。斯塔布斯太太说道："我不想把这些东西扔在一边，和其他那些不实用的玩意儿放在一起。或许它们看起来还很新，而且设计时尚，但我从来不把它们供着。有年轻人来这儿的时候，他们可以做任何他们想做的。我可以说，即便是以后我躺在坟墓里，也不会在意的。还包括我奶奶的那个黄色奶牛罐子，从前她每周日都会准我摸一摸那个罐子，好似一种特别待遇。啊，好吧，就像一句俗语里说的，风水轮流转，去麻烦那些我能看见的人是没有用的，要同与你兴趣相投的人生活在一起。最好的状态是，想笑的时候就大笑，不能笑的时候就保持沉默。"

第二天早晨，他又去了克鲁大宅。罗莎蒙德开门将他迎了进去。见到简妮的时候，她的眼神闪闪发亮，脸有些涨红，自然，还是显得非常成熟。

"你好吗，莱斯特先生？我昨天把你错认成了一名医生，你肯定觉得这很傻，因为你显然一点也不像医生。罗莎蒙德已经跟我说了，你是从佩瑟顿出版社过来的人。她说，我不能指望你要出版我的作品。但我当时确实是没有这么想，真的没有。不过你一会儿会跟我说这件事的，是吧？不要只是说没有用，等我再大一些才可以。你不知道，年轻是多么不幸。每个人都以此为理由，批评你想做的事情，说你这不能做那不能做。”

他回应：“我不会说这样的话，因为你现在确实可以做很多事情，我正要跟你仔细说说这些事。”

她的手紧紧地握在胸前，听到他的话，眼神亮了起来。罗莎蒙德此时正身体稍微前倾，把一只手搭在简妮的肩膀上，却被她用力推开了。

“好吧”，他继续说，“写作就像交易。如果想要有输出，那么你必须得有输入。就拿一场对话来说，对话里有语言，还有人们在对话里的表情与动作，以及他们说话的口吻。但当你要把这场对话写在纸上，你仅有的就只有对话里的语言。仅仅有语言是不够的。无论如何，你怎么也得在文字里增添一些纸张无法传递出的色彩、生命力还有声音。”

“要怎么做？”

“这就是你必须得弄清楚的。一方面，笔下的对话要比人们一般所谈及的一些话题要更好写一些，因为它蕴含着更多的生命力与活力。整个色彩都一定是很鲜亮的，而且其中也富含更多的个性。与真实生活相比，对话里的聪明人要表现得更聪明，而傻子则是要表现得更傻一些，否则你就无法使对话中的人物相互交流，你的书也会变得索然无味。其次，你得在你的阅读方面慎重一些。对于某一个作家的作品，不要读得太多，不然你会发现自己一直在抄袭他的作品，这是要不得的。你以后必须读一些主流、权威作家的作品，因为他们的作品会为你打下良好的基础。如果没有好的基础，你将无法成功。在阅读的时候，你要留心，他们的语言是如何使人物进出房间，或者是在不同的方位之间移动的。他们又是如何创造出我们所说的环境氛围的，诸如此类的。他们每个人都有不同的方法，所以你不能仅限于专门抄袭某一个作家。”

简妮连连点头。

“然后，或许你不爱听，但有一点真的很重要，那就是要写你身边的、你知道的事情。”

简妮发烧似的脸更红了。

“如果大家都是这样的话，那书本会多么无聊！我可不想写每天发生的琐事，我已经受够了！我成天在这屋里有什么好写的！”

情况不妙，他赶紧转移话题的中心。

“你看，你住在村里。这村里的人和一个镇子，或是南海岛，或者西班牙城堡里的人一样多。正是人们和他们生活里发生的事情，让故事变得有趣，或者说无聊吧。”

她的手终于放松下来，通红的脸色开始平复。她缓缓地说道：“可有时你真搞不懂他们是怎么想的。没人知道麦琪在想什么。”

“麦琪是谁？”

“住在村子里的一个人。她有一天傍晚从屋里走出去了，再也没回来。”

罗莎蒙德不自在地看了他一眼，他装作没看见。

“她为什么这么做？”

“谁知道呢！”

他说：“用你的方式跟我说说，就当你正在写一个故事。”

“我不知道从何说起。”

他笑了。

“这一直都是写作的难题。”

她想了一会儿，然后猛烈地摇头。

“我没法儿像写故事一样，但我可以告诉你发生了什么。”

“好吧，开始吧。”

她点点头。

“你千万不要把这个当作一个故事，这是一个发生过的事实。这件事既不有趣，也不浪漫，还有些吓人。麦琪和她的父母一起住在村里的一个木屋内。我们门口这条小路走到尽头，你就可以看到。不过他们现在不住那儿了。她的父母年纪都很大了，麦琪也老大不小了，长得不好看，一点也不好看。大概一年以前，有天晚上八点钟左右，天很黑了，她把熨烫的活儿做完之后，跟她的妈妈说：‘我出去透透气，很快就回来。’后来就再也没人见过她。”

“你的意思是，她就这么消失了？”

简妮点点头。

“我就说这很吓人嘛。要是我把它写成故事，就会在此打住，因为有结局反而让人扫兴。”

"那结局是什么？"

"噢，她写了两张明信片。一张寄给了她的妈妈，还有一张寄给了坎宁安女士。她是坎宁安女士家白天的帮佣，寄给她的那张明信片上只写了几个字'暂时离开'。寄给她妈妈的明信片上写得比较多，大概是她不得不离开，以及会尽快回来之类的话。她是这样写的，不过根本没回来。后来，他们也再没收到她的消息了。明信片上的邮戳地址是伦敦。最后，他们去警察局报案，但还是没找到她。没人明白她为什么要这样，她一直都是一个乖巧的女儿。她后来没有再寄钱或别的什么回来。她可怜的父母老贝尔一家，什么也没有了。"

"你是说他们已经不住在那儿了？"

"不在了，他们已经不在人世了。麦琪不该抛弃他们独自离开。"

罗莎蒙德的视线越过简妮的脑袋，朝他使了一个眼色。他真是个十足的傻瓜，他不该让简妮一直讲述乡村的悲剧故事，应该就让她守着格罗瑞亚·吉尔摩的那些书和书里从未曾体验过的生活。但如果讲到童话，他喜欢《美女与野兽》《灰姑娘》和《十二个跳舞的公主》，因为其中包含着民俗与想象。他给罗莎蒙德回了一个眼神，调动起全身的勇气，说道："没错，我所说的写故事就是要类似于这样的。只是不要总是悲剧就好。乡下总是发生一些怪事，别处也一样，也会发生好事和有趣的事。"他下定了决心，补充道，"阴郁是极度年轻的标志。"简妮的脸红了。他觉得自己刚刚有些残忍，但罗莎蒙德的双眼此时充满感激。

随后，罗莎蒙德撇开他俩，独自走开了。不一会儿，她端着一个托盘回来了。托盘上放了几杯茶和牛奶，还有博得太太做的一些饼干。这些饼干入口即化。她注意到此时这场对话进行得火热，简妮正口若悬河，滔滔不绝地说着。说完后，简妮吃了好些饼干，还喝了几乎满满一杯的牛奶。

“如果我们中有人要减肥，就不能这样吃喝了吧？还好没有人在减肥，因为博得太太做的饼干真是世间难得的美味。我想，减肥这样的事，得过好多好多年以后，我和罗莎蒙德才会有这个想法。她成天跑来跑去，我又天天待着不动。反正，想想自己每天这也不能吃，那也不能吃的话，活着真是受罪。坎宁安女士就是这样。她就是这也不吃，那也不吃，常常饿得发慌。然后，突然有一天受不了了，结果减掉的肉又全长回来了，这又是何苦呢？不管怎么说，她的年纪也很大了，我不明白她为什么还要担心这个。尼古拉斯总拿这个取笑她，她就会红着脸说：‘哎，你这小子！’”

道完别后，他便和罗莎蒙德一起走下过道。他本想着会不会又要被叫到克鲁女士的面前，然而他们就这样悄然走过了她的房门。接着他们来到了一个宽阔一些的走廊，顺着走廊来到了大厅。这时，她犹犹豫豫地说问道：“你想参观一下这所房子吗？”

他的回答生硬而直白。

“不，我不愿意。”

她的嘴唇抖动了一下，露出一个微笑。

“人们常会过来看看的。这儿有一些很好的画作。”

“不必了，多谢。”

“有两张是德国画家利斯的，一张是比利时画家凡·戴克的，还有一张是英国画家庚斯博罗的作品，画里是三岁的路易莎·克鲁，她当时穿着一身白色的绵绸裙，戴着蓝色的腰带，牵着一只小狗。”

“天哪，她为什么不把这些画卖掉，好让你能过得像一个正常人？”

她脸上的微笑瞬间消失，像是蜡烛被吹灭了。

“莉迪亚舅祖母什么也不会卖的，”她说道，“你……你不要那样说。”

“我不会对你们这位偶像马首是瞻，她毁了你们的一切。我想，这房子起初还是很完美的，为真实存在的有血有肉的人提供生活的需要。可他们的生活已经结束了，他们住过的房子不再那么受欢迎了。像这样的房子要么应该被作为他用，要么最好是被推倒。你我都知道，这个房子就像一个陵寝，它慢慢耗尽你的生命力。如果你要问，这和我有什么关系，我会告诉你。”

“我不会问你。”

“可我还是要说。首先，每个人都有责任阻止自杀的企图。”他突然笑了一下，“没想到这个回答吧？我的理由很充分，毫无争议。我看到你要往滑铁卢桥下跳，所以要伸出手来阻拦你！”

“我觉得你真是疯了。”

“不，这只是一个比喻。但是不要沮丧，事情越发展会越容易的。第二点，你总是让我很难受。你让我生气，也让我很累。就算我不会因为克鲁女士把你当奴隶生气，那也会因为你甘心让自己变成奴隶而生气。‘姐姐的牺牲’，这就是你的化身，千万个格罗瑞亚·吉尔摩中的一个，还让简妮沉迷其中。你知道吗？在过去的五六年里，我还从来没有生气这么多次！我自己都觉得难以置信，但事实就是这样。我明白这意味着什么，希望你也能明白。好了，我们还是换一个话题吧。”

她的眼神一直盯着他。在他看来，这种眼神有些冷漠和疏离。这眼神不是像画作《圣洁的少女》中那样，从天国的金栅栏朝下望，而像是中世纪画作中的人物达莫塞拉，眼巴巴地指望有人为她冲破藩篱，英雄救美。有这样一种说法，认为男人总爱玩这样的把戏。可她只是淡淡地说了一句“好”，便接着说:“我想跟你谈谈简妮。”

她带他穿过大厅，走进了一间灰白的屋子。昨天，他们就是在这里谈话的。此刻他们还是坐在昨天的椅子上，谈论着简妮应该读什么书，以及她应该写什么内容比较好。

罗莎蒙德提起了麦琪·贝尔。

“不知道简妮为什么要提那件事，那是一件很可怕的事情。”

“我觉得她不该这么想。这么长时间，她已经接受这个事实了。”

“但愿她没有听到什么别的。”

“怎么可能！”

“到现在都没人知道麦琪究竟是怎么回事，真吓人。她是一个很孝顺的女儿，如果不是被迫，她肯定不会撇下父母离家出走的。”

简妮的话在她耳边回响。他觉得这些话不像是出自简妮，而是出自大家每个人的口中。这些话是大家茶余饭后常常说的，只要有人谈到麦琪·贝尔，这些现成的话就会被拿出来再说一遍。

他回应道：“我觉得这件事很平常，可能是因为某个男人，而她又禁不起流言蜚语。”

“可是哪有什么男人。她那时应该有四十岁了，从来没有跟别的人交往过。”

他说：“这就对了。凡是说到失踪或者被杀的女人，她们所有的亲朋好友几乎都称她们没有过男性朋友，这都见怪不怪了。我们还是讨论一下简妮的问题吧。”

第五章

秘密任务

苏格兰场总督察兰姆坐回了办公椅，他紧皱着眉头，双眼落在探长弗兰克·阿博特的身上，久久地凝视着，一动不动。这位前途大好的年轻人心里有些发怵了，他开始怀疑总督察是不是抓住了他什么把柄，或者他最近是不是犯了什么不可饶恕的大错。不管是什么事，一顿恰到好处的责难定是少不了了。作为下属，总比上司想得周全，这一切他都知道。他等待着暴风雨的降临，然而过了片刻，什么都没发生，他有些惊讶。

兰姆怒视着他，宽大的脸庞有些泛红。他有一头浓密的乱发，在太阳穴处卷曲着，直至头顶，才稍微显得没有那么浓密。他棕色的双眼稍稍突出，一动不动地盯着弗兰克那瘦高的身影。弗兰克从头到脚，包括衣着的款式，袜子、领带和手帕的颜色，还有他闪亮的皮鞋都可能会是话题的重点。然而兰姆依旧没有说话。

弗兰克带着敬畏的语气问了一句："怎么了，长官？"

兰姆终于打破了这不安的沉默。

"你难道没有什么时候，在一个叫作麦尔布礼的地方给我寄过一张风景明信片吗？"

他回想起来，这是很久以前的事了，这个做法被批评为违反规定。但其实那张明信片是他收集到最好的一张，上面是关于麦尔布礼新住宅区的一张照片。于是弗兰克回答道："应该是去年这个时候的事情。当时是一个周末，我到那里去看望一位表亲。"

兰姆点点头，但眉头依然紧锁。

"不知道你当时为什么要寄给我这么一张明信片。"

"是因为你之前提到过。你说你女儿的一些朋友要搬到麦尔布礼去。我就猜想他们应该会对麦尔布礼的新住宅区有些兴趣。"

兰姆不满地嘟囔了几句。去年的时候，他和妻子兰姆太太与他们的女儿维奥莱特相处得很不愉快。他不明白，她为什么异常叛逆，就是不能找一个一位品行端正的小伙子结婚。那次，是一个留着长头发的怪人，他想消灭所有的军队和警察，认为这样，大家就能随心所欲了。这人在麦尔布礼似乎有什么工作，当时维奥莱特已经迷恋他到了开口说要嫁给他的地步。但感谢主，现在这一切都已经结束了。现在她正在和一位教堂公职人员的儿子交往。这是一个稳重的年轻人，未来会在他父亲的杂货批发事业上大有作为。他不想再回忆细节，于是清了清嗓子，故意显得不以为然地说："没错，是这样，麦尔布礼……确实是去年这个时候。"

"有什么问题吗，长官？"

兰姆把身子向前靠，拿起了一支铅笔，在纸上写下了“麦尔布礼”这几个字。他拖着缓慢的腔调，若有所思地说：“你当时和你的表亲在一起。你再去看看这些表亲，怎么样？”

弗兰克抬起了他淡棕色的眉毛。

“这个，我并不是跟他们所有人都很熟，”他回答道，“之前是他们要我去，我才去的。”他的眼里闪过一丝淡淡的狡黠，“我有相当多的表亲。”

兰姆由衷地感叹：“有个大家族的感觉很好。很遗憾，现在我很少见到大家族了。很多人都不知道自己的曾祖父是谁。”

阿博特探长向后捋了捋他那头无可挑剔的金发。

“我的曾祖父有二十七个孩子，”他淡淡地说，“他还有一两个兄弟和侄子，孩子也一样多。所以这就是为什么大多数情况下，如果我被派到某个地方，总能找到一个表亲。这样有时候还是挺方便的。”

兰姆撕掉了那张写有“麦尔布礼”的纸。

“好吧，我正在考虑这个，”兰姆说，“我想知道，如果再去拜访一下这些麦尔布礼的表亲，你觉得怎么样？”他将手中的碎纸扔进了一个大的废纸篓。

这番话使一个年轻人的心里生出一丝幽默的讽刺，他眼前这位备受尊敬的警察总督察显露出了交际的老练。这使他想起了约翰逊博士受博斯威尔之邀，要发表一些关于女性讲道的个人观点时，博识的约翰逊博士的答复竟是：“先生，这就好比一只狗用它的两只后腿走路。虽然走得不太好，但你还是会非常惊讶地发现它能走。”

弗兰克尊敬地回答：“长官，非常感谢您，但我并不想……”

警察总督察忽然大声喝道：“行了！”接着，他开门见山地说，“一般，如果是没有官方许可，有这么一个人下到附近的地方倒也没关系。现在整个局势可能很混乱，也可能不是。其实不管是不是，都不是我们的责任。但我还是要早一些行动比较好。”

弗兰克·阿博特嘀咕着，倒不如刚开始就说清楚。他继续靠着壁炉架。

兰姆从抽屉里拿出了几份文件，啪的一声甩在了他的面前。他抬起头，问道：“你的那些表亲是不是就住在麦尔布礼？”

“恐怕不是，长官。您希望他们住在那里吗？他们离那里有一到两英里的距离，在黑兹尔格林村那个方向。”

兰姆点点头，继续问：“你知道黑兹尔格林？”

“我曾从那里路过，只待了一个周末。”

“是这样，在你去那儿不久以后，村里有个叫麦琪·贝尔的女人失踪了。一天晚上，她说要出去透透气，之后再也没有回家。大约一周以后，寄来了两张盖着伦敦邮戳的明信片……没错，让我想想，就是帕丁顿这个地方。其中一张明信片是寄给她的雇主的，上面写着‘暂时外出，麦琪·贝尔’。另外一张是寄给她的父母的，内容是：‘我会尽快回来。弗洛理会过来。勿念。麦琪。’她的雇主是坎宁安女士，麦琪之前每天都去那里工作。同住在这栋房子的还有她年老体弱的弟弟，叫亨利·坎宁安，还有一个小伙子，名叫尼古拉斯·坎宁安，是他们的侄子。现在距离黑兹尔格林半英里处，离主干道不远的地方有一个达林庄园。这个庄园在战时被空军部掌管，现在还是受空军部管辖，用作试验基地。尼古拉斯·坎宁安就在那里工作。试验内容是绝密，而且如果这个地方一百英里内发生了任何事情，安全部的人都会非常紧张。就是因为麦琪·贝尔，他们现在心已经提到了嗓子眼。麦琪·贝尔四十岁，相貌平平。此前没有人看到她和一个男人在一起过。我知道，这是她的朋友和亲戚的说辞，但在这个案子里，情况似乎的确如此。寄回两张明信片以后，她就音信全无，也没有人找到她。"

"明信片呢？是本人写的吗？"

"不知道。她的父母没有怀疑这两张明信片的真实性，坎宁安女士也是。麦琪一般都在家里，唯一能找到关于她笔迹的对比样本，就是身份证上的签名。但写字的人也不能保证他们自己的每一个字都一个样。而且，她身份证上的签名极其潦草，看得出来她当时签名的笔肯定是快没墨了的。"

"那么我们需要做什么？"

"严格说来，其实我们不用做什么。但我们恐怕要被扯进这件事情当中，因为邮戳是帕丁顿的。如果你问我的看法，我会觉得这有点大惊小怪。我觉得，这个女人肯定已经遭遇了什么不测。她父母年事已高，她是一个孝顺的女儿，而且是家里的顶梁柱，她不应当就这样抛下父母离开，让他们孤独终老。可问题是，她是怎么到的伦敦，还能在那里待一个星期？假如明信片真是她写的，那么我们就需要解释这个问题。假如明信片是假的，我们就要弄清楚到底是谁写的？为什么要这么做？"

弗兰克·阿博特说："时间已经过了很久了，不是吗，长官？那我现在去麦尔布礼还有什么意义？"

兰姆的眉头皱得紧紧的。

"实情是，达林庄园有些消息已经外泄了。我们应要求，必须得配合工作。明面上，我们不能派任何人去那里，但如果你只是短暂地离开一段时间，并且是以私人的方式去那块地方的话，倒不失为一个好计划。有个主意，或许行得通，其实也不算是一个坏计划，就是去打探一些当地的小道消息……"他清了清嗓子，补充道，"关于社会层面的，姑且这么说吧。"

弗兰克·阿博特挺直了自己的身子，他恭敬和专注的神情消失了，脸上闪耀着诙谐的光芒，咕哝道："您真正需要的是希娃小姐吧？"

警察总督察的脸色沉了一下，眉头紧紧地拧在一起。但他并没有勃然大怒。他只是喉咙里发出了轻微的低吼，同时意识到，或许这样也并不是一件坏事。"这么多案件，我可以说，没有哪件是她解决不了的。其实人们都喜欢说话，但他们不喜欢跟警察说。希娃小姐的优势就在这里。唯一能让他们住嘴的办法就是让他们感到害怕。但没有人会害怕希娃小姐。她善于交际，使人没有距离感。只要拿着手上的编织活儿往那儿一坐，她就让人倍感亲切。我要提醒你的是，她这样可不是装的。如果她是装的，绝对不会这么自然。她很喜欢人，对他们很有兴趣。人们也很喜欢向她倾诉自己知道的事情。但如果是你或者别人，拿着笔记本走过来，他们就会绷直身子，守口如瓶。在一个村子内会有很多事情，但在外面没人讨论过，因为他们从来不对外人说。事情会传开，不过是通过人们的悄悄话一个一个传开的，而且再怎么传也传不到警察耳朵里。假如有村民来了，问我们一些问题，会发现警察一个也不知道。我曾在一个村里长大，所以我很了解。和小时候相比，村里已经变了很多，现在有了公共汽车、电影院和无线收音机，很多年轻人也离开乡村前往了城市，但住在村里的人骨子里一点也没变。你去和希娃小姐谈谈，弄清楚她在麦尔布礼那边能不能找到什么老朋友能拜访的。注意，看起来一定要是偶然的，否则没有任何好处。大家都希望这件事情能赶紧解决。如果那边发生了什么事，安全部的那些人就要弄清楚究竟是什么。如果没有发生什么，他们也要确认，议院里没人会提出质疑。”

第六章
受邀合作

希娃小姐在一张有印花图案的桌子后准备咖啡，这张桌子是一位客户为了表达感谢送来的圣诞礼物。咖啡杯的边缘是蓝色和金色，上面装饰着一些美丽的花束。杯托的边缘也是蓝色与金色，上面散落着花朵装饰。弗兰克·阿博特不失时机地赞美了一番精美的杯具，然后一边享受着自己的咖啡，一边等待着合适的机会来询问希娃小姐。他去过许多人家里做客，但从来没有一次像在莫德·希娃小姐的公寓里一般舒适自在。公寓里，窗帘是明亮的孔雀蓝，地毯与窗帘同色系，上面散落着花环图案。桌子手工精细，维多利亚式的椅子边框雕刻着精美的核桃纹路，椅垫的色彩与窗帘相得益彰。房间墙壁上的挂画都是名作的复制品，有《灵魂的觉醒》《雄鹿在海湾》《希望》以及《黑色的布伦瑞克》。

希娃小姐穿着一双串珠鞋，刘海儿被优雅地网起来。她的脖子上戴着一个巨大的金吊坠盒，上面是她父母名字首字母的浮雕，盒中还放着几绺他们的头发。希娃小姐或许出身于20世纪以前某个大家族，那时，战争还没有将维多利亚与爱德华王朝摧残得粉碎。从她的外貌、举止和传统看来，她就像那个年代一个神奇的幸存者，甚至她的衣着打扮也有着独特的风格，尽管没有旧时那么大面积的褶皱涉及，还是稍显陈旧，与时代格格不入。她身上那件网状的马甲是鲸骨撑起的高领，像是回到了19世纪90年代，上面还有裁缝的标记，写着“专为女士定制”。正是这个标记使她的每一件衣服都显示出相似的风格。从前，服装手工作坊都在乡村和偏僻的街道上，他们做一件衣服往往相当耗时耗力，而现在，淑女们可以直接去商店购买成品衣。

在这样的环境中，弗兰克·阿博特有种无法言说的安全感。他极不情愿地放下手中的咖啡杯，回到了这个充满罪恶的现实世界。

“你认识麦尔布礼的什么人吗？”

希娃小姐把手中的咖啡杯放在了托盘上，没有说话。有时，她思考一个新的问题时，会如鸟捉虫子一般专注。此刻，她就在专注地思考着。在弗兰克看来，麦尔布礼就好比是那只“虫”，而她此刻正细细打量着这只“虫”。她带着疑问的口吻重复了一遍这个名字。

“麦尔布礼？”

他点点头。

“你在那儿认识什么人吗？”

“准确地说，并不是在麦尔布礼。你为什么这么问？”

“如果您认识的话，总督察会很高兴的。”

“弗兰克，说真的！”

“他想派一个人去打探一下那个地方的内部消息，也并不是在麦尔布礼，是在附近的一个村，叫黑兹尔格林。”

希娃小姐惊叫起来：“天哪！”

每当她感到极其惊讶与担忧时，便会发出这样的惊叫声，所以她接下来说的话并不使他意外。

“这真是太巧了。”

“你认识那里的人吗？”

“我有个老同学就在黑兹尔格林。”

“真是太好了！”

她拉开前面桌子的抽屉，拿出一个有花朵装饰的针织包。她从包里抽出一副编织针来，上面还挂着一圈未编制完成的螺纹图案，颜色非常好看。她的侄女艾舍尔·博克特的女儿小约瑟芬马上就要过六岁生日了，这样一套樱桃色的针织两件套会非常适合她。过去，人们总是习惯于给一个可爱的孩子穿蓝色的衣服，可在这点上，她并不认可过去的潮流。她一边拉扯樱桃色的羊毛线团，一边开始织起来，继续着刚刚的话题。

“我和玛丽安已经很久没见了。人很难和同学一直保持联络。早些年我做这份工作的时候，每天都非常忙。但就在去年，我在另外一个老同学塞西莉亚·维西的家里又碰到了她。她邀请我去她那儿，说希望大家能聚一聚。梅灵距麦尔布礼不远，如果能再见到玛丽安我也很高兴，虽然难过的是，她的家庭发生了一些变故。她之前嫁给了当地的一个地产大亨，但后来家里的人接连去世，支付了大量的遗产税，家庭状况也一日不如一日。后来在战争期间，他们所有的财产都被政府接管了。”

弗兰克·阿博特扬起了眉毛，问道：“不是达林庄园吗？”

“嗯，好像是那个名字。麦理都家族在那里已经生活很久了。很遗憾，玛丽安现在是一个寡妇，膝下也没有子女。目前她住在一个比较小的房子里，不仅好打理，肩上的责任也少了，我觉得这样对她反而更轻松。”

“你能去她那儿待一段时间吗？”

“她就是这样邀请我的。”

“好，请听我说……”

接着，他打开了话匣子，向她讲述了麦琪·贝尔的案子。同时告诉她，目前此案对达林庄园实验基地产生了一些影响，而空军部因为消息外泄也相当不安。希娃小姐静静地听着，手上的编织一直没有停下，直到他说完后，她才严肃地说道：“这几件事听起来好像没什么联系。”

弗兰克无奈地伸出一只手。

“实际上就是毫无联系。他们觉得有机密消息外泄了，但我觉得他们自己也不敢肯定。不同地方的两个人，在同一时间想出相同的主意也并不稀奇。如果有什么秘密外泄了，那跟麦琪·贝尔的失踪又有什么联系呢？我怎么也不明白我们能做些什么。她一年前就失踪了。我们从来也没听说过什么外泄，我想是最近这些消息才多起来的。不过目前，很多人确实因为这些事情闹得惶惶不安。你可以去拜访一下麦理都太太，完全没有妨碍。”

她静静地织着毛线，过了一会儿，她开口问道：“麦琪给那位坎宁安女士做女仆吗？”

“每天早上做四小时，从八点到十二点。”

“她的侄子尼古拉斯·坎宁安受雇在达林庄园做研究吗？”

“正是。”

“房里的另外一人，亨利·坎宁安先生呢？他是做什么的？”

“他在忙着写一本书，是关于当地的飞蛾和蝴蝶的。”

“他之前有作品出版过吗？”

“那我就不知道了。我觉得，他估计是那种闲散的半吊子，顶着爱好的借口打发时间罢了。”

“他和他姐姐在一起生活多久了？”

“过去三年一直住在一块儿。安全部的人有他的详细档案，上面并没有什么有害的记录。这人曾到处漂泊，居无定所，但没有遇到过什么麻烦。战争期间，他在日本战俘营里待过，当时他家人都绝望地以为他已经死了。结果有一天，他就这么走进了屋里。从那以后，他就一直待在那里。显然，他是头号怀疑对象，但这件事的结果跟他扯不上任何关系。从外表看来，他不过是一个老流浪汉，身体状况也不好。他很高兴回到家里，重新回到自己曾经的位置上。但我又能跟总督察说什么呢？我要按照安排去和一位表亲待上一阵子。他是麦尔布礼房产公司的一位工程师。你要不要同去那边帮我一把？”

此时，希娃小姐已经织完了最后一圈，她回答道：“我今晚就给玛丽安·麦理都写信。”

第七章
酒馆偶遇

在冬青树旅馆待了整整一天以后，克雷格·莱斯特下定决心不再往别处去了。他这次过来，打的旗号是来看望一位年过九旬的叔祖父，以示孝心。他觉得，不管他住在黑兹尔格林还是麦尔布礼的哪家酒店，都能适时地去看望叔祖父拉德。现如今，还住在一栋房子里早已不那么普遍了，很不方便。在这样的房子里，一切都如时钟一般运转，总有一位管家和一位老保姆对工作要求极其严苛，掌管着一切大小事务。而叔祖父拉德就住在一栋这样的房子里。他被照料得相当好，因此克雷格来拜访只是一个形式。话虽如此，他还是时不时便来探望。来一趟其实并不方便，但对他来说，目前这是能留在这里的绝佳理由。

就在来拜访的第三天，莱斯特在冬青树的吧台遇到了亨利·坎宁安。他很高，背有些佝偻，长着一圈络腮胡，灰白的头发乱蓬蓬的。莱斯特想起了简妮口中的"像罗密欧与朱丽叶"的爱情故事。简直没人比他更不像罗密欧了，莱斯特在心里自言自语。不过尽管已历经沧桑，这位"罗密欧"还是没有被中年岁月过度摧残。他现在只是任由自己的双肩变得佝偻，任由自己的胡须放肆生长，不愿为自己的发型破费。那乱糟糟的胡须和头发，看起来像是他自己在家里用指甲剪修剪的。其实，尽管是这番模样，从他的外貌还是能想象出，原来他也曾是一个对生活有追求的人。他端着玻璃杯，正独自踱着步，时不时抬头看看天气。他们就这样在一种温和且极其友好的气氛中认识了对方，开始了漫无目的闲谈，告知了对方自己的姓名。

"我每隔一段时间就会到这附近来看望我的一位叔祖父。这一次，就不住在麦尔布礼了，我估计我会待在这边。"

亨利·坎宁安不动声色，平静地重复了一遍："一位叔祖父……"

克雷格·莱斯特补充道："他是一位退休的医生。原来常常在这附近开诊，就是莱斯特医生。他现在已经九十多岁了，但精神非常好。"

亨利·坎宁安回答："啊，是的，莱斯特医生……"他或许还准备接着说些什么。但通常，他会将那个话题搁置一旁，不再谈论，保持着沉默。此刻一个人走了过来，大声叫出了他的名字。

"嘿，做人要永远乐观快乐哟！麻烦给我一品脱［容量单位，主要于用美国、英国及爱尔兰。1 品脱在英国等国家约合 0.568 升，在美国约合 0.473 升。］啤酒，斯塔布斯先生，要淡啤酒和苦啤酒混合的那种。最近好吗，坎宁安先生？"

说话人声音热情洋溢，面色红润，与亨利·坎宁安毫无生气的样子形成了鲜明的对比。他马上就向克雷格介绍了自己。

“你是新来的对吧？……啊，只在这里待一两天吗？那没有谁能比斯塔布斯太太更会招待客人了，你会感觉相当舒适，我保证。我是塞尔比，全名是弗雷德·塞尔比，你需要帮助可以随时找我。我是在找一个退休养老地方的时候，碰巧发现了这个村庄，对此我从不后悔。这是你能找到的最宜人的地方，这里的人也是最好的。我以前在伦敦做生意，每个人都说我会厌倦乡下生活，绝对住不长久。”他开怀地笑了，喝了一大口啤酒，接着说，“好吧，我可没有说我绝对不会去城里，我确实偶尔去一趟。但至于说是回到城市里生活……不，还是算了吧！就是你倒过来给我钱，我也不去！为什么呢？我原来总是很焦虑，现在到了乡下，这些焦虑的情绪都没有了！而且我原来失眠，现在呢，如果不是听到闹钟声，我能一觉睡到天亮都不翻身。”

“现在会早睡早起吗？”

“就是这样！我养了几只母鸡，当然，这只是出于爱好。但早晨它们要吃到热乎新鲜的饲料，这点非常关键。我跟你说，三年前，我以为我不会在六点半起床给这么多母鸡准备饲料！我跟我妻子说，她应该搭一把手，但她说她在屋外要做的事情太多了，我想也确实是。尽管每天上午都有个女孩过来帮她，但和她原来在城市里相比，事情要多得多了……”他继续侃侃而谈。

不一会儿，亨利·坎宁安就悄悄地离开了。

第二天上午，克雷格在叔祖父明亮、闷热的屋子里，提起了这个名字。

“我昨晚见到了一个叫坎宁安的家伙。亨利·坎宁安，就住在黑尔兹格林村。您知道这个家族吗？”

老莱斯特医生看起活像一只猴子。他头上那顶小的黑色无檐帽和身上的红色法兰绒睡袍更给他增添了几分相似度，就像是街头手摇风琴师身边的那种猴子。他用犀利的眼神打量着他，想看看他还要问什么。他棕色的眼睛里没有沉闷无趣，反倒是依旧闪烁着顽童般的活泼光芒。

“坎宁安？”他接着说，“有个姐姐叫露西？”

“我想是。”

那双眼睛亮了起来。

“哦，是的，的确是的！亨利·坎宁安。这有什么好大惊小怪的？”

“他怎么样，叔祖父？”

“就是你说的，黑尔兹格林村的。你碰见克鲁家族的人了吗？”

“我已经见过莉迪亚·克鲁女士了。”

“那你就已经见过所有克鲁家族的人了。你知道我原来是怎么叫她的吗？当然我是私下这么叫的，你也知道，医生是不能开病人的玩笑的。我私底下叫她‘傲慢与偏见’，这个词用来形容她正好！”他轻声笑了，继续说，“莉迪亚·克鲁，还有克鲁家族的那个房子，其实一穷二白。她的父亲把原来的遗产房卖给了坎宁安一家。她一直对这事耿耿于怀，在我诊治她的一个月里，护士得天天请她离开病房，叫她不要打扰病人。但她确实很需要钱。

这件事就这么吵吵嚷嚷地过去了，后来她和坎宁安家的人成了朋友，还爱上了亨利。荒唐的恋情，真的很荒唐，本是一件好事儿，结果到头什么也没有。原因就在于她想完完整整地占有他，她控制欲极强，又乖戾冷酷，比他要大上十岁，所以他完全被她霸占了。就是这样了，不过当时有很多传闻。”他带着似笑非笑的神情搓了搓手，然后双手交叉扣在一起。

“什么样的传闻？”克雷格压低了声音问。

“上帝保佑……我也不知道，实在是过了太久了……我们刚刚说什么来着？”

“亨利·坎宁安和莉迪亚·克鲁。”

莱斯特医生的眼神又明亮起来。

“有很多传闻，确实很多，但没有任何证据。马伯利太太是一个非常粗心的女人，每次进商店就一定会落下什么，要么是包，要么是伞。所以她洗手的时候很可能把戒指脱下来放在哪儿，然后忘记了。结果她说她把戒指弄丢了。但我想她肯定不是把戒指一整天都套在手上，当然，我没有证据。所以，当亨利就这样离开了的时候，肯定每个人都往最坏处猜测。你刚刚说他现在又回来了？”

“是的，叔祖父，他回来了。”

莱斯特医生点点头，说：“好吧，这已经是很多年前的事了，相当久远了。”

第八章
旧情相遇

那天下午，从黑兹尔格林往外走的时候，克雷格·莱斯特看见了一个高高的影子正慢慢向他靠近，是从克鲁房子的方向过来的。虽然没有人告诉他克鲁女士性格孤僻，体弱多病，但不知为什么，他就是有这样的感觉。自打那次以后，他再也没有去过克鲁女士的房间，虽然现在每天他都能以各种各样的理由见到罗莎蒙德和简妮，但他永远忘不了初次见克鲁的画面：她裹着一条天鹅绒披肩，上方那金光闪闪的枝形吊灯投下明亮耀眼的灯光，照亮了满屋子的古董。在他的印象里，她好像一直在那个房间里，永远不会离开。简妮总是谈起莉迪亚舅祖母的铃声。只要铃一响，罗莎蒙德就得一路小跑过去，因为莉迪亚舅祖母不喜欢等待。他自己也曾好几次听见铃一响，罗莎蒙德便连忙起身离开。但此时此刻，克鲁女士正朝他迎面走来，走路的时候连手杖也没有用。

这样看来，她比他估计得还要高，而且更使人感到压抑。她的背挺得直直的，直挺挺的脊背仿佛没有关节，就像一块钢板。在那顶看似相当破旧的黑帽子下面，是她冷漠的双眼。然而当她认出对面是克雷格时，这眼神开始变得傲慢无礼。她穿了套深灰色的粗花呢，裙子几乎拖到了脚踝，粗花呢外披着一件破旧的黑色毛外套。本来没有人注意到她，可她浑身上下都透露着一股独断专行和自以为是的傲慢，实在让人不注意都难。她只朝着克雷格略微躬身，便径直往前走去。她要去的是一间距离街道较远的白房子，在去往黑尔兹格林村的相反方向，大约有二十码远。白房子的前面有一个小花园，种满了番红花，十分好看。门前的两棵紫杉树枝繁叶茂，在上方形成了一个弧形，如一道拱门，繁盛的枝叶继续生长着，在两边垂下来，仿佛组成了一圈矮矮的篱笆。

在黑尔兹格林村待了三天以后，克雷格知道了麦理都太太也住在那儿。她是达林庄园的前主人。就像斯塔布斯太太先前告诉他的："她是一位非常和善的女士，现在住在白色小木屋里，比她之前在达林庄园里住着的时候舒适多了。那个庄园要有固定的人去收拾打扫，而且那里又冷，风又大，简直超乎想象。我刚刚工作的时候，在那里做过厨房用人。第一次去的时候，我看到的过道全是石头做成的，还有房间也是超大号的，可是全部废弃了多年，真是让人心碎。但她现在在这里舒服多了，每天弗洛理都去那里帮忙。"

克雷格问道："弗洛理是谁？"接着，他知道了关于弗洛理·亨特以及她已故的双亲，还有各种亲戚的大量信息，包括其中有哪些人就住在这附近。

“亨特先生原来是达林庄园的园丁二把手。他没有什么远大志向，这也是他的问题。他想要的就是像平时一样种种蔬菜，他女儿弗洛理简直跟他太像了。这姑娘做饭是一把好手，而且她给自己做饭比每天给麦理都太太做得还要好得多。但大千世界，无奇不有，亨特家族的人偏偏都一样。可怜的麦琪·贝尔，她的母亲就是亨特家族的，麦琪本人又像另外一个亨特。她就这样一声不吭地离开了，简直难以置信。如果你问我，我肯定觉得她是出了意外或者碰到什么事情，又没法儿喊别人帮忙。”

她还讲述了许多关于麦琪·贝尔的事情，又提到了警察也曾来调查，却一无所获。后来，她的话题又回到了麦理都太太身上，她感叹着，现在麦理都太太身边有个老同学陪伴是多么美好。

克雷格·莱斯特看着克鲁女士从旁边走过，脑海里的这场对话便浮上脑海。他正在她的正后方，看着她僵直的背影。忽然，亨利·坎宁安的身影出现在了白色房子与牧师住宅之间的窄路上。很显然，无论如何他们肯定会碰见。克雷格忽然对他们二人的关系有些好奇。关于他们俩的故事，他一直都没有了解到详情。与其说是斯塔布斯太太刻意回避了这个话题，倒不如说是他的这位主要信息来源人说了太多别的事情。她讲述了对达林庄园的看法，表达了她是多么希望半夜不会在床上被炸死，还说到在一个叫黑兹尔利的地方有一栋闹鬼的屋子。据当地传言，每年的米迦勒节前夜，这屋子里的钟就会在午夜十二点半敲响十二下。这时，你可以听见五十年前就已经填了的那口井里传来哗啦的流水声。斯塔布斯太太有满肚子的鬼故事，每当想起这一个，马上又能记起另外一个，而她到现在也不曾谈到坎宁安与克鲁这两家人。或许是她认为谨慎与行善要从身边做起。不管她对此保持沉默的原因是什么，他只觉得非常好奇。怀着这样一颗好奇心，他站在原地等待着，想看看这两个人会如何见面。

接下来的一幕，是这三年来村里人几乎天天看到的。他看见亨利·坎宁安紧张地把手伸向自己的帽子，而莉迪亚·克鲁却直视着亨利，仿佛眼里没有这个人。克雷格·莱斯特不敢看那冷峻的目光，虽然他只是站在旁人的角度，但他却可以完全想象出这一切。时间冰冷得似乎都终止了。亨利·坎宁安的手从身旁落了下来，莉迪亚·克鲁就这样从那两棵紫杉树围成的拱门下钻了过去，走上了通往白色房子的石板路。

第九章
午后茶聚

扫码听本章节
英文原版朗读音频

麦理都太太从窗户边转过身，声音充满了忧虑，抱怨道："天哪，她怎么又这样！我想不出她怎么能……怎么这么过分！"她迎上了希娃小姐不解的眼神。就在此时，前门传来了克鲁女士低沉的嗓音，她连忙补充道："亲爱的，我迟一点再和你说。"她做出一副刚刚从椅子上站起身要迎接客人的样子。

弗洛理打开门，目光冰冷，像是没注意眼前这个人。莉迪亚·克鲁走进屋来，她脱掉外套，穿着深色粗呢套装的身影显得格外瘦高。她的脖子上戴着一条双排的珍珠项链，翻领上别着一个名贵的珍珠胸针。虽然她依然面无表情，但一见到麦理都太太，听到这位女主人正连忙向她介绍身边的客人时，她的表情显然放松了一些。

"这是我的老同学，莫德·希娃小姐。我们已经有很多年没见了……好吧，我也记不清了……总之，很高兴，能再见到一位老朋友真是非常开心，对吧？”

克鲁沉默了片刻：“也不是次次都高兴。”麦理都意识到，她又说错话了，这是一个要命的毛病。她希望克鲁不要以为她是在故意拐弯抹角地提起亨利·坎宁安，于是连忙岔开话题，却猛然意识到自己挑起了一个原本并不打算说的话题。

“不，这个要视情况而定，对吧？特别是如果是亲戚的话。可怜的缪丽尔……”她转过头，向希娃解释道，“缪丽尔·斯特里特夫人是我的一位老朋友，就住在附近。她的丈夫斯特里特先生在村外有一大片地。我真的非常同情她。昨天我还见过她，她说斯特里特先生的亲戚近段时间正在他们家做客。这些亲戚好像觉得在国内没意思，于是习惯性地每年冬天都去国外。现在他们承担不起出去的费用了，就开始抱怨英国的春天不好过，整日刮冷风，还总是下雨。显然，他们又不擅长侍花弄草，否则还能有点兴趣。他们也不喜欢走路，你看，这就是经常开车的后果！缪丽尔很担心他们会觉得在这里生活无聊。就像她自己说的，她真希望家里不要住这么多人。”

希娃感叹着，现在要招待好客人真是不容易。而对此，克鲁女士只回应了一个词：“不可能。”她将冰冷的目光投向麦理都太太，道，“既然霍伊有二十个卧室，那房子还能住满，我不信。”

麦理都太太是一个身材高大的美丽女人。年轻时的她如苹果花一般漂亮可爱。虽然现在她依然有年轻时候的蓝眼睛和迷人的神态举止，但所有的特点似乎都有些过度放大了。曾经美丽的金发现在有些凌乱，演变成了椒盐色，几束头发在脖颈处耷拉下来，垂到浅紫色的毛衣上。她本想努力保持发型，所以别着几个发卡，然而发夹却总是滑落。她那件紫色毛衣外面，套着一件旧开襟羊毛衫，有些小，在身上绷得紧紧的。听到克鲁女士的话，麦理都太太的脸一下变得通红，忽然一个郁闷的想法浮上心头。她很高兴有莫德·希娃陪在身边，刚刚说的一切也只是烟幕弹，为了引开话题。可现在，莫德会不会以为这番话是在有意无意地影射她原本充满善意的来访？想到这里，麦理都的手有些颤抖。她端起茶壶，一边倒茶，一边不自在地说："是啊，没错，所有的房间，还没有什么仆人，真是太难了。我实在是庆幸自己拥有的是一个可爱的小屋子，还有一位好姑娘弗洛理把房子里里外外打理得井井有条，这样我才能这么方便地款待我的朋友。"

她开怀地笑着，和蔼地看向希娃小姐。希娃小姐也向她投去和善的微笑，这个微笑使她的担忧减轻了不少。她倒了些牛奶，先递给她们一些白糖，接着递给她们绿色的罗金汉姆杯。与此同时，她脸上的绯红渐渐散去，向她们继续讲述着将达林庄园易主，退居至这个舒适的白色房子，让她感到多么欣慰。克鲁好像受了冒犯，不太高兴地接过一块弗洛理呈上的司康饼。这时，麦理都太太才意识到她刚刚提到的话题也不太合适。因为大家都心知肚明，无论这个村里发生什么，无论她本人或者她的侄女们发生了什么，莉迪亚从过去到现在乃至将来，都会坚决待在克鲁大宅，寸步不移。麦理都的脸又红了起来，竟又说了些言不由衷的话。

"可怜的缪丽尔，我对她深表同情，她肯定很失望。你应该知道那件事吧？"

莉迪亚·克鲁抬起了空杯子。

“我相信如果我们正好碰见的话，她肯定会告诉我。她不是一个能藏得住话的人，不过她以后兴许会改变。这杯牛奶简直太多了，差点喝不完，其实我原本只想喝一点……对，再倒一满杯茶……我的手很稳。那缪丽尔是对什么失望？”

“她的胸针。”麦理都太太说道，“就是在一两年前，她伯母去世的时候留给她的那枚，上面有大颗的钻石。你也知道，胸针非常漂亮，就是有些重。你记得吗？她原来给我们看过的。不好戴，但她说她把这枚胸针当作自己的存款。这也不算是传家宝，就是伯母给的，她说如果到了很需要钱的时候，可能会把这枚胸针卖掉。结果，有一天她拿着这枚胸针到城里去估了个价。后来，你知道吗？那上面的根本不是钻石，是人造宝石。”

希娃有些吃惊：“天哪！”

其他人显然并没有注意到这声惊呼，希娃安静地拿起的杯子，一面继续呷着茶，一面继续听着她们的对话。

看来，克鲁对失望的缪丽尔并没有什么同情心。

“人不应当卖家传的珠宝，这是背信弃义！”

“可这个不是……”

莉迪亚·克鲁不耐烦地打断了麦理都：“当然是！缪丽尔的伯母是哈丽特·霍恩比，她们不过是隔了两代人的远房亲戚。她没有理由要想着去卖掉这枚胸针。如果她没有这样做，就不会有人知道那是人造宝石。”她发出了一声哼笑，继续说道，“一旦真相揭晓，我想，只怕现在许多人家里的那些珍宝只不过都是人造宝石吧。他们其实买不起保险，也付不起遗产税。只要没人知道，他们就能假装这些宝石有价值，还能保持体面，这种骗局也无伤大雅。可是，他们得知道，要管住自己的嘴。缪丽尔·斯特里特就做不到。她小时候不管去哪里，大家总喊她‘长舌妇’。玛丽安，你不用坐那儿想是不是你跟我说过这件事，因为我敢说现在肯定半个村子的人都知道了。”她又拿起一块司康饼，冷笑着继续说，“菲利希亚·麦尔布礼就比她明白。我们从来没有怀疑她那条方形红宝石的项链是假货，可这就是事实。每次想起她，我就觉得好笑，她之前总是显摆，对我们说这是她祖母在维多利亚女王的加冕典礼上戴过的，可真有勇气。其实如果不是她丈夫弗莱迪·麦尔布礼逢人就说，还四处抱怨说他不知道她到底把钱花在了哪儿，本来也没人会知道这条项链的真相。”

麦理都本希望希娃也能加入她们的对话，但她却发现克鲁正对她们俩共同的朋友大加指责，而她自己根本无力劝阻。克鲁好像认识村里的每一个人，对他们却几乎没有什么正面评价。其实麦理都太太也大可不必为此烦忧，因为她的这位老同学正听得津津有味，并不觉得自己被怠慢了。茶的浓度刚刚好，正是希娃喜欢的；弗洛理做的司康饼几乎可以和她衷心的仆人艾玛做的相媲美；还有一种之前没见过的茶饼，里面有些蛋白酥混合物，味道也绝对可以满足味蕾。一般，像这样绝妙的食物配方可不易得。而且，幸运的配方拥有者对此往往也非常珍惜，决不轻易示人。但这个时候面对的是亲切友善的玛丽安，于是希娃怀着一丝期望，心想或许她能告诉艾玛这份食谱，这样以后便可以给自己再加一道常用的点心了。

喝完茶以后，弗洛理便将茶托一并端走了。希娃拿出了一个花朵图案的针织包，从包里取出一副灰色的毛衣针，上面已经挂上了两寸长的编织图案，是用美丽的樱桃红毛线织成的。克鲁女士立即投来了鄙夷的目光，瞥了一眼希娃小姐手中的毛线，问她这是什么。于是，希娃小姐向她详细地讲述了自己的侄女艾舍尔·博克特和她的家庭。

“她有三个正值学龄的儿子，这几个孩子长得特别快，衣服几乎换不过来。我绝大部分时间都在忙着给他们织长袜和短袜。但偶尔想改变一下，给她唯一的女儿织些漂亮的衣物，我很乐意。我叫她小约瑟芬，但估计再过段时间就不能这么叫了，因为她马上就六岁了。我刚刚给她织好一套衣服，但我觉得这种亮色的羊毛很适合给她织一顶漂亮的帽子和一条好看的围巾。请问，你做针织活儿吗？”

克鲁女士回复了一声简短的“不”，根本不屑于表现出一些礼貌。麦理都太太觉得有些尴尬，脸有些发烫，连忙想到什么便随口问了出来：“那个住在冬青树旅馆的英俊年轻人莱斯特先生是你的一位老朋友吗，莉迪亚？”

克鲁女士的眉毛有一个自然的弧度。三十年前，这对眉毛和那双美丽的灰色眼睛看起来相当和谐。现在，眼睛的眼皮上满是褶皱，双眼凹陷，看起来冰冷无比，正如她此时的语气。

“天哪，玛丽安！”

“啊，难道不是吗？”

克鲁女士的口吻充满了鄙夷。

“他是这样说的吗？如果是……”

“哦，不是，当然不是！我还没有和他说过话，但昨天我在麦尔布礼的公交车上落下了一个包，当时他真是礼貌极了，那样好的言谈举止，声音也非常好听。后来斯塔布斯太太跟我说，他是莱斯特老医生的孙子，还说看见他和罗莎蒙德在一起……”

她又捅了娄子，但这一次，她马上意识到自己刚才说错了话。莉迪亚·克鲁女士的腰杆笔挺。尽管如此，她还是挺了挺腰，显得身体越发僵直。

“你说的‘和罗莎蒙德在一起’是什么意思？这个词我觉得有点奇怪。我知道罗莎蒙德因为简妮跟他说过一两次话，不过都是生意性质的。这个傻丫头喜欢乱写乱画，大都是没什么意义的东西，但她自己开心。莱斯特先生是一家出版公司的员工，简妮似乎是给他寄了一些自己写的垃圾。我还听说现在出版像孩子还有那些文盲写的东西已经是一种趋势了。真是世风日下啊！”

麦理都太太笑盈盈地说道：“简妮真的有作品要出版了吗？她该多开心啊！”

克鲁不耐烦地比画着手势，满手的戒指明晃晃的。希娃小姐不禁想，把戒指戴得这样拥挤，可不利于戒指的保养。她满手的戒指镶嵌着名贵的宝石，有钻石、绿宝石、蓝宝石还有红宝石。然而，这些戒指与其他太太手上的比起来，又保存得相当好。

不仅是手势，克鲁女士的声音里也透着不耐烦。

“没有的事！就算要出版，我也不会同意！看来莱斯特先生也知道她年纪太小了，但他似乎认为她很有潜力。他提了些建议，说她应该读一些什么书。当然，她本来是该在学校读书的。她的教育就这样残忍地中断了，罗莎蒙德又把她惯得不成样子，不过只要什么时候能送她走，我会一定确保这事万无一失。”

麦理都太太不悦地倒抽了一口气。

“可罗莎蒙德不希望那样！”她的语气透露着真诚，并没有世故圆滑。

克鲁女士开始戴起了手套。那是一双黑色的羔羊皮手套，十分陈旧，而且已经有些磨损了。手套挡住了戒指的光芒，她用手轻轻抚了抚戴戒指的地方。

“罗莎蒙德会听我的话。”莉迪亚·克鲁说道。

麦理都太太不想再继续聊下去了。有时候，她觉得要和莉迪亚不发生争执真的很难。可如果这样，除了会让自己在村子里觉得尴尬，又有什么好处呢？她向下扯了扯那件开襟羊毛衫，结果因为绷得太紧，衣服又开始向上缩，她觉得有些尴尬，岔开话题说道：“莱斯特医生总是那么和善，而且非常聪明。听到他依然身体康健，真是太好了。”

莉迪亚·克鲁发出一声冷笑。

“我记得你刚刚说你没跟他孙子说过话。”她的语调与措辞仿佛把克雷格与自己的距离拉得很远。

“这个，其实是斯塔布斯太太……”

克鲁女士挑了挑眉。

"又是听村里人说的？拜托，玛丽安！"

麦理都的脸一下子涨得通红，说道："听到他的消息我真的很高兴。莱斯特先生对他的叔祖父很上心，不是每个年轻人都能这样孝顺，不怕麻烦的。他跟斯塔布斯太太说，莱斯特医生现在身体非常棒，而且莱斯特医生还询问了黑兹尔格林村每个人的近况，非常关心大家。"

克鲁猛地把椅子向后一推，站了起来。

"我一直觉得他是一个讨人厌又爱讽刺别人的老家伙。"她说完便告辞离开了。

等她走过拱形的紫檀木，麦理都太太便将她当年与亨利·坎宁安之间的婚约，以及现在两人之间破裂的局面一股脑儿地全告诉了希娃。

"没人知道究竟发生了什么，但自打他当时匆忙离开以后，可怜的莉迪亚就变了。可以肯定地说，她当时真的非常喜欢他。不管是吵架也好，或者是发生了别的什么，两人的关系也不至于变成这样。他当时很年轻，莉迪亚比他大了十多岁，可她也不是一个善变的人，不知道你能不能明白我的意思。"

希娃表示，她完全能明白。

麦理都太太叹了一口气，回忆起来。

"故事是这样的。她当时很美，活力四射，不过不是我们口中的逗男子喜爱的类型。她喜欢发号施令，而且固执己见，所以他们当然不会喜欢，对吧？但她当时和露西·坎宁安是最好的朋友，常常与亨利碰见。我不想说刻薄的话，可在我看来，他确实运气不太好。他当时刚刚从剑桥大学毕业，闲得没事干，接着就传出了荒唐的丑闻……”

希娃的语气格外认真。

“玛丽安，你好像没有跟我讲过。”

麦理都太太犹豫了一下。

“没有，我是没有讲过。那件事情特别愚蠢。马伯利一家已经离开这附近了，这件事不提也罢，因为这件事肯定不是真的。”

希娃已经把小约瑟芬的帽子织了几英寸 [长度单位。1 英寸等于 2.54 厘米。]，她的头稍稍偏向一边，眼神透过明亮的羊毛线看过来：“我越发好奇了。”

刚刚在莉迪亚·克鲁面前遭到的冷落，似乎可以通过这样的方式得到安慰，麦理都太太松了一口气，陷入了一名诗人所谓的“还能说话的狂喜中”。

“好吧，这件事对你来说一点也不重要，因为他们你都不认识。那个时候马伯利这家人相当富有。马伯利先生当时是一个公司的发起人之类的，这家人真是挥金如土。显得有点夸张，但我想他们是想表现得慷慨些。马伯利夫人也的确慷慨，可结果却是那样的。她的衣着时尚，价格不菲，而且喜欢穿戴大量的珠宝。有一次，她有一枚价值连城的钻石戒指不见了，不知怎么的就有传闻蔓延开来，说是亨利·坎宁安拿走了这枚戒指。我也记不清楚所有的细节了，也没人知道这谣言是怎么传开的，但谣言确实存在。我个人并不相信，因为……反正，就是不会，我了解的他不是那种人，而且马伯利夫人是那种就连出门喝茶都会落下包或者围巾的女人。她之前很可能是把戒指脱下来，忘在了什么地方。我还记得他们原来和我们在庄园吃饭的时候，她当时给我们展示了一个非常好看的手镯，那是她丈夫送的圣诞礼物。结果等他们走了以后，管家在她的坐垫下面发现了这个手镯，已经滑到了沙发套的缝隙里。如果再迟一两天，这手镯可能就不会被发现了。真的，因为我们当时家里正缺人手。就像卢卡斯当时说的，这事本来会闹得非常不愉快。所以你应该明白了，马伯利夫人可能是自己把戒指弄丢了。”

“一直没有找到吗？”

“这个我不知道。马伯利一家搬走了。马伯利先生在美国有商业投资，所以他们就去了那边。我觉得他们不会在一个地方久住。所以马伯利夫人也可能找到了那枚戒指，只不过懒得再告诉我们。她是那种脾气很好，对生活漫不经心的人。那时，亨利·坎宁安就离开了，再也没回来。没人知道他是因为大家的议论，还是因为当时要同莉迪亚结婚了，所以感觉慌乱才走的。他的姐姐露西整天就只是哭，而可怜的莉迪亚就变得跟石头一样冷酷了。大家都不敢问她发生了什么事，问露西也没用，因为她显然不知情。啊，好吧，真是很久以前的事情了。”

希娃小姐扯了扯樱桃色的毛线团，问道：“但坎宁安先生还是回来了？”

麦理都太太点了点头。

“大概是三年前。非常意外，当然他变了很多。但露西很高兴，到处跟大家说他在外面的生活多么有意思。但我觉得他之前肯定居无定所，我想露西她肯定不知道这个情况。”

“克鲁女士呢？”

“哎呀，天哪，这就很尴尬了。对莉迪亚来说，他似乎还没回来。当然，在一个村里他们一定会见面，见了面她就装作不认识他，直视着前面，就这样走过去，好像他是一个透明人。哎，今天下午……”

她继续谈论着莉迪亚·克鲁。

第十章
真情告白

看着克鲁女士进了那间白色房子后，克雷格·莱斯特踏着轻快的步伐，沿着主路走到克鲁大宅，转身进了院子的大门。他走上台阶，发现门正开着，显然屋里有人在等他。罗莎蒙德后退几步，关上了他身后的门。她的面颊有些泛红，眼睛很亮。还没有寒暄和问候，她便直接说话了，呼吸还有些急促："你看见莉迪亚舅祖母了吗？她刚刚才出门。"

"我没料到竟然看见她在走路。"

"没料到？"

"没有。我上次看到她的时候，还以为她一直在那把椅子上坐了五十多年。"

她本想给克雷格一个责备的眼神，结果变成了恳求。

"这个嘛，她如果想走，就会走。今天她只去麦理都太太家，很近，就在冬青树旅馆的对面。”

“我知道，我看着她进去的。当时可怜的坎宁安先生就在那个拐角，她却对他视而不见。”

“她是这样，”她的声音有些难过，“我不明白她怎么做得出来，大家都有些看不下去。她竟然就这样无视他，继续向前走。”

“可不是，她真做得出来。坎宁安先生回来多久了？三年吗？那他现在肯定也慢慢习惯了。对了，坎宁安女士呢，也被无视吗？”

“哦，那倒没有。她们现在还是朋友，只不过莉迪亚舅祖母绝不会去那栋房子，因为会见到亨利。但露西会到这边来，尼古拉斯也是。”

“简妮也跟我这么说，还说尼古拉斯爱上你了。”

她的脸渐渐地红了：“简妮太多嘴了。”

“这都是胡说八道……我知道，我明白。那你爱他吗？”

“克雷格！”

他哈哈大笑道：“太荒唐了，是不是？别用这个岔开话题。这房子里的一切要么是死气沉沉，要么是还未苏醒。我要把这一切都唤醒，这就是我的想法。不谈尼古拉斯了。我什么时候来找你时，你能是一个人？”

她的嘴角向上翘起来：“这个，你现在来找我，我不就是一个人吗？”

他嘲弄地笑了：“当然不是，绝对不算！你看我们的左边有一群祖先，右边也有。有些祖先的肖像画真是我见过最阴郁的画像了！”

“只是需要清理一下灰尘。”

“如果真的看清楚了，本来的样子可能更糟。哎，对了，这里面有克鲁女士的画像吗？我倒是很想看看。”

“真的吗？那幅画在客厅。如果你想看，我就带你去。”

于是他们一起往客厅去了。那幅画可谓是一幅佳作，作者是艾默里。罗莎蒙德不知道他是真的想去看看那幅肖像画，还是想要拖延和她在一起的时间。这样想着，开门的时候，她的脸上竟浮起了一些红晕。这间屋子内的摆设高低错落，阳台上的窗户和所有的家具都包起来了，盖着防尘罩。克雷格立即有种不愉快的感觉，这让他想起停尸房。屋内的空气沉闷又寒冷，所有的物品都被遮住了，死气沉沉的。壁炉上放着一面镀金的钟，还有一些瓷器人像。壁炉上方的墙上，就是莉迪亚·克鲁穿着白色缎面裙的画像了。她手上拿着一把黑色的羽毛扇，眼神投向他们。她面无血色，透露出一股盛气凌人，然而却莫名有一种僵硬的美感，像是一朵石刻传统画风格的花。像是一种养在温室里的花，或许是山茶花，还像是木兰花。她的身后是黑天鹅绒的幕帘，胸前挂着一颗星状钻石。缎面裙上有印花，而裙子的阴影是一种古怪的黑绿色。

克雷格皱着眉头打量着画，问道：“画这幅画的时候，她多大年纪？”

“我也不知道，我猜可能三十岁左右吧，应该不超过三十岁。因为三十岁以后，她的父亲就病了，家里就没钱了。”

“你是说，她发觉家里没钱了？这对她来说肯定是一个打击。”

莉迪亚·克鲁肯定对此非常难过，他想着，忽然又说道："我猜这破屋子也是你打扫的。"

"其实这屋里有很多东西已经收起来了。"

他把手放在她的肩上，严肃地问道："你想跟她一样，永远待在这个房子里直到冻死为止吗？"

她抬起眼，迎上了他的视线，但很快又转开了目光，她不敢直视。

"简妮在这儿。不是为了别的什么，我得为简妮着想。"

他回答道："那就为了我，改变你的想法吧。从现在开始，试着改变一下自己的想法。我今年三十二岁，身体健康。虽然不是腰缠万贯，但有份还算不错的工作，而且我的新书卖得很不错。"

"克雷格……"她的声音有些颤抖。

"听我说完。我已经很生气了，如果什么时候实在忍不住了，到时候我可不会讲道理，但一定不会伤害你。你的话或许我爱听，又或许我不爱听。我不会真的粗暴待你，而且是为简妮着想。我有个房子，是去年一位老表亲留给我的。房子还不赖，我觉得你应该会喜欢。房子由老保姆一直帮我打理着，她很好相处。我并不想要你现在就给我答复。你才认识我一个星期，我不是敏感，不会要你现在就做决定。"

一种奇妙的感觉浮上了罗莎蒙德的心头，他们好像不知怎么的到了梦里，在这里他们可以敞开心扉，说任何想说的话，怎样都没有关系。她回应道："可你也刚认识我一个星期。"

他的双手温暖而有力，他笑着说道："这你就错了，我的好姑娘，我认识你很久了，远不止一个星期。我不知道简妮当时是有意还是无意，在她的手稿里放了一张你的照片。那是一张快照，照片里你穿着白裙子，端着一个茶托。光看照片也知道茶托很重。”

“尼古拉斯也这么说。照片是他照的，其实没什么意义。”

“尼古拉斯当时在做什么，就那样让你端着茶托吗？”

他的声音十分生硬，不像是梦里有的。她的心里有什么东西开始动摇了。

“克雷格，放开我！”

“一分钟，只要你答应考虑我刚刚说的。”

“考虑什么？这不现实。”

“噢，非常现实。我没有要你嫁给我，因为一切太突然了。我只是想告诉你，等我们越来越熟悉，那就是我的打算了。我不催你，你好好考虑一下。我觉得，跟我住在一起应该不至于比跟莉迪亚舅祖母住一起还糟糕吧？我应该好多了。我会好好照顾你，亲爱的，你需要有个人在身边。但现在，我可能要让你生气了。”

她正想着这句话的意思，忽然感到他一只手托住了她的下巴，接着是一个轻轻的吻。这个吻转瞬即逝，她甚至还没反应过来发生了什么。她没有生气，因为没有理由。他爱她才会吻她，这点她确信无疑。她觉得非常安心。

他立即放开她，朝门口走去。

第十一章
女仆荷莉德

他们沿着走廊朝简妮的房间走去。克雷格此时已经没有那么紧张了。即便之前没有看到莉迪亚·克鲁走进那间白色木屋，他也觉得克鲁肯定不在右边那扇关着的门里，这是想象力在作祟。当然，罗莎蒙德知道这个房间实际上真的没有人。他开始明白，在每天都有铃声急切地催促她的情况下，她都过着什么样的日子了。当克鲁不在家的时候，她是如此不同，少了些刻板，也不再把他拒之于千里之外。至少，他可以看出她并没有生气。他吻了她，可她并不生气。

她在他身边安静地走着，一如往常。他们之间有太多没有说出口的话，因为还不是时候。但他们都心知肚明，那一刻迟早会来。到了那时，他们才会吐露心中的一切。还没到走到简妮房间门口，房里的声音就传进了他们的耳朵。她向前迈了一步，背朝着他说道：

“那个，我跟你说了吗？尼古拉斯在这儿。我希望你见见他。”

他觉得有些生气，又觉得讽刺。她希望……是吗？今天是星期天，大家都没有忙工作，一会儿还不知道会有一场多有意思的茶话会呢！

他跟着罗莎蒙德走进了房间，瞧见简妮正和一个明星似的年轻男人谈笑风生。他心里开始暗暗比较起来，他也不知道自己为什么这样。尼古拉斯·坎宁安虽说英俊，但还有很多人也很英俊，他们同样也不是明星。他的头发卷曲着，可说句公道话，这发型看起来实在太做作。他的眼睛是和简妮一样的蓝色，这点倒是无可挑剔。至于别的嘛，他身材瘦削，性格活泼，脸上时常挂着笑容，声音也很好听，而且神情相当轻松自在，好像把这里当成了自己家。究竟是哪里让克雷格觉得不顺眼？克雷格自己也不知道，可就是觉得不顺眼。他浑身上下每一处都让克雷格觉得不顺眼。

简妮介绍起来。

“这是克雷格，这是尼古拉斯。现在你们认识了，我们来举办一个茶话会。所有的蛋糕都在这儿。你也别去端茶托了，罗莎蒙德，荷莉德女士还在这儿，她说只要我们按铃，她就会拿上来的。”

罗莎蒙德回答：“好吧，可她从来做不到。”

简妮忘了自己要表现得成熟一些，咯咯地笑起来。

“她说这是帮忙。其实如果不是她急切地想好好看看克雷格，她才不会这样呢。她老是错过见到克雷格的机会，都已经到了要‘降低’自己的身份，跑去开前门的地步，但是罗莎蒙德老是抢先一步。”

“简妮！”

"哎，本来就是。当我建议她可以端茶上来的时候，她说是给我们帮忙，但就像我刚刚说的，她心里其实早乐开了花。"

克雷格问道："荷莉德女士是谁？为什么想见我？"

白天来家里帮忙的两个女仆里，有一个叫艾薇的是真的来帮忙的，另外一个就是荷莉德女士。她年龄不详，有些自命不凡。虽然艾薇尚不满十七岁，可荷莉德的能力远不及青春活泼的艾薇。虽然艾薇做事大大咧咧，但好歹也过得去。当艾薇忙乱地把瓷器碰到开水里时，好歹还会马上捞出来。据博得太太说，艾薇打破的东西远不及荷莉德女士打破的一半多。"罗莎蒙德小姐，我跟你说，她是怎么打破的呢，我也不好说。不是因为她太着急了，而是她是我见过的干活儿最慢的。她好像没法儿控制自己的手指头，所以如果你能自己端克鲁女士的茶托，就会有更多瓷杯幸免于难了，如果你能明白的话。"

简妮模仿着博得太太的神情，乐此不疲。接着，她又模仿起了莉迪亚舅祖母，颐指气使，声色俱厉地说："又是一个明顿牌的盘子！"她转而又学起了荷莉德女士，无力地解释说是因为她还不习惯做刷洗餐具的活儿。就在此时，门"咚咚"响了两声，尼古拉斯起身去开门。荷莉德正端着一个小托盘站在门口。托盘上有五个造型奇怪的杯子，一个盛牛奶的棕色陶壶，还有一个有花朵纹样的大茶壶，不过茶壶的壶嘴已有些残破了。荷莉德身材瘦削，甚至有些弱不禁风的样子。她端着托盘，颇显吃力。托盘渐渐斜向了一边，尼古拉斯连忙接过托盘，在罗莎蒙德面前放下来。

荷莉德侧着身子仔细地打量着克雷格·莱斯特。他真是一个帅气的绅士，她默默地想。她喜欢身材高大的男子，两个尼古拉斯加在一起才比得上他的身材。但女孩们大都喜欢尼古拉斯先生，因为他足以让其他人感到自愧不如了。一般他来到这里，总会笑眯眯地看着罗莎蒙德小姐。这固然是好，但她在上周三晚上或者更早些的时候，曾亲眼看到他出现在麦尔布礼的剧场里，身边还有一个克罗士街烟草店的姑娘，打扮得花枝招展。那姑娘浓妆艳抹，衣着奢华，假如她不是用的尼古拉斯的钱，那肯定把自己所有的钱都花在了这件衣服上。几乎有一半的时间，她都把头靠在他肩上，至少在进出剧场时一直都是如此。她始终一句话也不说，但头却一直黏在那儿，一动不动。荷莉德没有在大庭广众之下发出一声冷哼，因为她一直以自己得体的举止为荣。但当尼古拉斯从她手里接过托盘放下的时候，她从心里鄙视他。

她又看了一眼莱斯特先生。他就不一样，他是一个堂堂男子汉，尽管他可能不会样样都叫你满意，可这一刻，她却更喜欢他了，而不是那个讨厌的尼古拉斯。她这样想着，并没有考虑到哪里有什么不对。她的优越感主要源于批判他人的错误。

她呆呆地站在门边，沉浸在自己的世界里，完全没有想到该离开房间，退下去了。她身上穿着一件柔软有些褪色的宽大罩衫，露出里面绿色的粗布裙子，细细的脖子上戴着一串宝蓝色的珠子。她的嘴微微张开，正愣愣地盯着克雷格。她的脑海里浮现着西部片中的一个画面，他骑着电影里常见到的那种马奔驰而来，就在你要落入印第安人手中的那一刻，他飞驰而过，一把就抓起了你。忽然，耳边传来罗莎蒙德的声音，敲碎了她的美梦。

“非常感谢你，荷莉德女士。”

她觉得十分失态，急忙退出房间，连门也忘了关。

尼古拉斯上前带上门，略带恼怒地说：“这女人有点神志不清。总有一天她会在夜里放火把你们都烧死在床上。”

简妮放肆地大笑起来：“她离开的时候，我们才会在床上。至少我应该会在床上，莉迪亚舅祖母我就不知道了，但罗莎蒙德估计不会在床上。她都没有机会，哎，可怜的人儿。那两个姑娘……”她说着，忽然又爆发出一阵笑声，“真有意思，我居然还要把荷莉德女士叫作‘姑娘’！反正她们平常晚上八点整都会回家。艾薇每个星期天都不来帮忙，但荷莉德喜欢来，因为这里有午饭吃，还有茶喝。”她拖长了声音，又惟妙惟肖地模仿起博得太太，“麦克斯韦尔小姐，告诉你，只要她知道不用干活儿。”

克雷格递给简妮一杯茶。罗莎蒙德无奈地说道：“简妮！”尼古拉斯只是大笑不止，拿了一碟博得太太做的蜜糖点心放在简妮的腿上。

“吃吧，孩子，让你姐姐有机会说句话。”他说着，看到她的脸渐渐红到了脖子根，心里颇为满意。

荷莉德并没有立即回到管家房内。博得太太要等她回去了才会烹茶，她此时的心情不错，所以想先给克鲁女士的壁炉添些火。虽然她承认这是出于好奇和善意，但她确实从来没有一个人在这房间待过，这是事实。准确地说，她几乎没有进过这个房间。一直以来，都是麦克斯韦尔小姐用吸尘器清扫地毯，给这无数的装饰品擦灰除尘。如果说有什么事是荷莉德觉得倍加感激的，那就是她不用去照管那些瓷器，也不必像老鼠遇上猫一样，一直在克鲁女士的眼皮下战战兢兢。她并不同情其他人，她也有自己的麻烦，不是吗？但在她心里，有时会为罗莎蒙德·麦克斯韦尔感到难过和惋惜。

她进了房间，身后的房门半掩着。现在是白天，但这房间的角落却黑漆漆的。于是，她扭亮了那盏枝形吊灯，突来的光明差点让她叫起来。她眯着眼往后看，还以为是有什么人进来了。如果她真的想检查炉子的话，刚刚应该带一个手电筒的，不是吗？她在火炉边跪下来，发现好像并不用添火，可她先前并不知情，看来只需要清扫一下。她右手边的架子上挂着一套粗劣的壁炉工具。除了克鲁女士，现在没人的家里还用这样的工具了。如果说这工具还有什么用的话，那可能因为它们是黄铜的。不过正是这样，它们会把你的手变得脏兮兮的！

架子上的工具中有一把刷子，挂着其实只是装饰，并不实用。荷莉德仰起头，不管这刷子是不是实用，她今天一定会用，没人阻止得了。她扫开一块煤渣，轻轻拂去想象中的灰尘，这让她有种优越感，独自待在克鲁女士房间内的那种紧张感已经渐渐消失了。接着，她重新挂上刷子，站起身来。既然现在正在这个房间里，她也就不急着离开了。她在房间里走了一圈，看着一屋子的瓷器，再次庆幸不是自己来清理它们。在她看来，大部分瓷器都很难看，只有一只上面有小鸟图案的瓷盘正合她心意。她非常喜欢鸟儿，之前在一个笼子里，她看见好几只小鸟，如果当时能打折，便宜一些的话，她一定会买下来。这只瓷盘上有六只小鸟，像普通的装饰图案一样，是成对的。有两只绿色、两只黄色，还有两只棕色羽毛红色胸脯的。她在房子里绕了一圈以后，又走向克鲁女士的椅子，把坐垫摆正。

听见门外的脚步声后，她没想到自己竟吓了一大跳，她还从未如此惊慌。她把手放进罩衫口袋，嘴巴张开，低声惊叫了一声。其实，来的只是博得太太，她不过是过来看看荷莉德怎么还没下去喝茶。荷莉德本无意给博得太太造成这样的麻烦，因为她也不想，可谁知道她竟跑到前面来了呢？她只听从吩咐到这里来见过克鲁女士一次，那是唯一一次，也是最后一次。说是那次麻烦了博得太太，可这样的描述已经算是轻描淡写了。博得太太身材矮小，气色红润，她那火爆的脾气每个黑兹尔格林的人都知道。她站在门口，看着荷莉德，仿佛她正在做什么伤天害理的事。

“你在这儿干什么？”她问道，“啊，你是来检查炉火的？克鲁女士才出门半个小时！煤是烧得很快，但不至于烧这么快。这个房间里没你的事，你也明白，不然我刚刚进来的时候你会吓成那样吗？荷莉德女士，我拜托你，干好自己的事，让我省点心。我还要烹茶，壶里的水这个时候已经开了好一会儿了，我还以为你是不是中风或者是犯了什么病摔倒了。”

荷莉德女士无力地辩解着："不，我们家没有这样的病史。"

她的手虽然放在罩衫口袋里，却还是颤抖着。她走过博得太太的身边，站在了她的身后，随即听见门"吧嗒"一声关上了。她本来很期待她的下午茶，因为周日的下午总可以吃到美味的蛋糕。但现在看来，由于博得太太的脾气，她的下午茶不会很愉快了。在博得太太的催促下，她顺从地走下楼梯，走过大厅，最后穿过了粗呢门帘，走进了杂役房。

第十二章
不欢而散

半小时以后，露西·坎宁安也加入了简妮房间里的茶会话。她是从侧门进来的，没有劳烦任何人帮她开门，过去的三十年来，她一直如此。她每次出门，都做好了下雨的充分准备。此时她的冬衣外正套着一件男士的雨衣，手里带了一把结实的雨伞。

“嘿，我来了，”她说道，“虽然有点迟，但我还是来了。我本来还想给亨利泡点茶，可转念一想，我必须得去问问斯塔布斯太太关于母鸡的事情，她之前说过要借我一只会抱窝的。因为我养的那几只杂种鸡不会孵小鸡。但我又不想要她去年借我的那只浅花苏赛斯鸡，它实在是太娇气了，当时所有的雏鸡死了一半。但她应该没有生我的气，所以我就沿路去了一趟冬青树旅馆。你好吗，莱斯特先生？你当时就在冬青树旅馆，对吧？我弟弟应该在那里碰到你了。希望你在斯塔布斯太太那儿待得还舒服。不过肯定不用我操心，她一直很会待客。”她放下了双手，象征性地和屋里所有人都打了个招呼，“别让我一会儿走的时候忘记带伞，我还是把伞放在身边吧。不过，尼古拉斯，可以帮我把雨衣拿走，还有外套，这里真热啊。简妮如果把窗户打开就会好些。这屋里空气不流通，不然人的精神能振奋点。你好吗，罗莎蒙德？你的脸色不太好。你一定要一天喝三次酸奶，没有什么比得上酸奶，而且一点也不麻烦，就把牛奶放那儿，等变酸就行了。对，你可以帮我拿开这条围巾，在这里我就不戴了。”

脱下了好几层衣服后，尽管仍比一般人还要更显丰腴，但她明显没有那么臃肿了。姑且不论酸奶，她的确能烹得一手好茶。她不着边际地侃侃而谈，一边吃着黄油司康饼、水果蛋糕和茶饼。这茶饼是博得太太的独创，完全可以和弗洛理·亨特的手艺媲美。过去的三十年里，露西·坎宁安一直试图打听到茶饼的做法，不过即便是她再打听三十年，也只怕是在浪费自己的时间。博得太太向来对自己的秘密守口如瓶，所以除了她自己，没人知道茶饼的做法。只要她活着一天，便不会有第二个人知道。坎宁安女士终于吃饱喝足了，继续极力劝说罗莎蒙德和简妮要喝酸奶和黑糖，还有一种牛奶和啤酒酵母兑在一起的混合物，听起来似乎相当可怕。

尼古拉斯大笑起来。

“我还以为要别人吃这样的食物，首先得从自己做起。你自己在家可从来不吃这些东西。谢天谢地，你还知道不用这些东西去毒害你的家人。”

露西女士瞪着圆圆的蓝眼睛，心里有些受伤。

“可是，亲爱的，我不需要吃这些食物。虽然这样我可能会瘦一些，但如果你感觉身体好，那就是好，区区几磅体重又有什么重要的呢？”

简妮咯咯地笑起来。

“但罗莎蒙德和我并不想减肥，大家还总是劝我们要胖一点。”

“哎呀，你们会胖的，亲爱的，我敢肯定。你们不会一直这么瘦，你们可以吃奶油、黄油和鸡蛋，如果想的话，甚至可以吃牛脂。”

“如果吃了黑糖还有酸奶之类的东西，我可就没胃口了，”简妮说道，“我会一直一直一直不想吃东西。这就是为什么你说能减肥是不是？”

罗莎蒙德穿过房间，走到简妮和露西·坎宁安中间。这是茶话会最糟糕的部分，简妮已经开始有些激动，卖弄起来了。罗莎蒙德看了克雷格·莱斯特一眼，但她没有意识到自己的眼神是一种诉求。当她岔开话题开始询问露西母鸡的事情时，分明听到克雷格正在问尼古拉斯，有没有看一部城里人都很喜欢的喜剧。他绘声绘色地描述了一番喜剧故事，显然挑起了一旁简妮的兴趣。不一会儿，就又听见简妮哈哈大笑起来。

母鸡的话题很快就聊完了，坎宁安女士看了看她的表：“我本是想见见莉迪亚的，我想她应该不会回来太迟吧？”

“嗯，不会的。”

“她好像并没有去很远的地方，亨利看见她转身进白色房子了。”

“我也看见了。”莱斯特说完，忽然意识到自己说错了话。

“啊，天哪。”露西的回应说明，她显然也知道之前亨利·坎宁安和莉迪亚会面的情形。她岔开话题，声音有些焦急，开始对博得太太的饼干赞不绝口。她试探性地问了一下罗莎蒙德，能否让她说出茶饼的做法。

“我不敢问她，真的不敢。”

“懦夫可没法儿做出好饼干！”尼古拉斯笑着说，“你们每个人看到她都怕得发抖，她清楚得很。而且罗莎蒙德是抖得最厉害的那个。”

罗莎蒙德也笑了，不过是苦笑：“唉，她是一个可怜的寡妇，生活穷困潦倒，当然害怕大家把她当软柿子捏。她一旦打开了话匣子，就开始倾诉，拦都拦不住。以前一切跟她有关系的人，都会出现在她的话里。她起码能不停地说半个小时，后来你会觉得，好像这一切到头来都是你的错。”

尼古拉斯给她抛去一个吻：“亲爱的，你真是一个没骨气的可怜虫！所以她才会把你当软柿子捏！”

露西·坎宁安摇摇头：“这样说没意义，不过她确实厨艺不错。”

“露西姑姑为和睦相处，可以不惜一切代价。只要不斗嘴，她怎么样都行，对吧，露？”

“尼古拉斯，我说过多少次……”

“说你没有这个又傻又丢人的名字？哎呀，我真不知道，亲爱的，这得看情况。不如我们私下商量一下，达成一个协议。这样，我们立个规矩，以后一天说一次，节假日的时候说两次。”

她不情愿地笑了笑，此时简妮思索着，开口说道：“如果不是喜欢你，别人是不会叫你的昵称的。如果你真的能让别人不再叫你的昵称，可能别人也就不喜欢你了。所以，你还是忍着比较好。我倒是宁愿别人叫我简妮福，不过没人这样叫。”

“我呢，倒一心坚持想要别人叫我吉尼维尔。”尼古拉斯说道，“名字一样，不过这个听起来更高调。”

简妮显然很赞同这个想法。

“嗯，的确是。”

“不过，要叫简妮福这个名字呢，你就得编两条长辫子，再戴上一条头巾。”

简妮的脸红了。

“你在嘲笑我！”

“我可不敢。”

羞愤的泪水在她眼里打转，她提高了嗓音叫喊：“你在嘲笑我！你总是嘲笑我！”

罗莎蒙德轻声地劝道：“简妮！”露西也急忙劝阻：“尼古拉斯，亲爱的，你别取笑她了。”话音未落，门忽然开了。克雷格·莱斯特转过头，看到莉迪亚·克鲁正站在门口，她黑色的身影显得非常突兀，房间安静下来了。她用冷峻的声音说道：“太吵了。尤其是简妮！你们在玩什么游戏吗？你好吗，露西？你们好吗，莱斯特先生，尼古拉斯？”她挑了挑眉，继续说，“好个聚会！希望我没有打搅到你们。”

两位男子站了起来，尼古拉斯依旧带着爽朗的笑容。罗莎蒙德此时却说话了：“我帮您倒点茶吧，莉迪亚舅祖母？”

克鲁女士审视着旧混凝纸浆茶托，破了壶嘴的茶壶，还有奇形怪状的茶杯和杯托。

“罗莎蒙德，这种场合怎么能用这些茶具？我们就没有五个比较配套的杯子了吗？我记得还有一个银茶壶，很结实，摔不破，我建议用那个茶壶。当然外表不重要，但从实用性的角度来说，这个破壶嘴会浪费很多茶。”

简妮的面颊红彤彤的，她用孩子似的声音，高声地说道：“跟罗莎蒙德没有关系，是荷莉德端的茶托。”

克鲁女士带着优越感，以主人的姿态向克雷格·莱斯特解释道：“她是我们厨房的一个帮佣，如你所见，工作很差劲。当然，这屋里的事跟她没关系，她本来是没有理由离开后院的。罗莎蒙德，这样的事情不能再发生了。”她注意到坎宁安女士站了起来，这个动作显然费了她一番力气。“你不走吧，露西？”她问道。

露西·坎宁安的脸一下子红了。她不喜欢争吵，但莉迪亚越来越爱讽刺人了。她回答道：“这个，我想我得走了。其实我不是来喝茶的，只是顺道过来跟你聊几句，不知道你能不能空出时间？不过我先收拾下自己的东西。我看看……有什么来着？一条围巾……不对，两条，因为你也不知道一会儿出门的时候风大不大，对吧？”

莉迪亚·克鲁轻蔑地说：“你太娇生惯养了，露西。你穿得越多，就越觉得冷。我每年都跟你这么说。”

坎宁安仔细地将两条围巾裹在脖子上，穿上厚厚的花呢外套，又将胳膊塞进宽大的雨衣里。

“我喜欢暖和些。”她简短地回答，接着说，“谢谢你，莱斯特先生。都拿上了吗？还没有，我的伞，我绝对不能忘了伞！”

克雷格把伞从一边递了过去，尼古拉斯取过一只鼓囊囊的手提包从另一边递了过去。

“都在这儿了！希望是这样，没有落下别的东西吧？好了，那我们去聊聊。”

“如果你收拾好了的话，露西。”莉迪亚·克鲁说道。

第十三章
明信片之谜

周日的白天时光很快就过去了。教堂的钟声响了起来，希娃小姐和麦理都太太正做晚礼拜。这里的人并不多，牧师的妻子演奏着风琴，那是一首悼念一战阵亡将士的乐曲。在圣歌与赞美歌的歌声中，牧师提高了他浑厚的男中音，片区护士的女高音则相当不稳定。古老动听的歌词在冰冷、封闭的空间里回荡。这所教堂的历史很久了，玫瑰战争前就已在此处屹立多年。这里有两个十字军战士的坟墓，墓上有两尊塑像，其中一个战士双腿盘坐在地上，表明他曾两次出征，完成了他神圣的使命。此外，这里还有些磨损了的黄铜饰品以及纪念塔。希娃忽然觉得，死者似乎比生者能得到更多的尊重。当祷告完毕以后，黑夜已被灯光照亮了。为免大家在夜晚遭到什么危险与不测，牧师走到布道台上，花了五分钟劝告人们，要担起责任，如爱护自己一般爱护身边的人。

他的声音洪亮有力，劝慰大家如果每个人都不怕麻烦，奉献出更多的善，世界就会更加美好。随后，他们一起唱了赞美歌《我灵之光》，走入了寒风凛冽的夜色。

弗洛理·亨特在周日的下午和晚上休息，所以两位女士只有自己准备晚餐和刷洗餐具。时间就这样平静地流过，没有一丝激荡。整个村庄宁静安详，人们享受着周日的闲暇，在教堂进行晚祷。一顿周日的晚餐过后，他们坐在壁炉边，或是聊天，或是看喜欢的书，或许他们还会扭开播放机听听音乐，最后人们彼此互道晚安，准备上床休息。

然而，在白色房子的附近，却有一张床在这个周日的夜晚空空荡荡。

周一早上八点，弗洛理来了，还带来一个消息。她在麦理都太太的床边放下了茶托，声音十分沉重："昨晚荷莉德女士没有回家，她的床上也没有人。"

麦理都太太睡眼惺忪地问："弗洛理，这是什么意思？"

弗洛理倏地拉开窗帘，窗外的光亮不禁让麦理都太太又眯起了眼。窗外一片灰白，让人心生寒意，难以面对。在清冷的光线下，弗洛理穿了一件有花朵装饰的罩衫，干净整洁。尽管罩衫的颜色已经有些褪色，不如从前鲜亮了，但与那张一大早就显暗淡的脸在一起仍有几分不和谐。罩衫上原本粉色、蓝色和绿色的图案充满欢欣与活力，却凸显不出她的容貌与神情。她稀疏的黑发梳在脑后，脸色晦暗，五官瘦削，薄薄的嘴唇十分苍白。一直到屋里的四个窗帘都拉开了，弗洛理才重复了一遍刚刚说的话。

"她没有回家，昨天没有回去睡觉。梅普尔太太急坏了，说她之前从来都没有这样过。她一般回家最迟不会超过九点，有时她去麦尔布礼拿照片，就会坐末班车回来。而且她总是会跟梅尔普夫人提前说，这样梅尔普夫人就会把钥匙给她，免得她进不来。”

就在这时，有人轻轻地在半掩着的门上敲了敲。接着，希娃小姐进来了。她今天换了一件温暖的宝蓝色睡袍，因为原先那件深红色睡袍已经穿了太久，磨损得很严重。原先旧睡袍上的手工勾花装饰出现在了新的睡袍上，丝毫看不出任何不协调。她脚下穿了一双黑色毛毡拖鞋，那是侄女多萝西送给她的礼物，上面还装饰着蓝色绒球，和睡袍搭在一起，显得相当舒适。她的头发整齐地罩在丝网下，她的表情有些担忧。

“亲爱的玛丽安，发生了什么事？我正要去洗手间，无意间听到……”

弗洛理不再如往日一样沉默，她又一次讲述了事情的经过，还描述了更多细节。

“梅普尔太太以为她在屋里，”她对希娃小姐说道，“梅普尔太太耳朵不好，常常听不到。所以直到晚上十点半，她也没有怀疑，还以为荷莉德已经进门上楼了，只不过没有作声。之前她经常这样。但通常还是会跟梅普尔太太打个招呼，也不用说什么别的，就道一声晚安。不管怎么说，荷莉德女士已经在那里住了十年，一直都这样。可今天早上，梅普尔太太起床后，还是没有见到她。于是她去敲了她的门，没人开门。后来她扭开门把手走进去，发现床上是空的，屋里像是根本没人来过的样子。”

“天哪！”麦理都太太惊叫道，沉默了片刻，“哎，弗洛理……

她一定不会失踪的！”

弗洛理已经没有了往日的镇定，将原本不会说的话倾吐而出：“大家也是这么说麦琪的，不是吗？可她现在在哪儿？去年她是晚上八点以前出的门，结果再也没回来。”

麦理都太太向希娃解释道：“她是弗洛理的表姐，叫麦琪·贝尔。事情就如她所说的。麦琪跟她父母住在一个屋子里，屋子大门上有很多玫瑰花。白天的时候她会去露西·坎宁安家干活儿。有天晚上她出门以后，就再也没有回来。她之前在熨衣服，后来说想出去透透气。”

弗洛理甩甩头说道：“这不过是一种说辞！不管她去哪儿，老人们都怀疑她，所以她必须得有那样的说辞来应付。她是要来找我聊聊，调剂一下生活的。”

麦理都太太坐在床上，此时从身后抽出了一条披肩，裹在身上：“我不知道她要来找你，弗洛理。”

弗洛理显得有些气愤。

“我自己都不知道！她想来就来，我随时欢迎！”

“这些你跟警察说过吗？”

“他们又没问我，就觉得她已经去了伦敦。我是该再多跟他们说点，可他们有自己的想法。老人家是很烦人，她父母就是，但麦琪不会把他们扔下然后逃跑的，她不是那种人。不管别人怎么说伦敦的明信片，我告诉你们，麦琪从来不写那玩意儿。”

希娃小姐关切地听着，相当认真。此刻她并没有说话的必要，所以她无须开口，玛丽安·麦理都问的每个问题都正是她所想的，能表现得不那么引人注意对她而言是再好不过的。

听到弗洛理的最后一句话，麦理都太太发出了一声惊叫。

“天哪，弗洛理，你之前从来没有说过！”

她耸了耸左肩。

“言多必失。”她沉默了片刻，声音有些自责，“说这些对我有什么好处？他们什么也没问我，我也不想再跟警察有什么关系，现在更不想，我们不要谈论这个话题了。”

“但是弗洛理，你肯定有什么理由。”

“理由充足，可我不想说。”

麦理都太太美丽的圆脸皱在了一起，心里有些犹豫。即便希娃小姐的手此时正紧紧捏着她的胳膊，她还是没能再问出口。

弗洛理转过身，准备离开房间，却听见了一声轻微的咳嗽，接着她听到了自己的名字。

“我不该占用你的时间，我也能理解这个话题确实让人难过。但如果就像你说的，现在又有一个人失踪了，那麻烦可能就不只这些了。其他的人可能现在也很危险。”

弗洛理转过身，盯着希娃小姐，语气依然很固执：“我说过到此为止了。我先前可能说得太多了。”

希娃小姐温和地说：“既然你说伦敦来的明信片不是你堂姐麦琪写的，那明信片你应该见过？”

“对，我见过。”

“明信片上是不是写她会尽快回来，而且你会过去给她父母帮忙？”

“谁告诉你的？”

弗洛理的脸色顿时沉了下来，她有些惊慌，像是在课堂上答不出老师的问题，而此时老师却一步步引导着，希望她说出真实的答案。希娃小姐没有回答，只是继续用凌厉的目光看着她，好像在等她先开口。弗洛理顽强地抵抗着，却越来越心虚，终于决定缴械投降。她要卸下防线，把长久以来积压在心里的话和盘托出。希娃小姐朝她笑了笑，眼神充满了鼓励，她问道：“你为什么觉得明信片不是麦琪写的呢？”

事已至此，现在说出来反而更轻松。弗洛理的语气变得不一样了：“因为名字的写法。麦琪虽然没什么学问，但我们也一起上过学，练习本上她总是把自己的名字简写作‘麦其’，写我的名字时，也会简写。一般没有什么情况是需要她写名字的，但如果要写，一定是简写。而明信片上的名字却是完完整整的‘琪’和‘理’，所以我知道那不是麦琪写的。”

麦理都太太显然大吃一惊，希娃小姐的手放在她的胳膊上，无声地安抚着。

“麦琪的父母给你看了明信片，你当时跟他们说了吗？说上面的写法并不是麦琪的习惯？”希娃小姐轻声问道。

“没有。”弗洛理回答，拧着自己开始颤抖的双手。

“为什么呢？”

弗洛理的呼吸变得急促起来，叫嚷：“他们那时正开始接受这个事实，麦琪没有了，太残酷了。可结果呢，我看得出来，他们过不去这个坎。麦琪是他们的全部！除了去坎宁安女士家干活儿，她从来没有离开他们去很远的地方。所以我……所以我觉得……”她的声音已经变成了呜咽，“他们已经受够了，不是吗……明信片是一点安慰……我不忍心……”

“天哪，你应该告诉警察，真的。”麦理都太太说道。

弗洛理抬起了头：“那我的叔叔婶婶呢？警察会关心他们吗？所以我没有说，如果说了，我绝不会原谅自己！我不知道为什么今天要说出来，但现在叔叔婶婶既然都不在了，我想也没有关系了。我所知道的，就是麦琪绝对不可能像那样一言不发地离开，荷莉德女士也不会。她们没有男朋友，都没有，这是真话。麦琪比我大两岁，荷莉德女士估计都已经五十多了。她们不会打扮，无论如何也不会到外面去勾搭男人。麦琪受不了他们，因为他们通常会把家里弄得脏兮兮的，还什么都做不好。她的爸爸就是这样一个在家里横行霸道的老顽固，她目睹了他的所作所为。你无法选择你的出身，这没错，但要是把自己交给一个男人，那简直就是公然违背自己的初衷。至于荷莉德女士，见到男人她就吓得动不了。唉，只要屋里有男人，她都不会去那儿干活儿。她很喜欢塞尔比太太，塞尔比太太也总是邀请她过去，但她只在塞比尔先生外出的时候才去。当然塞尔比先生也算不上什么有修养的男人，就像塞尔比太太也算不上什么有修养的女人一样，但大家见到他们绝不会感到害怕，除了荷莉德女士。”

麦理都太太解释道：“塞尔比一家住在牧师巷尽头，他们家养了很多母鸡。塞尔比先生是一个退休商人，每晚都去冬青树旅馆玩飞镖。他很擅长交际，待人友好，和蔼可亲，但我想每晚他出门的时候，塞尔比太太还是会感觉挺孤独的。我真不知道荷莉德会经常去那儿。”

弗洛理又恢复了往日的神情，语气干脆利落：“我知道的不多。塞尔比先生在冬青树的时候，她会偶尔过去一趟。但她肯定不会在塞尔比先生出门前或是回来以后再去，绝对不会。如果她不想认识塞尔比先生，那么塞尔比先生就绝不会见到她。如果有人能当老女仆的道德榜样，那就是她了，可怜人。”

麦理都太太将身上的披肩扯了扯，裹紧了些，开始倒茶。生存、死亡、失踪，这些都已然成定局，即便是一壶好茶也于事无补。

她倒了两杯茶，语气坚定，怀着希望说道：“好吧，弗洛理，让我们往最好处想。”

第十四章
简妮的秘密

荷莉德女士孤家寡人，没有亲戚——至少没人听说过她有亲戚。她曾经是罗伊纳·索恩夫人的贴身仆从。大家都说是这位夫人让她变成了现在这个糊涂样子。不过当初的罗伊纳夫人本就是个糊涂的老家伙。她相当邋遢，小屋子里堆满了杂物，养了许多猫。荷莉德拿不到什么工钱。后来老夫人过世了，留给她的也仅有每年五十镑的养老金。从那以后，她便租住在梅普尔太太那儿。她白天的时候出去工作，但从来没有长干过。因为她工作能力实在太差，没人受得了，除非那家实在找不到别人帮忙。麦理都太太向自己的客人希娃小姐讲述着荷莉德，这所有的事情村里人也都知道。

以前，当和朋友聊天时，她就已经知道了希娃的职业。没想到，后来她们竟在朋友家碰到了，那是多年后她们第一次碰面。在结婚之后，麦理都太太便是这个郡小有影响的人物。她答应过希娃小姐，不会提及她的工作。一方面这是希娃小姐的希望；另一方面，她也很愿意许下这个承诺。在她看来，侦探这一行对女士来说并不合适，她个人也没有意愿介入其中。可现在，可怜的荷莉德女士就这样失踪了。对此，她表现得相当关心，一直谈论着这个话题，把希娃的观点视为权威，相当听信，乐此不疲地讲述着所有跟这件事相关的细节。

弗洛理神情严肃地开始忙碌起来，除了哀怨地说“那些至今还没出现的也不会再出现了，再说些什么也没有意义了”之类的话，再没有说别的。梅普尔太太也是同样的看法，她已经开始在心里反复考虑斟酌，权衡利弊，那两个房客到底谁搬进来比较合适了。

麦尔布礼的警方已经将失踪案件上报，派了一个警员过来询问调查，但据说这个警员实在拿梅普尔太太没办法，她怎样也听不到他的问题。村里人都知道，她很不喜欢警察，所以她尽可能装聋作哑，大家对此也并不惊讶。实际上，这位丹宁警官的做法也有失妥当，他只把问题写在纸上，于是梅普尔太太便正好称忘记把眼镜放哪儿了，而且一再说明没有眼镜她没法儿看。这个理由，也确实情有可原。

与此同时，在这事件的背后，越来越多人开始议论。这种议论逐渐升级，最终把讨论推到了所谓高级别的探讨上。荷莉德女士从来没想过自己有一天会成为大家的推测与话题的中心。黑尔兹格林村方面联系了麦尔布礼，麦尔布礼又禀报了上一级穆尔什尔郡的警察局局长，接着，警察局局长赶紧向苏格兰场，即伦敦警务处总部的安全部汇报了这一情况。这件事或许无足轻重，又或许不是，它也可能举足轻重、至关重要。但肯定的是，此事一定不会声张，所以不会登上报刊头条，而且必须十分小心、万分谨慎。黑尔兹格林或许已经谣言漫天，对事件结果也不抱期待，但至少目前官方仍是将此次失踪单纯地定性为地方事件，认为荷莉德女士可能是早就计划好要离开去拜访某位朋友了。

村里人并不愿接受这种说法。斯塔布斯太太也和村里其他人的看法一样，她摇着头对克雷格说道："那可怜人有什么朋友？我从来没听说过，大家都没听说过！去麦尔布礼拿照片，然后回来，她出门只有这件事，而且她星期天也不会去。如果她坐公交车走了，会有村里人看到的，不是吗？至于上了别人的车……认识她的人绝对说不出这么蠢的话，她肯定要吓死！"

克雷格准备出发去克鲁大宅，他已经有点厌倦反复讨论这个话题了。教堂的钟声敲响了四下，他沿着路朝那边走去。罗莎蒙德同他一样，也应了邀请下午去白色房子喝茶。但为和罗莎蒙德一起，他随时愿意再往回多走一截路。

从房子的窗户向外看，看不到门前那条小路，而且路上原本也杂草丛生，于是他决定就站在路的暗处，等着罗莎蒙德出来。他一边等，一边观察着四周。看样子，这儿需要好好打扫一下。周围乔木和灌木密密层层，争夺着有限的阳光和空气。脚下矮矮的灌木与草丛则是杂乱无章，地上散落着腐烂的落叶，各种颜色，也不知是什么时候落下的。尽管从午饭后还没有下雨，但落叶上已经淌着潮湿的露水。天也是灰蒙蒙的，看来马上会有一场不小的雨。湿冷的空气在头顶盘旋。

罗莎蒙德出现在了视线里，她看起来有点着急。因为当她第一次要出门的时候，莉迪亚·克鲁按响了铃，于是她耽误了一些时间。她穿了一件旧花呢外衣，蓝色的围巾裹住她深色的秀发。在围巾的映衬下，她的眼睛显得格外湛蓝。她几乎是要跑起来，可看见他后，她放慢了脚步。

“嘿，我要出门了！”

“去麦理都太太那里喝茶？我也是。我想跟你一起走过去，如果你没有实际的理由反对的话。”

她友善地笑了：“谢谢你。不过我们得快点，因为我可能有点迟了，莉迪亚舅祖母刚刚才喊了我。”

“怎么？”

“嗯……反正，她需要我帮忙，也没有花多长时间，我已经跟简妮讲好了。”

他有意阐明：“她们俩都很擅长让你没空休息，对吧？如果其中一个这一会儿没麻烦你，另外一个就会揪住你。你得明白，如果还不注意，你会把简妮变成跟克鲁女士一样的人，又自私又挑剔。”

“克雷格！”

“这是实话，难道不是吗？”

她辩解着：“她身体一直不好，他们还以为她活不了的。”

“哎，他们现在不这么想了。醒醒吧，罗莎蒙德，能不能理智一点！你我都清楚，简妮现在过的不是一个正常人的生活，她其实可以……”他停顿了一下，补充道，“从现在开始。”

他看见她转过头来，脸因为吃惊而渐渐红了：“你这话什么意思？”

“你很明白。她太常和成年人还有书混在一起了。她这个年纪应该在学校，和同龄的孩子在一块儿玩。”

她张了张嘴想说些什么，却什么也没说。他把手悄悄地放到她的臂弯。

“好，我们继续说。要把简妮当个孩子并不容易，你想这么说是不是？但你没有说出口，因为这就泄露了你的真实想法。实际上，亲爱的，你根本没有主意，你也不用想办法编一个。你和简妮其实没有什么义务要待在克鲁的房子里，你也知道。”

她的表情依然很震惊，但现在还有些生气。

“你想把简妮送到学校去，你想带我走！”

“我是想，而且我确定简妮在学校肯定过得更好。”

“她的身体还不够好。”

他们沿着小路走，到了第二个转弯的地方，已经要看到大路了。她下意识地停下了：“克雷格，你不能……你真的不能这样！你难道不知道莉迪亚舅祖母正好就是这样想的？她就想摆脱简妮，这样我就可以为她、为这个房子做更多的事情了！”

克雷格不动声色地说：“她或许是这样想，但这一切不会发生。你给她一个月让她再去找一个人，然后我们结婚，你再把简妮带走。之后，我们再来看哪所学校对她来说最合适。”

“她不适合上学。”

起码她并没有说自己不会嫁给他，但又或许是她并没有注意到“结婚”这句话。但他此刻并不急于求证。

“你有没有想过，其实简妮挺能走的，只不过表现得不能走？”

她挣脱他：“没有，我当然没想过！”

“好吧，我想过。很简单，你在那儿的时候，她就一瘸一拐，你一走出房间，她就恢复正常了。”

她的眼睛亮闪闪的，有些愠怒：“她这么骄傲又敏感，怎么会想让别人看到她一瘸一拐的样子。”

“废话！她是在演，在我面前她就懒得演。”

“为什么呢？”

“噢，她得把莉迪亚舅祖母比下去。”

“克雷格！”

“她最近一次看医生是什么时候？”

“两个月前。”

“医生有没有说她能走？”

“这个……”

“我知道了，说了。医生以后还来吗？”

“他说……”她的话又被打断了。

“不会来了！”

她往后迈了一步，说道：“不只是有点跛，如果她走得太多会伤到身体的。”

“不会有什么大问题，我想。”

她的脸顿时没了颜色，声音怯生生的：“我们还是别说话了，迟到了麦理都太太要生气的。”

“我觉得不会。你怎么不问我为什么一直在说这件事？”他的话让她有些好奇。她又露出了难以置信的表情，她的声音像是回音：“为什么……”

克雷格·莱斯特说道：“暂且先让麦理都太太等着吧，让我把话说完。我昨晚失眠了，午夜的时候思考问题就会这样，真是要不得。然后我干脆坐起身，穿好衣服，从一扇后窗跳出去，到外面走走。当时大概是一点一刻，我在路上朝着这个方向走着，看见有个人在小路和大道的交会处，正在上台阶。这个时候有辆车来了，于是这个人站着不动，等着车先走。车沿着路转了个小弯，灯光照到了路边的树篱还有那个人身上。结果我一看，正是简妮。”

“简妮？不是吧！”

“是的，没错，就是简妮。就是那头发，错不了。而且我还看见她的脸了。”

他们的脑海里浮现出了相同的画面：简妮站在车灯的光束中，金色的头发闪闪发光。罗莎蒙德倒抽了一口气：“克雷格，她……今天早上看起来有点不太一样。我也不知道哪里不一样，好像……好像……我也不知道。她肯定是梦游了。”

他摇摇头：“不，不是梦游！绝对不是！那辆车一经过身边，她就大笑着飞快地穿过了大路，接着跑到了小路上。我小心翼翼地跟着她，刻意保持了一段距离，然后看见她从侧门进屋了。听见锁门的声音我才回冬青树旅馆。我想，你还是得知道这个情况。”

“但，这是为什么呢？”

“我觉得，她溜出来是因为想走一走，跳一跳。她又不想别人看见，是因为她不想被打发去学校。我觉得道理很简单，你没必要看起来像是遭遇了什么不幸。一切都会好的。现在还是赶紧走吧，我们还得在麦理都太太那儿给自己留点面子。”

第十五章
午后闲聊

扫码听本章节
英文原版朗读音频

麦理都太太的客厅和她其他房间一样，有个共同的缺点，就是都装饰着各种大型珍品。精美的物件有许多，但没有足够的空间展示。墙上也挂着许多作品，壁炉上还挂着一副非常大的古董镜子，瓷器则四处都是。屋里还有一些椅子和一个柔软厚实的沙发，虽然也都很大，不过相当舒适。地上铺着一条名贵的波斯地毯，已经有些磨损了，窗边挂的是同样名贵的波斯窗帘，其实这些地毯和窗帘原本挂在达林庄园的一间晨室里。椅子和沙发上套着印花棉布罩，褪色得有些严重，却和地毯还有窗帘显得格外和谐。

希娃觉得这屋里的一切让人备感舒适，尤其庆幸窗户装得相当好。通常说，老房子都透风，让人很难受，但这间屋子不是这样。壁炉的火烧得旺旺的，整个屋子温暖舒适，希娃穿着她那条蓝色的连衣裙也不会感到冷。这条裙子是去年夏天快结束的时候，她在克里夫顿买的，她曾因为裙子的价格几度犹豫，但她的侄女艾舍尔·博克特劝她：“款式真的不错，姑妈。我确定，您买了绝不会后悔。”此刻，她别着一枚稍大的马赛克胸针，有种意大利风情，不禁让人想起湛蓝天空下的许多圆顶房。这条裙子的布料偏深色，恰到好处地凸显出胸针鲜亮的色泽。她对自己的这番衣着打扮很满意，希望能引起亲爱的玛丽安的注意。而玛丽安则是一头杂乱的头发，因为身材肥胖，那件淡紫色连衣裙在她身上显得尤其紧绷。其实这颜色完全不适合她，但玛丽安一直以来都喜欢这颜色，从上学的时候就是。

麦理都太太每次有了一件新衣，便会一直穿在身上，不会考虑这件衣服是否合身，是否破损，直到弗洛理或是某个直率的朋友实在看不下去了，向她反映，她才会换下来。此时，她正穿着那件紧绷的连衣裙，平静地谈论着要来喝茶的几位朋友。

“你一定会喜欢露西·坎宁安的。她生活得很不容易，但却总是相当乐观，她尽心尽力地照顾着她的侄子和可怜的亨利，还要花大量的精力照顾她养的母鸡。我之前跟你说过，她和莉迪亚是好朋友，我故意昨天没有请她来，因为莉迪亚对每个人都有些刻薄。只要她在，她就不会给露西喘息的机会。我也邀请过亨利，但他从来不来。他这样把自己孤立起来真是很遗憾，你说呢？”

希娃则认为所有男人对茶话会一类的总是不感兴趣。

“我知道，但多可惜。我们能娱乐放松的方式也只有这几样。我真的很犹豫要不要邀请莱斯特先生，但他看起来很乐意过来。我当时说，我们和他的叔祖父很熟。后来，我有点担心，我这样说是不是就在暗示他，罗莎蒙德也会来。他们关系真的很好，莉迪亚说的只是她自己的想法。但年轻人关系亲密，才会愿意常常见面。莉迪亚就是把这姑娘藏起来，真是让人生气。我原来以为她和尼古拉斯……当然，他肯定没有钱，而且简妮还需要人照顾……"她忽然停下了，此时前门口传来了脚步声，似乎还有人在说话，显然，她的两位客人来了。"应该是罗莎蒙德和莱斯特先生，露西总是会迟到一点。"她连忙说道。弗洛理上前打开门，两位客人走了进来。

罗莎蒙德把外套放在了门厅，取下了那条围巾，那身蓝色的连衣裙尤其衬托她美丽的双眼。真是一个迷人的姑娘，不过她看起来似乎有心事，希娃暗暗地想着。莱斯特先生没有隐藏自己的心，很明显，他很爱她。但希娃看出来了，罗莎蒙德脸上担忧的神色肯定不是源于这甜蜜的困扰。

露西·坎宁安也来了，她走进屋来，并没有按门铃。她总是这样，弗洛理本来应该已经习惯的，但每一次对她这样的行为还是感到相当恼怒。她有些恼怒，手里的托盘几乎是"嘭"的一声放在了麦理都太太的面前。

坎宁安把宽大的外套挂在了门厅的衣架上，接着开始解毛衣，还有脖子上的三条围巾。

"我实在不明白，你怎么能在这么热的屋子里坐得下去，玛丽安，不过等我把这些脱完，肯定就感觉好多了。这儿起码有65华氏度[②]。现在，我要把毛衣脱了。这毛衣是我自己织的，尼古拉

② 温度计量单位，符号为℉。华氏度的冰点为32度，沸点为212度。

斯经常嘲笑我，但我很喜欢毛衣的颜色，让人想到苔藓。亨利肯定没有注意这些。啊，玛丽安，抱歉，我迟到了。刚才就在我戴帽子的时候，看见帕森太太那可恶的猫在我美丽的阿伯里克巴比埃蔷薇上磨爪子，那可是尼古拉斯圣诞节的时候送我的礼物。这只可恶的猫在垂下来的那几枝上磨，我必须得去把它撵走……啊，对，我见过希娃小姐了。你不记得了吗？上次在公交车上你向我介绍过的。你好吗，希娃小姐？你们学生时期就是朋友了对吗？能见到老朋友真好。”

显然，在克鲁女士不在场的时候，露西·坎宁安对任何一个话题都能侃侃而谈。那只从斯塔布斯太太那里借来的孵蛋母鸡，现在在她那儿适应得相当好，已经孵起了蛋。“孵出来的混种鸡里有罗德岛红鸡和来亨鸡，简直是再好不过了！”她足足夸赞了这只敬业的母鸡十来分钟，一边吃掉了三块司康饼和一份蛋糕，随后才提起荷莉德女士的名字。

罗莎蒙德本来和麦理都太太说着话，随后克雷格也一道加入了进去，露西则打断了他们的对话，不满地抱怨着去年孵蛋的情况：“一打鸡蛋里只孵出了三只，所以我相当直率地和她说那些蛋肯定有问题，”忽然，她的语气一下子变了，“对了，荷莉德女士还没有回去吗？”

麦理都太太摇摇头。罗莎蒙德说道：“还没有，真是太奇怪了，我们实在不知道发生了什么事情。”

“莉迪亚肯定觉得很困扰吧。”露西·坎宁安说道。

显然，露西认为，荷莉德只是暂时不见了，最终肯定会回来，但这样还是给莉迪亚带来了一些麻烦。因为如果一个人想立即离开，至少也得先和雇主打声招呼。

“他们这些人就是这样，我想她肯定没有跟博得太太说吧？博得太太是一个好厨子，不过，唉，就是脾气太大了！对吧？”

罗莎蒙德有些不情愿地说道：“我也不知道……肯定发生了什么事情，早晨她没有来，博得太太看起来并不吃惊，只是摇头，说什么‘哎，她会熬过来的’之类的。所以我猜可能……但后来我们才知道她昨天一整晚都没有回家。”

坎宁安女士非常赞同地点点头：“他们肯定发生了什么不愉快，但我觉得不至于要闹失踪。她又不是刚认识博得太太，现在应该已经习惯她这个人了。她们肯定也不是第一次发生口角了。我想不到……实在想不到……到底是发生了什么至于让她出走。如果她有家人的话大家肯定会知道，但她总说她在这世界上孤苦无依，我上次见到她还好好的呢。”

“啊，那是什么时候？”罗莎蒙德和麦理都太太异口同声地问。

露西笑了笑：“就是上一次我来找你的路上碰见的呀，亲爱的。你知道我当时要过来喝茶，但是迟到了，因为我去找斯塔布斯太太问母鸡的事情了，所以应该是五点半以前的样子……不过时间不重要……她当时从我进来的小路走出去，看起来状态还不错呢。”

希娃饶有兴致地打量着她，问道：“你跟她说话了吗？”

坎宁安女士端着满满一杯茶，正低头喝着，听到希娃小姐的问题，手上不知怎么滑了一下，一些茶水溅到了她苔藓绿色的裙子上。露西惊呼一声，拿出了一块皱巴巴的干净手帕，轻轻擦拭着衣服上的茶渍。有人端来了热水壶，罗莎蒙德又赶紧拿来了茶巾。满是茶水的杯托终于擦拭干净了，茶也重新换了一杯，大家劝慰她放心，浅绿色羊毛上不会留下茶渍。

“哎呀，真是不走运，”希娃说道，“但我相信肯定不会留下印子的。我们刚刚说到哪里了？哦，对了，可怜的荷莉德女士。你碰见她从房里出来，你说看见她当时还没什么异样。你跟她说话了，然后呢？”

“没什么，就只说了几句话。”露西·坎宁安说道。

第十六章
密谈公事

茶话会很快就终止了，罗莎蒙德放心不下简妮，露西·坎宁安又挂念着帕森太太家的那只猫。

“我跟亨利说说，让他看着点花园。但你知道，男人都太过于专注了。猫呢，又是一种倔强的动物，如果它就想在那棵花苗那里磨爪子，它就会一直去。”

“好吧，但我不明白你怎么阻止那只猫呢，亲爱的。”

“用水喷，”坎宁安女士肯定地说，“现在回去的话光线还够亮，我能看得清。”

客人走后，麦理都太太忍不住埋怨起来：“我搞不懂，露西怎么知道现在那只猫还坐在院子里等着她用水喷。这个理由太荒谬了，我刚刚差点就说出口。真是的，她怎么能这样！”

她望着窗户，看着露西女士离开的背影。忽然，一个身材高挑、优雅的男人出现在了视线里，他沿着石板路走着，在开满茉莉花的门廊处转身消失了。希娃小姐有种预感，所以看到弗洛理朝着门边过去了，并不惊讶。麦理都太太试图把弗洛理喊来，但没有用，于是她说一位阿博特先生打过电话，说要来看望希娃小姐。“那我带他去餐厅。”弗洛理说道。弗兰克不知道，其实这对他是莫大的尊敬了。通常，如果弗洛理认识这个人的话，会让他进来。如果不认识，便会让客人在门厅等，甚至某些情况下会让客人就站在门口。显然，弗洛理听不进麦理都太太的话，无论是此时，还是以往，她凡事都有自己的看法。

希娃小姐拿起了针织包，看见麦理都太太正张嘴想说什么，连忙先开口说起了事情的缘由：“是一位老朋友，我想可能是因为一些公务。如果我在餐厅见他，你应该不会介意吧，玛丽安？”

麦理都太太有些失望。正当希娃小姐起身往餐厅走的时候，她说能见到老朋友她也很高兴，但她不确定希娃小姐是否听到了。接着，餐厅的门关上了，她很好奇，不知道他们会谈论什么公务。

希娃小姐随便坐在了餐厅的一张椅子上，弗兰克·阿博特此刻也坐下了。“我们不能谈很久，不然我这位善良的朋友会觉得被晾在一边，如果走之前你能留出点时间的话，我想介绍你们认识一下。其实我不想拒绝她的建议，把你带到客厅里去，但就现阶段来说，我想你可能觉得我们私下说话比较好。”希娃小姐说。

他点了点头，说道：“没错，到目前为止，我想你应该对最近的一起失踪案了解到了一些情况。现在官方已经人心惶惶了，他们既不想轻视这个案件，又不想把它当作紧急事件，生怕最后发现那个女人只是去附近旅游，让自己丢了脸面。”

“黑尔兹格林村的人并不相信这种说法。”

他笑着说道：“肯定不信！你要相信，村里的人总是把事情往最坏处想！只是没人会承认，但假如她真的只是去某个奇怪的朋友或者亲戚家过周末，他们可会相当失望。”

希娃小姐的表情很凝重：“她已经在这里住了很多年，村里没人知道她有这样的亲戚朋友。你觉得呢？”

“其实我想的跟他们一样。高层的情况比较微妙。当上面的这些人情况微妙的时候，下面的人也不知道他们想什么。这就是你我现在的任务。我继续走访我的，你继续你的。其实，你就只需要待在这里，随时对你周围的一切信息保持敏感，把你得到的所有情报都传递给我。我的工作就复杂多了。苏格兰场已经收到指令，准许我继续留在这边了，但他们告诉我必须尽量不引人注意。就是怕这件事到头来其实没什么大不了，被人说成是用高射炮打蚊子。”

希娃小姐打开了针织包，约瑟芬的樱桃红帽子已经织出了一小部分，还剩下一大半就完成了。明亮的羊毛和她深蓝色的裙子形成了鲜明的对比，她开口说道：“明白，这件事必须谨慎处理。”

“没错！就是这个意思，你这边有什么线索吗？”

灰色的针不停地交织着。

“不多，而且我估计这些情况你也都知道。我能住在这里确实运气很好，麦理都太太正好认识这个村里所有的人。她的女仆是一年前在这里失踪的麦琪·贝尔的堂妹。麦琪失踪后寄来了所谓亲手写的明信片，而上面提到的那个人正巧就是她。”

“所谓？”

“弗洛理说麦琪写她们俩名字的时候，总是会简写，但明信片上的名字都是完整的。”

“但没有麦琪书写的样本。”

“麦琪和弗洛理原来一起去上过学。她很确定，明信片不是麦琪写的。”

“那她为什么之前不说？她没说吧？”

“嗯，没有。她绝对不会跟警察交代任何事情，她是那种人。而且她说，卡片对于麦琪的父母而言是一种安慰，所以她不能毁了他们的希望，现在他们已经过世了。只不过这次是因为知道了荷莉德女士失踪，她受了刺激，才把这一切说出来的。”

“因为这个受了刺激？”

“嗯，相当大的刺激。”

“嗯，了解了。还有吗？”

她快速地织着手里的帽子，表情严肃而专注。她沉默了片刻，说道：“有两户人家联系非常紧密，正好是这两户人家的女性失踪了。一户是坎宁安，这家人住在遗产房里，在村外。他们的隔壁是克鲁大宅，里面住的是莉迪亚·克鲁女士。这两户人家的女主人都是麦理都太太的老朋友，在这里喝茶的时候我见过她们。麦琪·贝尔之前在坎宁安家里工作，这家人里面有露西女士，大约五十五岁，她还有一个弟弟亨利，侄子叫尼古拉斯。他的侄子是达林庄园实验基地的制图员。克鲁女士现在……或者说曾经，是荷莉德女士的女主人，她和坎宁安女士是老朋友，关系一直很亲密，不过据说她比较强势。二十多年前，她和坎宁安女士的弟弟亨利有过婚约。当时有枚价值不菲的钻石戒指不见了，有人怀疑是亨利拿了戒指，后来他就离开了英国。不过我还没有发现这种流言的依据。这枚戒指的主人是马伯利夫人，很久以前就搬家离开了这里。她的先生是一位白手起家的有钱人。她这人对自己的财物相当粗心大意，但亨利·坎宁安似乎很在意这些流言蜚语。后来他就逃走了，也逃避了他和莉迪亚的婚约。他大约是在三年前回来的，有点与世隔绝的感觉，每天只看看鸟，研究大自然。这些大部分你也知道，但你可能不知道他和莉迪亚之间长久以来痛苦的决裂。就在昨天，莉迪亚过来和麦理都太太喝茶，结果刚到门口，他们就在外面碰到了。就是我刚刚说的，她无视他，一如既往。即便如此，莉迪亚和他姐姐还保持着亲密的朋友关系。尼古拉斯·坎宁安也经常去克鲁宅子，据说莉迪亚很喜欢他。她的房子里除了她自己，还有侄女罗莎蒙德·麦克斯韦尔和简妮·麦克斯韦尔。简妮十二岁，几年前遭遇了一场车祸，现在还在恢复期。她家的厨师是博得太太，是一个忠心的老仆人，不过脾气大也是众所周知的。荷莉德女士和一个叫艾薇·布莱恩的女孩每天白天过去帮忙，但艾薇星期天不去。

“你是说荷莉德女士星期天去？”

“对，就像我刚刚说的，她没有朋友，也没有亲人，我猜可能是那里的午饭还不错。因为她在梅普尔太太家也只有一个房间，并不做饭。”

弗兰克笑了："我听说过梅尔普夫人。她把警察厅的人彻底击败了。如果你方便的话，我想要你一会儿跟我去那里一趟。目前我们知道的就只有克鲁大宅的厨师说，荷莉德女士是在下午五点半离开的。我们也不知道她当时回家了没有，因为梅普尔太太不愿意告诉我们。这样一来，博得太太就是最后一个见到她的人。换句话说，我们现在也不能确定她是不是真的离开了克鲁大宅。"

希娃小姐打断了他："离开了，坎宁安女士见到她了。"

"你怎么知道？"

"今天下午来喝茶的时候，她才提到这件事。麦理都太太想知道是不是荷莉德女士和厨师发生了争执，当时坎宁安女士说'我看见她的时候她还好好的'。她在去克鲁家的路上碰见了荷莉德女士往外走，是在小路尽头碰到的。我问坎宁安女士她当时有没有跟她说话，她就弄泼了茶。我不想强调这个细节，因为我觉得应该只是不小心。她身材比较高大，有些邋遢，动作也很不稳，颤颤巍巍，但脾气看起来非常好。"

"但她把茶弄泼了。"

"没错，她是把茶泼了。当我又提起荷莉德女士，再问她有没有和她说话的时候，她的态度有点含糊不清，敷衍地说：'没什么，就说了几句话。'"

第十七章
拜访梅普尔太太

梅普尔太太静静地看着眼前的客人。自然，她见过希娃小姐，知道她是来拜访白色房子里的麦理都太太的，她们是学生时代的老朋友。弗洛理对希娃小姐赞不绝口，一般要得到弗洛理的褒奖并不容易。但她身边还有个绅士，这就让梅普尔太太感到困惑了。你不得不承认，他很有绅士风度，也没有穿恶心的制服，但如果他跟警察没关系，为什么要来这里，还想知道关于荷莉德的事情呢？而且麦理都太太的朋友为什么也在这里？他们问了一些问题，声音非常清楚。为了让她听清他们说的话，他们还特地把口型夸张了一些，说话也相当简洁明了。但她还没决定是听还是不听他们的话。不管接下来要发生什么，她其实已经开始厌倦了，从另一方面来说，她不想跟警官一类的人打交道，免得拉低了自己。

她是一位爱干净、整洁的老妇人，屋里总是收拾得一尘不染。

她有一张圆脸和一双蓝色的眼睛，下巴有些突出，银白的头发编成许多小辫盘在脑后。她穿了一条黑色的棉裙，套着一件手织的紫色开襟羊毛衫。目光十分和善，她看着希娃小姐，说道："我耳朵不大好。"

希娃小姐连忙表明，这种毛病确实是让人不好受。这样的话听起来很顺耳，梅普尔太太相当赞成她的观点，于是决定送了这份人情。她把双手合拢，放在膝盖上，和蔼地说："我真不知道是怎么回事。有人来了，可他们说的话你一个词也听不清，声音很含糊。最难过的是，你听不见所以也没办法回答。其实我真的非常乐意效劳，如果这位先生有问题想问我，或者这位女士，你有什么想问我的吗？"

弗兰克向她鞠了一躬，说道："真是太好了，梅普尔太太。我们只是想知道昨晚荷莉德女士回来了没有。"

梅普尔太太摇了摇头："我像往常一样早上七点钟起床，下楼准备喝点茶。这里还住了一位女士，茶是她准备的，荷莉德也很喜欢喝，于是我就走下去。一般她很快就会出来，只要听到我的声音，就会套上睡袍，跟在我后面也去喝茶。喝完以后她就上楼换衣服，去克鲁大宅吃早饭。博得太太很会养鸡，每年的这个时间，几乎每天都能捡到一个蛋。要我说，博得太太的脾气确实了不得，这也没法儿否认，但她绝不会因此就怠慢别人的食物。她们在克鲁大宅里吃得很不错，荷莉德每天吃得都一样好。"

"但今天早上她没有下来喝茶？"希娃小姐问。

梅普尔太太摇摇头："一点动静也没有，所以我朝着楼梯喊了几声，到第三遍的时候，我就上去了。结果屋里没人，床上也是空的，明显没人睡过。”

弗兰克·阿博特问道：“那她会不会是早上很早就起床出门了，您觉得呢？假如她很早就起来了，她应该会在出门前整理过床铺，对吧？您确定她不是早上出门的吗？”

梅普尔太太的神色有些得意，说道：“门和窗户都锁得严严实实！”

“明白了。那么，也就是说，您最后一次见到荷莉德女士是她昨天早上去克鲁大宅的时候？”

梅普尔太太摇了摇脑袋，说道：“先听我把话说完，你再说‘也就是说’！”

弗兰克爽朗地笑了：“好，您最后一次见到她是什么时候？”

梅普尔太太很享受这样的感觉，除了她没人能回答这个问题，而且她此时也没有别的事要急着做。如果人太轻易得到某样东西，他们反而不会念你的好。于是她又装作听不清他们的话了，比之前有过之而无不及，自顾自地说着：“十年来她一直住在这里，从没离开过。”

“嗯，但您上一次见他是什么时候，梅普尔太太？”

她转念一想，或许还是回答他的问题比较好。于是她摇了摇头，伤感地说：“啊，如果你非要我从见她最后一眼说起的话，我也不是非要把所有事情……都扯到很久以前。让我想想……她在教堂的钟是傍晚六点一刻的时候来了，但我当时没跟她说话，更别说聊天了。”

“我们想知道的就是这个，她是不是从克鲁大宅离开后就回来了？”

“嗯，是啊，她回来了。”

“您确定？”

梅普尔太太挺直了身体，有点生气：“我也许听不清了，但眼睛还看得见，先生。”

希娃小姐观察到情况不妙，连忙插嘴：“您看见荷莉德女士六点一刻的时候进屋了吗？”

“亲眼所见，”梅尔普夫人说道，“她上楼进屋了。”

“跟她往常有什么不一样吗？”

梅普尔太太没法儿用“有”来回答，于是补充说荷莉德女士本来就不善言谈，如果她不是这样的人，也不至于十年来孤孤单单。

“她后来什么时候出门的？”弗兰克·阿博特问。

“嗯，这个……”她想了想，坐直了身体，脑袋稍稍向一边歪着，“应该是晚上七点以后了，因为她出门前我听到教堂的钟敲了七点。”

“您能听到教堂的钟响吗？”

“那钟就在头顶上，当然听得见！完全聋了才听不见！荷莉德女士第一次搬来这里的时候，还抱怨过这个钟声，但我告诉她慢慢就习惯了，后来确实她也习惯了。”

弗兰克一直挂着和善的笑容，如果总是追着盘问她，他恐怕什么答案也得不到。

“所以她七点又出门了。那她交代了自己去哪儿吗？”

梅普尔太太似乎觉察到了他试图隐藏的焦急与期待，拿出一块干干净净的手帕，抵住鼻子，似乎在思考：“她不管去哪里都不会瞒我。”

“她去哪儿了，梅普尔太太？”

这一次，她正面回答了他的问题。

“噢，沿着路下去找塞尔比太太了。”

希娃小姐用平淡的语调说道：“他们住在路的尽头。塞尔比家的男主人是一位退休的商人，他们养了些鸡。弗洛理告诉我，塞尔比先生晚上去冬青树旅馆的时候，荷莉德女士偶尔会去塞尔比太太那儿陪她。”

梅普尔太太似乎完全听明白了他们的对话，说道：“没错，荷莉德女士胆子小，怕男人，没法儿容忍他们。只有在塞尔比先生出门了，她才会去塞尔比家。”

“她害怕塞尔比先生吗？”

梅普尔太太显得有些傲慢了：“不只是怕他，所有的男人她都怕。其实大家一点也不怕塞尔比先生，他逗孩子开心，还是大家的开心果。但只要房子里有男士，荷莉德就绝对不去。如果知道塞尔比先生出了门，她倒愿意去塞尔比太太那里。”

“她就指望他每个星期天出门了然后去那里？”

梅普尔太太点点头：“每次都待到旅馆打烊的时间，非常有规律。”

弗兰克·阿博特继续追问道：“荷莉德女士七点以后就出门去见塞尔比太太了，那一般什么时候回来？”

“九点。大多情况下不会迟于九点。我平常九点的时候就在床上了，她知道。”

“如果她回来迟了，您会起来给她开门吗？”

“我不会起来给任何人开门，”她的声音透露着倔强，“我自己还要休息。我九点上床就不会下来了。”

“那如果她九点多才回来呢？”

“钥匙放在地毯下面，她去麦尔布礼拿照片的时候我也是这样做的。”

“钥匙今天早晨在哪儿，梅普尔太太？”

她的声音忽然颤抖起来：“在地毯下……还是在我昨天下楼放的位置。”

“所以她没进屋？”

梅普尔太太恢复过来，她不知道为什么刚刚那个瞬间她看到的一切似乎都在摇晃，不过现在她已经恢复如常了，她回答道：“所以她根本没进屋，否则钥匙不会还在那儿。”

第十八章
拜访塞尔比太太

教堂的钟声再次敲响，听起来的确仿佛就在头顶。弗兰克看了看表，是七点一刻，毫无疑问，现在塞尔比先生肯定在冬青树旅馆玩飞镖，沉浸在觥筹交错中。那么塞尔比太太就独自在家了。

他和希娃小姐沿着路往下走，走到了跟前才依稀看清是一个单层小屋，他可以闻到有鸡的味道。屋里没有养狗，所以没有狗叫提醒主人有客人来了。他抬起门环敲了敲，这门环给他一种廉价感。接着，门后响起一阵脚步声，右边的一扇窗户被推开了一点，一个紧张的声音从窗户那边传来。

“有人吗？是谁？”

希娃小姐回答道：“塞尔比太太吗？我们可以进来吗？我想你可能见过我，我是希娃，现在和麦理都太太住在一块儿。”

塞尔比太太的声音显然放松了些：“啊，是的，当然，我见过你们俩在一起。噢，你好，希娃小姐。”

她走到门后摸索着打开了门。她身后的走廊没有灯，黑洞洞的，但可以看到在走廊尽头有一扇门是开着的，那里是一个明亮的房间。

“希娃小姐，请原谅我让你在这里等了一会儿……这位……”

“阿博特先生。”希娃小姐用极其温和的声音说道。

塞尔比太太倒抽了一口气，神情紧张起来：“希娃小姐，阿博特先生，请原谅我……每次塞尔比先生出门后，我都会先看看来人是谁，才会开门。”

希娃小姐说道：“很小心谨慎。”他们走进了屋子，沿着走廊来到了明亮的房间里。

房间里的每一件物品都是崭新的，给人带来强烈的视觉冲击，就好比一幅油画里没有光线的明暗对比。房间里深红色的窗帘上有些难看的图案，类似于绿色和黄色的蝌蚪形状，在某一区域稀稀拉拉，另一区域又密密麻麻地堆积在一起。房间里还有一组盖着绿色长毛绒的家具，窗户边是深红色的长绒窗帘，壁炉上摆放着两个巨大的蓝色花瓶。头顶的灯光透过倒扣的碗状粉色玻璃罩照射下来。

她关上门，转身向客人走去，稍稍有些骄傲的神色。和塞尔比先生不同，她并不喜欢乡下的生活，但这个屋子对她显然是一种慰藉。自从他们进来，没发现这屋里有一样东西是旧的，脏的，破的，这种画面让人有些厌倦。塞尔比太太向前走着，她身材矮小，有些佝偻，看起来年纪要比精力充沛的塞尔比先生大上许多。正是因为她总是担忧着一切，原本娇嫩的皮肤才提前爬上了许多皱纹。她穿了一条浅蓝色半身裙，上半身套着一件和裙子相配的亮粉色毛衣，头上几乎没有一根白发。

希娃小姐的声音很柔和："你人真好，塞尔比太太。阿博特先生和我过来是想问一些关于荷莉德女士的问题。我想你一定非常担心她吧。"

塞尔比太太无神的双眼里涌出了泪水，她拿出一条绣着花朵的手帕，轻轻擦拭着眼角。

"嗯，是啊。我和塞尔比先生都想不出她究竟是发生了什么事。我们真的很担心。你知道，他经常出去。男人总是喜欢出去社交，几乎每个晚上他都去冬青树旅馆玩飞镖。所以他经常跟我说：'喊你喜欢的朋友过来，没必要非一个人在家拖地。'荷莉德女士和我隔得近，沿着小路走不了多远——所以我就叫她过来，一周会来一两次，我们俩都很高兴。"

希娃小姐坐在深红色沙发的角落上，有些拘谨，身体绷得直直的。她穿着一件黑色的布外套，温暖的皮草披肩散开着，这样在风中会比较暖和舒适。她的手上戴着一副黑色的羊毛手套，头上的一顶黑色毡帽投下阴影，遮住了她小巧而略显苍白的五官。帽子的上面缠有一圈缎带，缎带中装饰着一小束紫罗兰和木樨草。多年以来，这顶帽子一直是被她誉为"第二好"的帽子。

弗兰克·阿博特坐在壁炉右边的一张椅子上一直没说话，这时，他终于开口问道："昨晚荷莉德女士过来找你了吗？"

塞尔比太太的双眼望向他。这双眼原本一定很美，然而现在却失去了所有的色泽，还挂着一些刚流的泪水，眼皮也是红彤彤的。

“啊，是的，”她回答，“她大概七点来的，然后我们一起喝了一杯茶。”

“她看起来和平常一样吗？”

“嗯，是的，只不过……”她不说话了，又用手帕抹了抹眼睛。

“只不过什么？”

“也没有什么，只是……”

他执着地问：“只是？”

“唉，其实没有什么，只是讲了几句跟克鲁家博得太太之间的对话，她白天去那儿帮忙。”

“你知道是什么话吗？”

塞尔比太太变得活跃起来，和刚刚见到时不同了，她说道：“当面对的人是博得太太的时候，是什么话都不重要。她这样的脾气真是可怕，自己也没有得到好处。”

“那你知道这一次是关于什么的？”

塞尔比太太摇了摇头：“我只知道好像是关于生火之类的，但我当时试图让她不要再想了。”

“她很难过吗？”

“这个，也不是难过，没到那个程度。只是说博得太太的脾气太不得了了，永远也不知道她下一个要拿谁出气。然后我们喝了点茶，她讲了一些关于罗伊纳夫人的事情，那是她原来的老主顾，说自己真是没想到现在竟要出来找活儿干。”

“那她当时很沮丧吧？”

塞尔比太太看起来很意外：“不，不沮丧。每次谈起罗伊纳夫人她都很高兴。她喜欢谈和她相关的话题。”

希娃小姐问道：“她走的时候也很开心吗？”

“是啊，希娃小姐。”

“塞尔比太太，那她是什么时候离开这里的？”

“应该是在九点以前。啊，希娃小姐，你不会以为她出了什么事吧？她当时很高兴，说要走了，因为梅普尔太太不喜欢她在九点以后回去。她只在晚上的时候去麦尔布礼拿照片，每次都过于紧张不安。路根本不远，走几步就到了。唉，我想不到这么一点路她究竟能发生什么事。”

弗兰克·阿博特愉快地说：“其实我们也不知道她发生了什么事情，塞尔比太太，但我们还要再问一些问题。目前，你是最后一个见到她的人，请告诉我们当时她的穿着。”

“噢，她穿着蓝色衣服。”

“那就不是她白天在克鲁大宅里的着装。”

塞尔比太太好像吓到了：“嗯，不会，她不会穿着那身衣服过来的！这件蓝色衣服是她去年才买的，颜色很好看，和她的珠子项链很配。”

“她戴了一串珠子项链？”

“嗯，是的，她总是戴着。非常通透的蓝色，还掺夹着些金银在里面，是来自于威尼斯还是哪里的。那是她之前的主顾罗伊纳夫人给她的。她很珍爱这串项链。”

“我想她还穿了外套吧？”

“嗯，一件黑色的。”

“戴帽子了吗？”

“呃，没有——这么短的距离，不用戴。”

“但如果她去了远一点的地方，比如麦尔布礼之类的地方，她会戴帽子吗？”

“这个，会的，阿博特先生。她去这些地方不会头上不戴东西。”

似乎已经没有什么可说的了，当他们走到门口，希娃小姐夸赞了一番这个单层小屋的便捷：“省去了那些台阶，我猜你肯定很高兴。老房子里的台阶大都太陡了。对了，你们装水管了吗？”

“嗯，不过不是自来水公司的水，塞尔比先生说我们不需要。房顶上有一套非常方便的泵水系统，还带有水箱。只是要时不时地去抽一下水，而且水也是通向水龙头的，和供水管道是一样的。”

“那你们没有井吗？”

塞尔比太太说道：“啊，没有！要喝井里的水这实在没法儿想，噢，简直不可能！”

接着他们道了晚安，便离开了。

眼看已经走出了好一段距离，弗兰克·阿博特才说话了：“你觉得有一口井？”

“梅普尔太太花园的最边上就有一口井。”

“你怎么知道？”

“弗洛理·亨特告诉我的。”

“你真的觉得……”他说道。

“我不知道，所有人都说荷莉德女士是——或者说曾经，是一个没有主见的人，而且在某些方面相当胆小，只要屋里有男人她几乎就不会进去。她自己又有一种极度的优越感，认为自己降临到这个世界和其他人是不一样的。和克鲁家厨师的这场争吵对她的影响可能比大家所想的要大。或者，这场争执是没有什么意义，但可能是压垮荷莉德女士的最后一根稻草。虽然和塞尔比太太在一起的时候这种压力减轻了，当她独自在黑夜里行走的时候，压力变得比之前更大了，这时是有可能产生自我毁灭的冲动的。我没说就一定会，但这是可能性之一。”

弗兰克·阿博特说道：“我会要麦尔布礼的警察明天去梅普尔太太家的井检查一下。”

第十九章
梦境追寻

罗莎蒙德想到简妮就心里不是滋味，她一直想着克雷格跟她讲的古怪事，说他看见简妮大半夜跑下床，随意地穿过小路，跨过了一个台阶。他既然这样说，肯定就是真的。她一方面相信他的话，另一方面又无法相信。每一次她想跟简妮说“克雷格昨晚看见你在大马路上”，似乎都开不了口，她做不到。如果简妮斩钉截铁地否认了这一切，那这件事又怎么解释？简妮撒谎了，她用谎言包裹自己，这一个又一个谎言像是铸成了一道密不透风的墙，她进不去，简妮也出不来。她有一种直觉，事情恐怕就是这样，不过不会再有类似的事情发生了。如果她把简妮逼得太狠，她可能会死。她绝不能这样做。现在她要做的就是观察，确保这种事情不再发生。

起初刚来克鲁大宅的时候，她曾睡在简妮的房间里，因为简妮晚上的时候需要人照顾。但简妮一发觉自己已经能一个人以后，便把罗莎蒙德赶了出来。其实那个房间也确实没法儿放下两张床。简妮想要有自己的房间，这样只要她想看书，就可以随时把灯打开。她不想在其他人的梦里堆满了自己的梦想。罗莎蒙德此刻只想知道简妮的脑袋里到底在想什么，以至于要跑下床，独自一个人在外面走，还不想被人看见。但有一件事是确定的，她现在没法儿再回到简妮的房间里去住了，也没法儿再把她锁在屋里。她必须确保在她拿着灯出来前，简妮已经睡着了，她随时准备着听到任何动静就醒来。人着急的时候，从来不把问题往深处想。其实她只需要让自己别走太远，只要能从隔壁听到简妮房间里所有细微的动静就行了。

简妮拿到了格罗瑞亚·吉尔摩的一本新书，一整晚都沉浸其中。对简妮·麦克斯韦尔而言，书中是另外一个世界，那里的她没有遭受这现实生活中的一切。在书里有个女孩叫科琳·奥哈拉，她和不同的男孩有风流韵事，但其实她心里真正爱的是她的监护人。但他的身份过于显赫，无法娶她做妻子。于是他肝肠寸断，心如死灰，前往四处游历。他英俊帅气惊为天人，可却因为心中隐秘的悲哀而使太阳穴处染上了几丝白发。在这引人入胜的世界里，简妮几乎忘了她的一切想法。可问题是，一旦进入这个世界，书中的所有情节就在那里，无论你对自己说多少次，这不过是一场梦，这一切都没有发生过，可你依然无法相信。

晚安能不说就不说，简妮一向如此，但今天罗莎蒙德一直监督她到最后，还端了一杯热牛奶，又帮她掖好了被子。简妮并不在意每天是不是都有热牛奶，不过今晚她有些抗拒，一直在讨价还价。她说如果罗莎蒙德也喝点牛奶的话，她就喝自己的牛奶，不然她就不喝。

“就这样！”

没有必要非要争执，于是罗莎蒙德选择了退让。她没有看见简妮往端过来的杯子里悄悄放了个东西。她正转身要去拿自己的杯子，忽然背后传来一声哀怨的叫喊，她停下了脚步。

“杯子上有层薄薄的东西！”

“简妮，那只是奶皮！”

简妮从床上坐了起来，皱着鼻子，神色厌恶：“皱巴巴黏糊糊的，太恶心了！喝了我会吐的！你故意给我这样的，你觉得这样我就会胖！”

“不，简妮，我没有！”

“有，你就有！换一杯，我不要喝这杯！”

换了一杯之后，简妮立即喝下了，没有再说什么。她甚至还在说晚安的时候，张开双手环在罗莎蒙德的脖子上抱了抱。

一刻钟后，罗莎蒙德走出了卧室。她站在门口仔细地听着，除了简妮轻柔、规律的呼吸声，什么也没有，她感觉相当安心。此刻的她只觉得睡意昏沉，好像从来没有这么困倦过。她强撑着沉重而疲乏的身体，轻轻关上了门，打开房间的窗户，然后关上了灯，刚躺下，就陷入了沉沉的梦里。

简妮并不想睡觉，但只有罗莎蒙德去睡觉了，她才能起来继续执行自己的计划。刚刚令罗莎蒙德颇为满意的柔和平稳的呼吸声不过是她装出来的，其实她在假装的时候，差点就没忍住笑出声来。她往先前的牛奶里扔了一片安眠药，然后要罗莎蒙德跟自己换了杯子。在她看来，这一切真是有意思极了。安眠药是去年格林汉姆医生开的，因为她当时身体极度疼痛，晚上睡不着，现在这些药片还剩下一点。对此罗莎蒙德并不知情，就在前几天摇晃了药盒，她才偶然发现里面还有两片药嗒嗒作响。今晚，罗莎蒙德会睡得很安稳，整晚都不会醒来。

而简妮并没有睡觉的意思，她要保持清醒，等所有人都睡着了之后出门。因为无论她告诉自己多少次去年晚上发生的事不过是一场梦，她都无法相信，除非她再一次站在那儿，亲眼见到那个可怕的东西已经不在那儿了。

已经带走的当然不会再出现。今晚看不见的，并不代表昨晚就不存在。她觉得这一切有些滑稽可笑，一方面她想要跟人理论，另一方面心里又有个声音在辩护着。她感觉，像是在黑暗中下了床，不知道门窗在哪里，也不知道怎么回到床上，与世界道晚安。脑海里思绪飘动起来，最终把她推回了那天那个阴森森的地方。“没人会想她的。”她听见有一个声音说道，接着地面出现了一道手电筒的光，地上躺着一个破旧的麻袋，袋里露出一只手。她并没有看清整只手，在电筒光的照射下，仅看见了三根白骨般的手指。她屏住了呼吸，大叫起来：“这是梦！这是梦……这是梦！”说完这些话后，你往往会醒来。一旦你知道这只是一场梦，无论梦有多沉，你都将从梦里挣脱而出。

简妮惊醒了，心怦怦直跳，她的手已经从被子里伸了出来。

这只是梦，是梦，一场梦！梦总是会忽然出现。她打开了床头灯，看了一眼自己的小闹钟，这是罗莎蒙德圣诞节的时候送给她的礼物。看来她刚刚睡了很久。窗户是半开的，窗帘也没有合上。她走了过去，向窗外看。如果屋里没有灯的话，外面看起来才不会这么黑。忽然，她生起了一股冒险的念头。她顿时睡意全无，她想趁着黑夜到外面去，跑过小路，穿过大道，跨过台阶，经过沉睡的每一个人，她可以跳舞，没人会看见她。

她麻利地穿上一条暖和的半身裙、一件厚套头毛衣，还有那双她几乎没怎么穿着走过路的鞋子。罗莎蒙德之前一直担心她第一次穿上这双鞋的时候会非常不适应，但其实并没有，她觉得相当适应。这双鞋舒适合脚，她迫不及待要去跳舞。她推开了门，悄无声息地经过黑暗的走廊。她带上了罗莎蒙德的电筒，虽然暂时不会打开它。接着，她走出侧门，融在了冷风相伴的夜色中。风轻轻地吹着，充满了春日里植物的味道。虽然没有月亮，但夜晚并不黝黑。天空有些微微发亮，她可以看见树的影子。

她在小路上走得很慢，以免不小心踢到路上的石子或者踩断某根树枝，这样一来罗莎蒙德可能会听到，或者最糟糕的是莉迪亚舅祖母会听到。她慢慢地走着，没有一点声响，所有人都沉浸在梦里。

要过大路简直就像是过河，她先要踏进去，接着游到对岸，然后踏上对面的台阶，再走到约翰逊先生的田地里。田地的篱笆下有一条人行小道，但如果所有人都睡着了的话，是不会有人看到这一幕的：她拿着手电筒，用电筒光在地上画着各种图案，随着她画图案的节奏跳舞。

在田地的一角，有条小路和大路隔得比较远，再往远处去，有另外一个台阶，上去便是牧师巷。简妮关掉了手电筒，靠着篱笆蹲下身，仔细地听着。微风轻抚，什么声音也没有。她昨晚的梦就是在这里发生的。她匍匐着爬上台阶，朝台阶另一边望去。在梦里，曾有一些声音，那是人的脚步声，还有麻袋上明亮的手电筒光。她其实并没有真正看清麻袋里的是什么，也没有看清是不是手指。不，不是昨晚，只是今晚，她在床上睡着时那只手忽然地出现在她的梦里。

然而什么也没有。她就是为这个而来的，只是为了确认，亲眼证实现在这里确实什么也没有。曾经也没有，一切只不过是一场梦。太丰富的想象力简直太糟了，可你必须得有，否则就编不出读者想读的故事。但有时，这些故事会自然而然地忽然出现在你的脑海里，无论你喜不喜欢。显然，这是一个吓人的故事，她一点也不喜欢。她想推开这个故事，把它锁在某扇门里。这样一来，这故事便再也不会浮现在她的脑海里。梦里，牧师巷尽头的草地上放着一个麻袋，不知装着什么，一个手电筒从高处照着麻袋。这并不是简妮的手电筒。两个人站在巷子里，正悄悄地说着话。其中一个人拿着手电筒，电筒光在麻袋上闪烁着。

她站起身，打开手电筒，向台阶上望，那儿一个人也没有，之前也并没有人在这里。她走过台阶，沿着草地的边缘走。梅尔普夫人的小屋此刻在她身后，就在小路对面。苍茫的夜色中，梅尔普夫人的小屋如一个巨大的黑色驼峰，划破了直线型的篱笆。

塞尔比家的单层小屋则在她眼前，坐落在小路的尽头，往前还有一条人行小道。她用手电筒照着前方的草地，向前走着，一直走到塞尔比家的门口，接着便转身往回走去。小路的尽头什么也没有，再没什么能梦到的了。她现在可以回家，放心地上床睡觉了。她按下底部的按键，把电筒上的光调成闪烁状态，灯光跳跃着。她感觉一下子轻松了，充满了欢欣。

就在要走到台阶的时候，闪烁的电筒光线捕捉到了一丝金色的火星，似乎有个金色的光点穿透了苍白的灯光。明明就在那儿，可转眼便找不见了。她来回晃了晃手电筒，依然没找到。她又晃了晃电筒，这一次，她看见了一个小小的圆形的东西，像一半橘子，又像是一半苹果，或者说像是一个残缺的月亮，不过比这些要小得多。这个圆形的东西，大约还没有拇指指甲盖大，就在小路对面的草地上，还裹着泥。她并不想理会，只想走下台阶，一路赶紧跑回家。可她不能。

她蹲下身子，把它捡了起来。上面沾了不少泥，但还是完整的，并没有破。这是一个圆玻璃珠，在电筒光的照射下微弱地闪着光。可她很清楚，这是天蓝色的玻璃珠，还掺杂着一些金银碎片。正是珠子里的金片反射了电筒的光线，看起来就像一个小火星。手中的珠子现在暗淡无光，而且脏兮兮的，但她对它太熟悉了，她不可能认不出这珠子原本的模样。她已经见了这珠子两年多，每天早上，每天下午，进进出出。原本这珠子还有更多，它们当时连成一串，戴在荷莉德女士的脖子上。

第二十章 井底探案

扫码听本章节
英文原版朗读音频

第二天早上，弗洛理的早茶比平时晚来了一刻钟。她端着茶，像是在服侍一场丧宴一般，表情极其凝重地说："如果在梅普尔太太的井里，那绝对不是她自己自杀的。"

此时麦理都太太已经醒了，但还不太清醒，没有明白这条使人大吃一惊又难以置信的消息。窗帘开了，她迎着光，眯着眼问道："梅普尔太太的井？什么意思，弗洛理？"

正在这时，希娃小姐从门口走了进来，弗洛理进来时专门为她留了门。她穿着蓝色睡袍和有蓝绒球的黑色拖鞋，如往常一样干净清爽。她小声地表示着歉意，忽然被弗洛理高声的重复打断了："如果在梅普尔太太的井里，那绝对不可能是自杀。我就是这么说的，也是这么想的，我不管他们是麦尔布礼的警察还是伦敦的。她那么高兴，怎么可能是自杀。"

希娃小姐有麦理都太太当保护伞。想到昨晚和弗兰克·阿博特的对话，她很快就明白了弗洛理说的，问道："梅尔普夫人家的井被警察检查了？"

弗洛理急急地点着头："是的，就是这么回事，但绝不可能是自杀。"

麦理都太太坐在床上，手伸到枕头下摸索着那条羊毛披肩。这条披肩她已经使用多年了，洗了很多次，现在已经变成了老旧的象牙色。听到这些，她惊骇地说："噢，当然，没人会怀疑她会自杀！"

弗洛理有些愤懑："不知道那些警察会说什么！但那就是我记忆中的荷莉德女士。如果她在那个井里，那绝不是她自己跳进去的，我怎么样也不会相信！她或许在井里，或许不在，可怜人啊，但她绝不可能自己在那儿，一定有人做了什么。我不知道那人是谁。我想知道这些警察到底有什么用！他们也没找到麦琪，是吧？他们每次都说麦琪离开这里去了伦敦，但只要认识她的人就不会这样想！所以关于荷莉德女士，他们很可能会这样说。麦琪去伦敦干什么？我说她绝对不会去，荷莉德女士也是一样！可能等他们发现她在哪儿被杀害了，才会相信我的话！"她气冲冲地走出了房间，几乎是轰的一声关上了房门。

麦理都太太把披肩裹在肩上，随后端起一杯茶，紧张不安地说道："你不会真的以为那个可怜人……天哪，我真是从来都不喜欢井！莫德，你不会以为……"

希娃小姐冷静地说："我们目前并没有怀疑的根据。如果梅普尔太太的花园里有一口井的话，我想，警察觉还是必要检查一下。”

麦理都太太从杯子里呷了一口茶，眼里充满了盈盈的泪水，显然这并不是因为茶水温度太高烫到了她。

“哎，我的天哪！”她感叹道。

当阿博特·弗兰克沿着路走到前门，扣响门环的时候，两位女士已经衣冠整洁地在楼下了。希娃小姐在门口见了他，主动说要领他去客厅，而麦理都太太此刻正在饭厅打算烹点茶。弗兰克关上身后的门，低声说：“情况是这样，她确实在井里。”

希娃小姐没有说话，严肃地望着他，等着接下来的话。他继续说道：“头上有一处伤，但应该是在落井之前造成的。到时候验尸结果会说明她落水前是否还活着。从脸上看，我觉得应该是，因为不管是自杀还是他杀，既然她的尸首在井里，唯一的用意就在于看起来像是自杀。我不知道你怎么看，当然我们不能因为被派下来要搜集一些可疑信息，就产生一些偏见，但我有种感觉，这背后隐藏的要比我们想得复杂得多。两个无关紧要的女人失踪了，两个人都很普通，年纪也不小了，又没有感情纠葛。想不到有什么人要将她们置于死地。麦琪·贝尔至今不见踪影，荷莉德女士被发现沉在井底。我不知道你怎么想，但我感觉，我们现在看到的只是拼图的一点碎片。这些碎片单独没什么意义，但如果能找到余下的碎片拼在一起，就能还原成一张巨大的图画。”

希娃小姐依然面色凝重，开口说道：“恐怕并不是一张漂亮的图画。”

他随即就匆匆离开了。希娃小姐在饭桌前坐下，和麦理都太太共进早餐。

吃完了早餐，弗洛理便把桌子收拾干净，转身进了厨房，希娃小姐也跟着她走了进去。她一直在等待这么一个机会——看来就是这个时候了。这时麦理都太太已经坐下准备写信，而弗洛理则要忙着清洗早餐的餐具。

不能说弗洛理此刻容易接近，在早上一顿情绪发泄之后，她已经又回到了平日那个寡言少语的自己。希娃小姐提出要在弗洛理清洗餐具的时候，在一旁帮忙擦干。对此，弗洛理只是冷冷地应了一声。希娃小姐那句“但我想应该来帮帮你，弗洛理”和脸上亲切的微笑究竟是不是发自内心呢？这一切就不得而知了。但当她看见希娃小姐从滴水板上拿起淌着水的杯子与茶托，仔仔细细地擦干，然后放在一旁等她放好时，她觉得很温暖。那笑容和想帮忙的愿望是那么真诚，不知不觉使人愿意敞开心扉。

直到擦干最后一个盘子，希娃小姐终于说话了：“弗洛理，你可以跟我再多说一说你的堂姐麦琪吗？”

弗洛理的肩膀猝然一动，说道：“再没什么可说的。”她一抬头，看到希娃小姐正一脸严肃地盯着自己，连忙回过头去，说道，“我不知道你想要我说什么。”

希娃小姐说道：“我不是出于好奇，这点我想你应该知道。我只是想和你确认一两件事情。麦琪每天都去坎宁安那里吗？”

弗洛理望向一边。这个问题回答一下也没关系，她说道：“没错。”

“她什么时候会离开？”

“那要看情况。大多数情况下是下午两点半走。”

“那你知道她失踪当天是什么时候离开的吗？”

显然，听到这个问题她犹疑了一下。

“应该是和平时一样的时间。”

“她直接回家了吗？”

“贝尔太太说她三点前就回家了。”

“那她回家后做了什么？”

弗洛理唰的一声倒空了洗涤槽里的水。

“我怎么知道她做了什么？她总是做很多事情，她妈妈一直盯着她。麦琪从来没闲下来过。她要端茶倒水，然后刷洗餐具，接着还要熨衣服。”

“你之前说她有时候晚上会来找你。所以那天晚上你在等她来吗？”

“是又怎么样？”

希娃的眼神很和蔼，却充满探寻。

“是吗？”

“可能是。”

希娃小姐视这个为肯定的答复，于是她用更加确定的语气又重复了一遍：“你当时在等她，但她没有来。”

弗洛理的脸痛苦地抽搐着。

“没有，一直没来。”

“她应该在什么时候来？”

她将洗涤槽口朝下反过来，把洗碗布摊开放在洗涤槽上等着晾干。

“应该是八点，除非她在家里耽误了一点时间。”

“你知道她是什么时候离开父母的房子的？”

“八点，这是我姑妈说的。”

希娃小姐沉思着，说道：“她八点出发来找你，那么天色应该很暗了。你还能想起那个夜晚吗？是什么样的？有月亮吗？”

弗洛理摇摇头。

“那天夜里很黑，还有零星小雨。”

希娃问道：“弗洛理，还有谁知道那晚麦琪会过来找你吗？”

弗洛理忽然从洗涤槽的方向回过头，说道：“她如果能来就会来。”

“我刚刚问的是，还有谁知道麦琪要来找你？”

“很多事情村里的人都知道。麦琪的父母就知道，不过他们从来不说起。他们不喜欢麦琪来见我，所以她得借口说出来透透气。但他们其实知道。”

“弗洛理，还有别人知道吗？”

她的脸色忽然变得很憔悴。

“已经说了太多了，我不想再说了，就到这里为止了。”

“谢谢你，弗洛理。”希娃小姐温柔地说。

第二十一章
夺命绳索

当天下午，希娃小姐和麦理都太太正在路上走着，看见坎宁安女士从克鲁大宅的小路转出来。她像往常一样，脖子上的几条围巾裹得厚厚的，其中有一条紧紧地裹在脸颊处，看得出她最近可能有些牙疼。麦理都太太关切地询问了几句，她只是说，没什么，谢谢，真的没什么，只不过风有点冷，围上围巾会暖和舒适一些，说完她便继续朝前走开了。麦理都太太有点愤愤不平地说："我猜莉迪亚肯定又欺负她了。可怜的露西，我真不明白为什么她要这样忍受着。"

露西·坎宁安有时自己也不明白，但要冲破旧的樊笼并没那么简单。三十年来，莉迪亚·克鲁一直对她呼来喝去，当你已经忍受了三十年，要再反抗，真的不容易。她回到家里，像往常一样忙碌起来。她要喂鸡，还要给亨利煮茶，然后再洗茶具。自从麦琪走了之后，哈伯德夫人便接替了麦琪·贝尔的工作，不过她在下午两点半就会离开。

亨利迟了，他总是来得很迟。不过，照他的习惯，这一点当然也是意料之中的。如果要寻找蚕茧和冬眠的睡鼠之类的东西，当然不能大步流星走来走去，也没法儿准点吃饭，因此也没人指望他准点回来。但有时候她也会气恼，每当这时，她只好提醒自己，要想想亨利在外面生死不明的那几年。这样一来，心中一种愧疚感便油然而生。当然，时间过去了这么久，你不能指望现在的一切还和当初一样。其实莉迪亚当时已年近三十，早已过了如花般的年纪，但现在越过这些年回头再看当时，三十几岁也算风华正茂了。那时的亨利，只有二十五岁。他那时是一个可爱的年轻人，当一切进展顺利，脸上总会露出一丝微笑。而现在，他变了很多，的确，二十五年了，人总会变。亨利·坎宁安是回来了，但过去那个小伙子已经不在了。他的脸上不再挂着阳光般的笑容，不再习惯向她寻求帮助，也不再喜欢和人打交道。他热衷于观察研究新品种的蜘蛛、翅膀上有新奇花纹的蛾和十五年一直没有出现过的某种比利时蝴蝶。沉浸在从前的爱好中时，他的眼里会散发出几缕曾经有过的光芒。但就人的感情上而言，虽然他和这些昆虫共处一室，而且就是出门也与昆虫相伴，但其实它们都已经没有那么重要了。

就是尼古拉斯也不怎么重要。从某些方面来说，尼古拉斯和年轻时的亨利真的很像。他无忧无虑，而且比亨利更加健谈，但无论是他的举止、言谈还是神情，无一不让亨利回想起曾经的自己，那时的他还没有迫于可怕的流言而离开此地。

她端来了茶，亨利和往常一样迟了些才来。他依旧是心不在焉地沉默着，除了偶尔要她递来几块司康饼放进茶里。

下午茶过后，她收拾了一下。清洗完所有的用具，她便坐了下来，边听收音机，边补起了亨利和尼古拉斯的袜子。因为长期磨损，他们好些袜子上已经有了一些洞。还有那件尼古拉斯一直在穿的旧花呢夹克，已经快旧得穿不了了，不过只是口袋里有洞。她得想办法，缝一块结实的布料。她拿过衣服，听见手下方有东西窸窣作响。确切地说，并没有什么声响，但她能感觉到，衣服和口袋的缝线处有什么东西。于是她把手伸进有洞的口袋，掏出了一张皱巴巴的纸。纸的一面上写了什么，但她没有看，这样的事她不会做。她把写有字的那一面折了起来，放在一边，等尼古拉斯回家的时候再还给他。

六点多，尼古拉斯像往常一样急急地进了屋，情绪高亢，精神抖擞。他回来后既没有吃也没有喝，今天他要迟一些回来，因为要去麦尔布礼赴约，所以没有时间再吃喝。出门前，他匆匆忙忙地给了露西一个吻，接着便哐的一声带上了门。她很好奇，他要跟什么人见面呢？不是罗莎蒙德，否则他不会说要去麦尔布礼，对吧？如果是罗莎蒙德的话，他们会约在公交车站见面，然后一起过去。虽然非常希望是罗莎蒙德，但她明白肯定不是，罗莎蒙德是不愿离开简妮太久的。这就意味着，对方是谁都有可能，因为没有哪个女孩儿会不愿意和尼古拉斯一起出门。她脑海中一直思考着这个问题。

直到晚上十点半，露西准备上床睡觉时，尼古拉斯还是没有回来，不过她也并不指望他会这么早回来。他有钥匙，而且之前她也提醒了亨利不要闩上门。她只觉得疲惫不堪，想立即躺下，脑子不由自主地开始恍惚起来，周围的一切开始变得朦胧。在她小时候，他们总是会唱一首关于“被祝福者见证无尽的安息日”的赞美歌。可每天的日子还要这样过下去，更别说星期天了，想到这里，她就觉得难过。即便还在她很小的时候，她就对此深感失望，而现在她根本不愿再往后想。她由衷地庆幸，庆幸自己现在依然还能好好地睡觉。

但在这个不同寻常的夜里，她却从深沉的睡眠中醒了过来，耳边传来一阵铃声。她在黑暗中眨着惺忪的睡眼，过了会儿便能看清窗户了。铃声仍响个不停，这时她才意识到是大厅里的电话在响。自从父亲买下这座遗产房，他们就搬了进来，这部电话就是那时装在大厅里的，直到现在依然保留着。当然，装在客厅里是最不方便的了，因为在空旷冰冷的大厅里，无论是谁讲话都能被别人听见。

露西·坎宁安眯着眼，扭开了床边的灯。时钟嘀嗒地走着，显示的时间是凌晨三点。她忽然有种不祥的预感，若不是发生了什么可怕的事，谁会在这个时间打电话过来呢？没有人会。她来不及披上衣服，穿着睡袍，光着脚就向卧室外跑。电话铃声在空荡的大厅里回响着，经久不绝，格外刺耳。卧室的门开着，灯光直照到楼梯平台上。她火急火燎地跑下陡峭的长楼梯，没有片刻停歇。

如果不是手紧紧抓着栏杆，她不可能救回自己。她浑身上下绷得紧紧的，攥紧的手不停地抽搐着，小腿上还留有一道深深的痕迹。此刻，在她右边脚踝的上方四英寸处有一根绳子，就在刚刚匆忙跑下台阶的时候生生地将她绊倒了，要不是紧紧地抓着楼梯扶手，她一定已经滚落到了大厅的石板地面上。在被绳子绊倒的一瞬间，她的身体猛地向前倒去，但好在当时右手正扶着栏杆，左手也迅速找到了支撑，这才使她幸免于难。她浑身颤抖着，站在第六级阶梯上。此时电话依然响个不停。

嘈杂的环境让人没法儿思考，她摸索着，想到了一个字：灯。她缓缓转过身去，手依旧攥着扶手。她一步一步地迈上台阶，走到楼梯平台上，打开了灯。接着，她走回到楼梯的最高层，向下望去。没错，她的确是走到了第六级台阶。就在第六级台阶两边的扶手下方，拉着一根紧绷的绳子。她立马就认出了这根绳子，这是一段她在花园里用来捆玫瑰花的绳子。绳子的表面有一层沥青，相当结实，而且映在深色的地毯和楼梯踏步板上很难看出来。如果这是新绳子，她肯定会闻到沥青味，但这绳子已经是她两年前买的了。

电话铃声终于停止了。她回到卧室，拿了一把剪刀，走到第六级台阶上。她浑身上下都在发抖，但她一直强撑着。绳子绑得非常牢，她一把剪断绳子，把所有的绳结都取下来拿进了自己的卧室，然后用火将它们化为灰烬。接着她把剪刀清理了一遍，小心翼翼地收起来。她没有犹豫，穿过楼梯平台，打开了亨利的门。房间里一片漆黑，窗户很大，有烟草和鞋油的味道，还有亨利·坎宁安平稳、规律的呼吸声。她站在门口，听了一阵，才关上门离开。

尼古拉斯的房间在屋子的后面。她站在尼古拉斯的门前，心里疯狂地祈祷着：“不要是尼古拉斯！天哪，不要是尼古拉斯！他不能！不能！如果他在麦尔布礼，就不可能是尼古拉斯！让他在麦尔布礼吧！不要让他在这里！”她把手放在把手上，扭开了门。屋子很黑，窗户依旧很大，接着她听到了一个平稳而轻柔的呼吸声。

露西·坎宁安关上门，回到了自己的卧室。她的头脑异常清醒。她是在十点半上床的，当时楼梯还很安全。随后亨利上来了，后来尼古拉斯也上来了。他们其中有个人在第六级台阶停留了一阵，拴上了那根绳子。是其中的某个人吗？他们或许是分开上楼的，又或许是一起上来的。或者，有可能是先上来的人后来又下了楼，才在楼梯动了手脚。是亨利，还是尼古拉斯？是尼古拉斯，还是亨利？屋子里没有别人，他们中有人在楼梯上绑了那根绳子要置她于死地。台阶很陡，而大厅又是石铺地面，她很有可能在黑暗中慌忙下楼的时候被绊倒，摔下楼梯而亡。

可是谁想要她的命？是亨利，还是尼古拉斯？是尼古拉斯，还是亨利呢？

她思索着，直至天明。

第二十二章
疑窦丛生

哈伯德夫人一直到早上八点才会过来，而尼古拉斯必须在那时下楼吃早餐，所以坎宁安女士没法儿继续纵容自己坐在床上喝茶了。她得叫醒尼古拉斯，还要迅速地穿上衣服，打开后门，然后随便抓点什么做早餐，比如鱼、香肠，或者一枚鸡蛋。今天是周二的早上，露西·坎宁安有足够的时间。离开了让她失眠的床，她心中感觉一阵轻松。昨晚上的水还是热的，她在热水里洗了把脸，然后用卧室水壶里的冷水反复冲洗着。夜晚冷得几乎结霜，水更是冰凉。她开始梳头，玻璃里映照出她的脸，并没有那么糟糕。她的脸色一直不太红润，但一张圆圆的脸在一夜之间也不会变得憔悴万分。她穿上那件旧旧的灰色花呢裙、灰色套头毛衣和开襟羊毛衫，穿过楼梯平台，敲响了尼古拉斯的门。他总是要过一会儿才能醒过来，随后传来他睡意蒙眬的声音，和往常并没有什么不同。多年以来，她也一直都是这样叫醒他。

站在楼梯最高层向下望，她发现绳子在扶手上留下了痕迹，但不会有人注意到老旧油漆面上留下零星的痕迹。看来绳子原先的确绑得非常紧，因为要在绊倒她时能承起她的重量。橡木上本应留不下什么印记，但扶手是一种较软的木质，因而绳子捆绑的地方有些向下凹。每每上下楼梯，她就能看见这个凹槽。她走下楼梯，打开了后门，开始为尼古拉斯准备早餐。

她没有必要去叫醒亨利。对睡眠这个问题，他有自己的看法，他认为叫醒一个睡眠中的人是非常不好的。如果一个人睡好了，他自然就会醒来。如果没有休息好，反而被叫醒，这是对身体极其有害的。所以，你永远也没法儿知道他究竟想什么时候吃早餐。不过，只要家里有个男人，你就得容忍类似的事情。她的父亲一直认为应早起，所以他在世的时候，他们每天早上七点准时吃早餐。“早睡早起能使人健康，富有，明智。”露西·坎宁安从小就是受这条名言的教育长大的。她也不知道自己究竟是不喜欢这种教育的哪一部分，是早上六点半起床，还是晚上九点得上床，而且在电表上所有的灯都必须在这个时候关掉，所以在卧室里，大家只能用蜡烛。晚上的灯是否能开一夜，显然，这个问题亨利毫不在意，因为当时并不需要他来支付电费。

昨天的晚餐还剩下几根香肠。厨房里没有火，要等着哈伯德夫人来处理，于是她在小油炉上把香肠热了热。同时，她从橱柜里端出牛奶和黄油，穿过大厅放到餐厅里。餐厅的一切都已经准备就绪，昨晚在她上床睡觉前就已经把桌子铺好了。她站在桌子前仔细地检查着，以免遗忘了什么。有两小包燕麦，这是亨利偶尔喜欢吃的，不过尼古拉斯绝对不会碰。看到燕麦，她也总是联想到稻草垫子。还有黄糖、橘子酱和一罐新鲜的芥末酱。对了，还有面包呢？

正当她拿了面包穿过大厅的时候，尼古拉斯跑下楼来。她的心猛地揪了一下。他匆匆往下跑，不仅没看第六级台阶，甚至都没往脚下看。她心中如释重负，猛松了口气，结果托着面包盘的手忽然一下没端稳，面包开始滑落，餐刀哗啦一声掉下来。

尼古拉斯赶紧扶住了她的肩。

“站稳，露！你在干吗？你还好吗？”

“哦，还好。”

他笑起来，弯下腰捡起餐刀。

“好吧，不要到处乱扔东西！现在就让我把面包吃了吧，我比较喜欢没落在地上的面包。”

于是他拿着餐盘向客厅走去，她便转身去拿香肠。看到她进了餐厅，他笑眯眯地看了她一眼，又有些关切说道：“你今天看起来有点虚弱。你晚上又不会一直坐在屋里等着我回来，我才应该是那个脸色惨白的人好不好。”

她并不想说话，但她浑身上下每一处都颤抖着，不知怎么，她不由自主地开口问道：“你回来很迟吗？”

他把麦片倒进汤盘后，便开始往里面倒牛奶。

“嗯，很迟。我搭了车回来，所以就没必要赶公交了。你听见我进来了吗？”

“没有。”

“好了，我得快点了，昨天我就差点迟到。老伯灵顿很注重守时，他又不大喜欢我。他最想看到的就是把我抓个现行。”

“他为什么不喜欢你？”

“很奇怪，对吧？亲爱的，帮我倒一杯茶。他觉得我太轻浮了。他真是不懂快乐的真谛！”

她转身走开去倒茶，回来的时候手里多了一张皱巴巴的纸。他接过杯子，从上方注意到了这张纸。

“你从哪里拿到的？”

“你那件棕色花呢外套的口袋破了一个窟窿，就是从衣服和口袋的缝线处掉出来的。是我昨晚在给你缝口袋的时候发现的。”

他伸出手拿走了纸。

“谢谢，露。”

虽然依旧面带微笑，可他显得有些不一样了。仿佛眼前明明是明媚的阳光，可忽然就感到了刺骨的寒冷。这样的现象常常出现在英国的春季。露西·坎宁安有些惊慌，她感觉有些不对劲，可说不上来到底是哪里不对劲。

尼古拉斯把纸放进了怀内的口袋，咕嘟咕嘟几口喝完了剩下的茶，就匆匆忙忙地走了。她回到厨房的时候，还不到八点半，他明明还有相当充足的时间。

此时哈伯德夫人正忙着生火，却怎么也点不燃。一会儿她就该去帮坎宁安女士整理床铺了，可现在她只想一个人待在厨房里。任何人能想到，今天早上一定是有什么东西进到炉子里去了。她已经生了三次火，可这该死的东西灭了三次。如果坎宁安女士肯离开这里去找什么东西的话，那么洗涤室里还有一点煤油，她肯定能看到。

想要别人知道现在这里不需要他们，有很多种方法。露西·坎宁安终于明白，哈伯德夫人其实希望房间里只有她一人。于是她穿过屋子走进客厅，开始收拾客厅，把椅子一把一把摆放整齐。由于亨利每晚都要在客厅里坐到很迟，而且也不喜欢被人打搅，所以她每次只好等到次日早晨再来整理。刚整理完，她就听见亨利出卧室门了。她之前就打开了他的卧室门，能听见他的声音，只要稍微探一下身子也能看清他的状态。他像往常一样，拖着缓慢而沉重的步子。他神情恍惚地走过楼梯平台，然后走下台阶，两眼愣愣地盯着前面。她走出客厅，来到大厅，他也只是目不斜视地说了句“我下来了”，便径直走向餐厅。他身后的卧室门依然开着。

她忙着端出热的盘子和保温了的香肠，脑海里依旧一遍遍思考着那个问题：是亨利还是尼古拉斯？她看到了他们俩下楼的样子，没有一个人看过一眼她绊倒的那级台阶，也没有任何一个人瞟过一眼绑过绳子的扶手。尼古拉斯下楼的时候和往常一样匆忙，而亨利也如平时一般心不在焉。他们在同一屋檐下一起生活了几十年，今日他们的举止和往日并没有什么不同：尼古拉斯像个上学的孩子一样冲下楼梯，而亨利还是像梦还没醒似的。年轻的时候，他曾和莉迪亚·克鲁有过一段爱恋。这本该就是过去这些年中的任何一天。

但假如他们中的某一个在楼梯上拴了绳子要置她于死地，他不应当还把绳子留到第二天早上等人发现。晚上一定有人到楼梯上检查了一下，但他会发现绳子已经不在了，因为她拿走了绳子，并且放在卧室的炉架里烧掉了。所以不管是谁，他应该是在外面转了一圈，然后又回到了卧室里。

她并没有关卧室的门，应该也没有睡着。会有一个男人走路轻到她毫无察觉吗？她回想了一下，忽然有些不确定了。她似乎间断地做了一些噩梦。她不能确定，这些究竟是睡着了的梦还是半梦半醒之间脑海里的幻想。

她把香肠拿给亨利，看到他正在读报，一边还慢吞吞地喝着那一团棕色的燕麦。

第二十三章
厨房私语

哈伯德太太正和坎宁安女士一起整理床铺，很快便察觉坎宁安女士今早和往常不一样。虽说哈伯德夫人看起来干净利索，还有些拘谨，但其实是黑尔兹格林最善于打听消息的人。她对秘密总是有敏锐的嗅觉，就好比一只正在追踪的雪貂，只不过她的追踪是悄无声息的，而且非常有礼貌。而通常获得的“战利品”也只有固定的几个人知晓，同时还要发誓坚决保守秘密。当坎宁安女士背对着窗、整理着床的侧面时，哈伯德夫人马上意识到她这样是为了掩盖她刚刚哭过了，而且度过了一个难眠的夜晚。

清扫楼梯的时候，哈伯德夫人又注意到两侧楼梯扶手上各有一道浅浅的凹痕。这列楼梯很陈旧，不过曾经上过漆。在有凹痕的地方，漆面有一处已经掉落了。哈伯德太太看得出来，有什么东西曾绑在扶手上，而且绑得相当紧。不过这样做的目的是什么呢？倘若在另外一侧扶手没有这样的凹痕就好了。这列楼梯很长，中间没有过渡平台，而两边都有扶手。除了有人曾在台阶上绑过一根绳子以外，没有别的情况能解释这两道凹痕。这真是她听说过最恶毒的伎俩。肯定是某个男性所为。她能叫出名字的人中，的确有几个开起玩笑来能不假思索地打断别人的腿。但世界上怎么会有人想要在坎宁安女士身上搞恶作剧？他这样做究竟是为了什么呢？没有人怀有所谓的恶意针对坎宁安女士。不是说这点她知道，而是她没有什么不知道的。

打扫完楼梯以后，她拿着簸箕和刷子绕大厅清理了一圈，在有凹痕的扶手正下方扫起了一小截绳子。那是花园里常用的一种黑绳，用来捆一些攀缘植物之类的。她把线塞进罩衫口袋，朝坎宁安女士的卧室走去。之前她注意到卧室里的炉架内没有火，但看得出烧过一些东西。当捡起这段沥青绳时，她忽然想到了卧室炉架里的灰烬。不用再确认那是什么，她就已经知道了——是绳子，和她口袋里装的一模一样。炉架的灰烬里有一些长形的东西，而且清理灰烬的时候，她发现了一个还未烧尽的绳结。于是她把绳结和在大厅捡到的一小截绳子放在了一起。她有些不明白，为什么坎宁安女士会剪掉扶手上的绳子，然后烧掉呢？但她的确这样做了，从绳结的切面可以看出用的工具是剪刀。她剪断了绳子，然后在卧室的炉架内把绳子烧了。

哈伯德夫人一直在忙着干活儿，边忙边依据事实继续推断着。可问题是从这几段绳子，她得不出任何结论，对她来说这简直是太痛苦，太让人受挫了。直到下午两点半准备离开时，她忽然注意到了一个现象，简直让她好奇到了极点。坎宁安女士从屋里出来，走上后门的台阶，询问她是否还需要一袋煤油。先前的天一直是灰蒙蒙的，现在太阳才出来。阳光斜斜地照到台阶上，照到了坎宁安女士的脚踝。先前房间里太阴暗，而且房间里的所有东西也都是灰暗的，就像屋里摆的老古董，所以她并没有注意到什么。但现在明亮太阳就在头顶，让你没办法不注意到那片伤痕，就在右边脚踝上方六英寸左右。那片肌肤红得相当厉害，在明亮的光线下，连长筒袜也遮不住。哈伯德夫人悄悄用余光看了看，顿时明白了，她断定那儿肿了一大块。接着她又看了一眼，便不敢再多看，然后用老鼠一般小的声音回答说，下周才需要加煤油，但如果坎宁安女士想加一点的话也不碍事。

哈伯德先生在麦尔布礼上班，他会从家里打包好午餐带到食堂里吃。所以哈伯德夫人工作完后，常常顺便拜访一下白色小木屋的弗洛理·亨特，这是再自然不过的事情。她和弗洛理是远方亲戚，弗洛理见到她会很高兴地倒上一杯茶，或许再告诉她最新的消息，可怜的荷莉德女士尸体已经找到了。这间白色小木屋在牧师巷的角落右侧，无论是有人来还是去，都逃不过弗洛理的眼睛。

弗洛理已经给她备好了茶，不过她却并没有得到往日的热烈欢迎。她一眼便看出来，弗洛理正想着自己的心事。弗洛理此刻只想放下所有的卷帘，一个人在房子里静静。她除了偶尔开口说句“是”和“不是”，几乎是默不作声。哈伯德夫人递上自己的茶杯，又倒了一杯茶后，开始跟弗洛理讲在遗产房楼梯上看到的凹痕和坎宁安女士腿上的伤痕。听完后，弗洛理终于抬起头，看了她一眼，说道："听起来没什么联系。"

哈伯德夫人呷了一口茶。

"不，并不是这样。"她说道，"那两条凹痕特别明显，大厅里还有一截绳子，不过用这种表面浇了沥青的脏东西在室内能做什么呢？而且大部分还被烧掉了，就在卧室的炉子里。不信你看！"

她放下茶杯，把一只手伸进外套，掏出了一小截卷曲的绳子，还有一个没被火烧掉的绳结。

弗洛理盯着她手中的绳子，直截了当地问："我怎么感觉你在暗示我什么呢，安妮？"

哈伯德夫人垂下眼，说道："反正我不会做出那样的事。"

"好吧，我不知道你还有什么别的说法。不过如果你是在暗示我有人在楼梯上绑了一根绳子，想在坎宁安女士下楼的时候绊倒她的话，那会是谁呢？"

哈伯德夫人又喝了一口茶。

"以我的立场不好说。我不会说闲话，你知道的。"

正如她所料，谈话的氛围又回到了一开始的时候。弗洛理又陷入了自己的心事，她有些不快，但此刻再强迫弗洛理说些什么也没有任何益处。她喝完茶，便告辞说要回家了。

直到走到半路，她才想起刚刚把绳结和那一小段绳子落下了。不过，要走回去拿也实在没有必要。她本只想让弗洛理看到的。她非常适应坎宁安女士家的这份工作，所以并不想让大家都知道她今天谈过这件事。她当然不会到处讲，而只是跟弗洛理一个人讲。

弗洛理相当可靠，就是她自己要从弗洛理身上得到什么消息也不太可能。

希娃小姐端着咖啡托盘走出来，准备去厨房。麦理都太太刚刚看着早报睡着了，这是她午饭后的习惯。不过希娃小姐绝不会纵容自己养成这样的习惯，有点浪费时间，而且很容易就沾染上了。她拿着托盘，穿过走廊，正当快到厨房门的时候，门后传来了声音。她本来无意听，但声音就这样传入了她的耳朵，如此自然而然。她停住脚步，意识到弗洛理并不是一个人，面前的厨房门微微开着。她听见弗洛理用低沉嘶哑的声音说道：“如果你是在暗示我有人在楼梯上绑了一根绳子，想在坎宁安女士下楼的时候绊倒她的话，那，会是谁呢？”

希娃站在原地。作为一位文静的淑女，她从来没想过会无意听到别人的谈话。不过作为一名私人侦探，她又常常认为这样的行为实属她的职责。她站着一动不动，端着托盘，听到哈伯德夫人回避了这个问题，然后说她必须得回家了。当听见后门关上以后，希娃悄悄往后回到了走廊上，故意迈着比以往要沉重的脚步，重新朝这边走来。到了厨房门口，她边用托盘推开门，边问道：“我能进来吗，弗洛理？”

弗洛理吓了一跳，转过头来。她站在厨房桌子的旁边，正低着头盯着桌子看。她沉浸在自己的世界里，直到托盘撞击门的时候才反应过来。

希娃小姐走进房间，把托盘放在桌子上，顺着方向看见了弗洛理刚刚盯着的原来是一小截卷曲的沥青绳和一个绳结。绳结系得很紧，不过被剪断了。希娃小姐的眼神透过咖啡托盘上的两个空杯子，朝弗洛理·亨特看，弗洛理也转而看向她。弗洛理的表情有些生气又有些疑惑，但生气和疑惑的背后却是恐惧。希娃小姐问道："那是什么？"弗洛理失落地回答道："我不知道……"

"你还是告诉我比较好。"

她的头缓缓地摇了摇。希娃小姐躬下身子，碰了碰卷曲的绳子，说道："我下楼的时候，厨房的门没关紧，我听见你的话了，说有绳子绑在楼梯上要绊倒坎宁安女士。你有位客人，你还问她是谁绑的绳子。"

弗洛理有些生气了："她什么也没说！"

希娃轻轻地咳嗽了一声，想缓和一下气氛。

"我听到了，她什么也没说。我能问一下那间屋里是谁能做出这样的事情吗？"

弗洛理摇摇头。

"我觉得谁都不是！屋里只有她、亨利先生和尼古拉斯先生。显然这肯定不是她自己做的，那就只有尼古拉斯先生和亨利先生了。告诉你！安妮·哈伯德根本没动脑子好好想想，就过来讲了这么一件荒唐事！"

她带着疑问，看了弗洛理一眼，问道："她在那栋遗产房工作？"

"自从麦琪走后就接替了她。"

"那你觉得她是怎么知道这件事的？"

弗洛理的声音带着些鄙夷，不情愿地讲述了哈伯德夫人所说的事情，包括她发现了扶手上的凹痕，然后在大厅的楼梯下方发现了一截绳子，后来又在坎宁安女士的炉架内发现了一个绳结和一些绳子形状的灰烬。然而当讲到坎宁安女士身上的红肿伤痕时，不知怎么，她语气中的鄙夷消失了，取而代之的像是恐惧。事情终于讲完了，她忽然有些害怕，脱口而出：“是谁会做那样的事？我就是这样问安妮·哈伯德的，你也亲耳听到了，她什么也没说。”

希娃小姐沉思着，说道：“屋里除了两位坎宁安先生就再没有别人了？”

“除非有客人来拜访，他们那时候就会请客人进屋。”

“嗯，估计是……”希娃小姐说道。

她穿过房子，走到客厅里坐下，开始编织。小约瑟芬的樱桃色帽子已经织好了，现在她开始着手编织紧身裤了。坎宁安女士侥幸逃过了一劫，不过她此刻并不急于弄清这件事，她希望能安静地好好想一下这个问题。如果有人故意要在楼梯上绑绳子伤害露西·坎宁安，那最可能是哪个时间绑的呢？最有可能的时间就是在夜晚所有人都上楼了以后，而且此时屋里已经不像白天有人进进出出了。屋里有露西·坎宁安、她的弟弟亨利还有她的侄子尼古拉斯……

绳子绑好以后，一定用了某种办法让意图谋害的对象走出她的房间，而且要相当着急，以至于她在跌倒前注意不到那根绳子。深色的台阶上绑了一根黑绳子，还有一个女人从上面匆忙跑下来。为了什么？她想到了电话铃声，她相当确信。大半夜没有什么声音比电话铃更让人惊吓到了。又怎么保证电话铃会响呢？要雇一个帮凶可是相当冒险。她想起一个非常熟悉的声音，在她自己的公寓里常听到，那是闹钟的铃声。除了卧室，从其他任何一个房间听来，闹钟铃声几乎和电话铃声一模一样。如果有人想在半夜吓到坎宁安女士，让她急匆匆地跑下楼，只要随意设一个半夜时段的闹铃，然后把闹钟放在大厅就可以了，还可以在其他人发现前拿走闹钟，多么简单。希娃小姐又一次想到了，所有在黑尔兹格林村已经发生了的和正在发生的事情，都和克鲁大宅以及隔壁的遗产房有关联，而且两个房子的主人的关系又非常亲密。倘若已经犯下了两个案件，而第三个又在执行中，一定有某种巧妙的办法帮助这个人既不引起他人怀疑，还不留一丝痕迹。这绝不是一个普通的犯人，他有极快的判断力和残忍的执行力。

当麦理都太太从小憩中醒来，希娃小姐便建议说，出去透透气会比较舒服。她表示对老房子很感兴趣，提到了坎宁安女士的名字，还有关于那栋遗产房的一些内容。麦理都太太回应道：“当然露西肯定比我要了解得多。我想她肯定特别愿意带你看看那所房子。坎宁安一家算是新来的，但你应该知道那句话——比国王还要保皇，这就是露西的情形。她记得住所有的故事，最喜欢的就是不断地讲述这些故事。如果你喜欢的话，今天下午我们可以去拜访她。”

第二十四章
商人塞尔比

当天晚上，弗兰克·阿博特前来走访的时候，被希娃小姐极其凝重的神情吓到了。他是过来告诉她荷莉德女士的验尸结果的。他们在餐厅里坐下，她一如往常般专心致志地听，同时手中的织针飞快地跳动着，小约瑟芬的紧身裤越织越长。

“是这样，”他说道，“头部被撞击的时候她还活着，落入水井的时候也还活着，不过也不能否定她的头是在坠井的时候在井壁上撞伤的，这还是有可能的。不过我也想告诉你，法医觉得不是。他觉得应该是之前受的伤。”

“有挣扎的痕迹吗？”

他停顿了一下，才回答道：“衣服倒是没有什么损坏，不过我记得塞尔比太太先前说她戴了一串蓝色珠子项链……”

“没错，弗兰克。”

“我们把她捞出井后，那串项链并没有见着。但随后在殡仪馆我们发现她的衣服缝隙里夹着两三颗珠子，看来是在遇袭的时候项链断了。”

“的确很有可能。如此就符合这样一种假设，她可能是先被击昏，而后再被人扔进了井里。照你的意思，这样是有可能的。”

“差不多就是这个意思。”

她扯着毛线球。

“我想应该是这样。她肯定是在塞尔比家和她住的屋子之间的那一小段距离遇袭的。但袭击她的人要在一个小时内，而且还是梅普尔太太会到处走动的时间段，把荷莉德女士就这么弄进梅普尔太太家花园边上又不太可能。弗洛理说过，梅普尔太太的卧室在房子的后边。尽管她有些耳聋，听不见花园里的脚步声，但如果她那时正好朝窗外望一眼，肯定能察觉有人在移动一个人的躯体。”

弗兰克点点头，说道：“人们确实喜欢往屋外看。”

“是啊，大家都这样。但我不认为凶手的负罪感会让他去冒这个险。我肯定，他会等到所有人都不可能再出门的时候。这时问题就来了，他要怎么处理眼前这个人。我们现在已经知道她当时还没死。那么他的用意就是想让她落井前还活着，这点很重要。因此他才没有简单结束她的性命，再把尸体藏进某个沟渠。他肯定还是遇到了不小的困难。显然，要找出他的解决办法相当重要。不用我提醒你要格外关注这个吧。塞尔比那户人家算是最近的掩护了，有一幢平房、一个车库、两个棚屋，还有些鸡舍。塞尔比太太七点到十点之间一个人在屋里，而塞尔比先生应该在冬青树旅馆。”

“他要在那里直到打烊。”

希娃小姐放下手中正在编织的紧身裤，停了片刻。这个举动有些不寻常，他看着希娃小姐，她准备说什么呢？

“我不怀疑他是关门的时候才走。不过，有证据能表明他在七点到十点之间一直在那里没有离开过吗？尤其是在九点前后一刻钟左右？冬青树旅馆离平房相当近。如果当时正有一场飞镖游戏，而塞尔比先生又正好那时没有参加，会不会有人注意到他当时可能……比如，有十五分钟不在场？”

“我不知道，但我尽力找出来。十五分钟时间很短，他没法儿来回走很远，而且还要在击昏荷莉德女士以后把她拖到别处。”

“肯定必须周密地计划好，不过显然这个案件每一步都经过了精心设计。”

弗兰克若有所思地说：“没错。不过为什么是塞尔比？”

“他是外地人。”

“亲爱的女士，乡下到处都是外地人。”

“自战争后，人口发生了很多变动。但黑尔兹格林村这里并没有发生那么多变动。”

“麦尔布礼城里还有附近人口变动就相当大，离这里也不远。”

“但塞尔比先生就在这里，而且是一年前麦琪失踪的时候搬来的。我很疑惑，觉得这没法儿解释。”

他耸了耸肩。

“商人也会退休。很多商人都特别希望在乡下安家，再养几只鸡。真是肮脏的活儿……”他忽然爆发出一阵笑声来，“不不，你先别说话！我发誓我绝对不是故意一语双关的，说出口了我才反应过来。”

她并没有理会这个无关紧要的话题，说道：“显然塞尔比太太并不向往乡村生活。塞尔比先生一边说自己很享受乡下的日子，一边又经常隔一段时间外出几天。他还开玩笑说城市的路在召唤他。他出门期间，就由塞尔比太太来照看鸡了。”

“这些都是从弗洛理那儿听来的，我猜她是从荷莉德女士那里听来的吧？”

“是的。但我认为塞尔比太太不仅不喜欢养鸡，而且一个人在平房里的时候非常焦虑不安，尤其是因为塞尔比先生不愿意养一只狗。”

“这可能有很多种意思，也可能没有意义，但至少说明塞尔比先生不喜欢狗。你知道，是有些人不喜欢狗。”

希娃小姐偏爱猫，不过现在说这个不合适，于是她静静地等他继续说完。

他的声音变得比先前严肃了，接着说：“你应该想知道，塞尔比这家人的先辈在档案里全部都有记录。安全部那帮人在达林庄园消息走漏的问题上就这样考虑过。他是新来的，自然很可疑，但也没有别的表现。他和他兄弟原来在斯特里汉姆路上做车库生意，举止非常得体，而且受人尊敬。他是当地保守党俱乐部的定期捐款人，还是本地惠斯特纸牌戏活动团体的活跃分子。他的过去相当清白。”

希娃小姐歪着脑袋思考着，她觉得一个清白的过去至关重要，他要么可能是受人利用，要么可能一直张罗着某种罪恶勾当。不过她认为此时不是说这个的时候。她表示，得对平房边的车库和棚屋进行仔细的搜查，在她看来，这应是警察平日查案工作的一部分。他也向她表示的确如此。

“所有这些是该仔细检查。我想你并没有把塞尔比太太列入你的怀疑对象吧？”

希娃小姐轻轻地咳了一声，纠正道：“我并没有怀疑塞尔比这家人的谁，这样做还没有任何依据。我只是在猜测，他们那块地方可能为凶手做了掩护。目前的事实是，荷莉德女士先前肯定被藏在了某处，而塞尔比先生的车库或者某一间户外的棚屋是最有可能的。如果那不是唯一可藏匿的地方，那么就非常有必要做一次详细全面的搜查。就像丁尼生勋爵说的，‘在最需要法律的时候让法律说话，让大家一起彰显法律之光，让公平笼罩每个人’。”

他受到了这句话的影响，愣了一会儿，才说道：“就像你说的，所有的都要仔细检查才行。好了，我得走了。”

第二十五章 “幸存者”

扫码听本章节
英文原版朗读音频

希娃小姐稍稍做了一个手势，让他等等。

“你可以稍微等会儿吗？”

“当然可以，怎么了？”

“有些调查我恐怕不可能应付得过来，如果你能接手的话，那就太好了。”

他能察觉到这种委婉而具试探性的手段，并且从中感到一丝愉悦。这无异于火中取栗，而他却乐此不疲。他不由得想起了某些特别的场景，刚才的愉悦感慢慢消退，取而代之的是一种警觉。

“嗯，女士，什么调查？”

“或许，你还记得我跟你提到过一位马伯利太太。”

“是亨利·坎宁安和那枚下落不明的钻石戒指吧？她把那枚戒指忘在什么地方了，然后就找不到了。每个人都认定是亨利拿的。

从那以后，他就从这个国家逃走了，二十年没回来过。这都是陈年往事了，对吧。我要审讯的是谁呢？是马伯利太太还是潜逃在外的亨利？”

她看上去有一丝责备的神情，说道：“都不是。戒指失踪后不久，马伯利夫人就从她的住所搬走了，应该是离开了这个国家。我知道她和她丈夫去了美国。我只是想跟你说一下这件事。”

他的眼里闪现出一种淡淡的轻蔑之情。

“这真是最新的故事梗概，继续往后读吧！下一章是什么？”

她泰然自若地说：“我一直对这件事情印象深刻，似乎有其他几宗案件跟这件失窃案有关。麦理都太太趁克鲁女士星期天在这里喝茶的时候谈到了这件事情，提到了缪丽尔夫人。她和她的丈夫住在霍伊，那个地方面积很大，出了村子就是。有些人到处跟别人说他们家里的事，不漏掉任何一个细节。我想她就是这样的人。似乎她刚刚发现她的教母留给她的大钻石胸针是假的。中间的那颗宝石很大，她总以为这个石头会很值钱，可当她要把这颗宝石卖出去的时候，得知这些石头是铅质玻璃做的。”

弗兰克说：“好吧，我想她最好能管好自己的嘴。”

希娃小姐把手里织的紧身裤翻了个面，说道：“克鲁女士就是这样说的。然后，她给麦理都太太的故事来了个点睛之笔，提到了麦尔布礼女士，她貌似也是偶然发现一条本该价值连城的项链，如今却成了一个赝品，那项链还是她的曾祖母在维多利亚女王加冕礼的仪式上佩戴过的。克鲁女士非常不赞成麦尔布礼爵士傻乎乎地到处讲这件事情。我觉得麦尔布礼女士会一直保持沉默，但是她的丈夫是那种很随和、爱跟人打交道的人，他到处跟人讲这件事，并公开表示，他想知道他的哪个继承人把正品换成了假货。”

弗兰克迅速回应道：“这条项链应该留待他们遗嘱认证的时候再进行估价。不过，恐怕届时他没法儿怪罪在先祖身上了。”

希娃小姐咳了一声。

“他似乎没有想到这点。麦尔布礼女士是一个很铺张浪费的女人，也一直是一个美人。他或许是这个镇子里唯一不相信她本人会把项链卖掉的。大的珠宝一般很少出现，只有当它们不大可能展现在专家面前的时候，它们才会被换走，还没有被发现的风险。”

他笑了一声。

“等到这条项链进行遗嘱认证的时候再来估价，麦尔布礼夫人就不必担心了！跟你说几句悄悄话。我想知道这样的事究竟发生得有多频繁。显赫的家族大多都衰败了，为什么还要把资金押在珠宝上？何况珠宝的真假只有专家才能鉴别。这一切都很有意思，可是又有什么用呢？”

希娃小姐从装针线品的袋子里拿出了一团新线球。交织在一起的一股股毛线吸引了她的注意力。片刻之后，她才回答，语气非常坚定，充满说服力。

“如果你能想到办法审问麦尔布礼夫人和缪丽尔夫人的话……”

“亲爱的女士，以什么理由呢？”

她回答说：“我就知道你会这么说。”

“你的潜意识在想什么？这是直觉吗？”

“亲爱的弗兰克！”

“换个说法，效果也一样。比如嫌疑？”

“不是那样的。”

“那是什么？”

她停下手中的针线活儿，看着他，眼神不乏怯懦。

“我真不知道该怎么说。我有一种感觉，但凡怪事一桩桩地发生，它们彼此之间肯定有千丝万缕的联系。不过，现在我还不能找出什么证据来证明我的感觉。但是，我在想，审问麦尔布礼夫人和缪丽尔夫人是否能够发现些什么线索。用一个假的去替换真的，这需要有人搞到真宝石的照片或是图形，这样才能够把假的造出来，而且还得有机会来偷换才行。所以，就有三种可能：家人内部作案；知情的用人；能接近目标的朋友或亲戚。所有这些可能性都得考虑。我倾向于最后一种可能。也许我想的是错的，谁知道呢。不过我想到了一个名字，我想对这个人进行审问调查。”

他疑惑地问：“哪个名字？”

“还是不说出来比较好。我想的这个人和郡上的很多人都有关联。这个女人年轻的时候喜欢画画，看重自己的房子，相当敬仰自己的列祖列宗，而且一直把这个看作家庭传统。其中一个失踪的女人就曾是她的用人。”

弗兰克·阿博特问道：“坎宁安女士？还是克鲁女士？上面的眼睛都盯着那栋遗产房。亨利曾离开这里二十多年，尼古拉斯在达林庄园工作，而坎宁安女士又曾是麦琪·贝尔的雇主，不过现在我估计我们得叫她已故的麦琪·贝尔了。”

希娃小姐继续编织着，动作轻快麻利。她的语气坚决，说道：“昨晚这儿发生了一件让人很不安的事情，我想我得告诉你比较好。”

“嗯，当然，你说这里……”

“我不是说在这间房子里。”

他放心了，庆幸地说：“还好不是在这里！是谁不安了？发生了什么？”

“坎宁安女士。”她回答，接着简明扼要地向他描述了哈伯德夫人看到的情形和做出的推断。他皱起眉头，有些怀疑：“估计是坎宁安女士在某处绊倒以后，烧掉了一部分线，哈伯德夫人又找到了另一部分线。”

他马上意识到自己的关注点偏了，像是一个答错了问题的孩子。她看着他，温和的眼神略带责备。

“不是线，弗兰克，是花园用绳。”她停下手中的编织，从编织包里拿出一个粘胶信封递给他，继续说，“这是哈伯德夫人发现的一部分绳子。你可以看到，绳子的外面淋过沥青，显然这样可以保存更久更耐用。所以这种绳子放在室内一般用不上。但如果是绑在深色的楼梯上，绳子的颜色是看不清的。此外，哈伯德夫人还说从楼梯平台往下的第六级楼梯扶手上有凹痕，像是绑过什么东西，绑得非常紧，而且她注意到扶手上有部分漆脱落了。”

他比先前变得严肃了，说道：“这是第三手证据。”

她一边麻利地编织，一边继续讲述，弗兰克对此已经习以为常了。

“也不完全算是第三手证据。麦理都太太今天下午带我去遗产房拜访了一下。坎宁安女士很慷慨，带着我们看了一圈房子。屋里有很多有历史意义的地方，同时我也有机会查看了一下哈伯德太太所说的地方。楼梯一直延伸到卧室门口，两边都有木质扶手，涂的是深巧克力色的油漆。坎宁安女士说，有点遗憾，因为他们刚搬进来的时候，楼梯就不是橡木的，而是一种较软的木质。他们又不愿剥去表层的漆，怕这样会破坏了楼梯。她在说话的时候，我就仔细看了看扶手，想证实一下哈伯德夫人的话。扶手上确实有一处才掉了的漆块，那块地方有非常明显的凹痕。我也亲眼所见，坎宁安女士右脚踝上方有点红肿，可以透过尼龙丝袜看见那片伤痕。而且，显然她受到了些惊吓，昨天她和麦理都太太喝茶的时候还不是这样的。今天下午她看起来像是一晚上没睡，而且心事重重。带我们看房子的时候她特别热情，我估计这样能分散一下她的注意力，所以她真的很开心。但她还是有些心不在焉，时不时就要纠正一下自己刚刚说的话。”

“你觉得有人想伤害她？”

“我觉得比伤害性质要严重得多。楼梯很陡，而且大厅地板是石头铺的。楼梯一共有二十级，如果她在第六级台阶栽倒了，就会滚落下来，然后头先着地撞到石头铺的地板上。”

“屋里有什么人？”

“她弟弟亨利·坎宁安，还有侄子尼古拉斯。”

“没别人了？”

“没别人。”

他停顿了片刻,说道:“你为什么觉得目标一定是坎宁安女士呢?会不会是亨利想摆脱尼古拉斯,或者是尼古拉斯想摆脱亨利?”

“因为我确定，坎宁安女士自己都很清楚这场事故就是为她而设计的。她之所以这么苦恼，是她断定这个想要她命的人不是她的弟弟就是她的侄子。不过有个问题，是什么情况能让她根本注意不到那根绳子，火急火燎地跑下楼，然后绊倒？如果是有人在楼下喊她，并不至于要这么着急。我想到的可能性就是电话铃。电话是大厅里的固定设备。亨利·坎宁安是不讲电话的，这点麦理都太太跟我说过。那么就只有尼古拉斯，电话找他的时候他会接电话。所以，通常是坎宁安女士先匆忙跑去接电话。但要提前设置好这个环节就还需要一个外应，这会增加风险。如果只是在客厅里放一个普通的闹钟，就简单而且保险多了。闹铃时间可以设定，只需要设在半夜任何一个时间，而闹铃和电话铃声又一模一样。”

他带着些戏谑，故意抑扬顿挫地说：“你把每种情况都想到了，对吧？”接着，他继续说道，“或许你可以告诉我为什么有人想伤害或者说杀害坎宁安女士呢？”

她的表情非常严肃。

“要除掉麦琪·贝尔和荷莉德女士的动机是什么呢？坎宁安女士知道得太多了，而且我相信这个理由也能解释其他两个案子。她们应该是知道，或者偶然发现了什么，而她们所了解的信息会对这个人非常不利。她们没有意识到，至少没有完全意识到自己知道的信息会产生什么后果，尤其是麦琪·贝尔和荷莉德女士。每个案子都完成得迅速果决，而且悄无声息。说到坎宁安女士，她是荷莉德女士还活着的时候，最后见到的人之一。她星期天晚上的时候碰到荷莉德女士从克鲁大宅里出来，还和她说了几句话。我问她荷莉德女士说了什么，她没有回答我，只是用很含糊的语句搪塞过去了。她当时正和麦理都太太喝茶，我那时没说什么，但我觉得这个问题一定要找她问清楚。”

“但是，亲爱的女士，已经有人问过她了。我没跟你说吗？”

“好像没有，弗兰克。”

他觉得有些愧疚，说道：“我实在是忙得不可开交。不过，事情是这样的。警察一直在搜寻，想找到在荷莉德女士离开克鲁大宅后见过她的人，找到了一个叫玛丽·塔夫顿的年轻女人。那时她刚刚去黑尔兹格林村对面的农场拜访了朋友，正骑着自行车在返回麦尔布礼的路上。她说大概是五点半左右看见坎宁安女士在克鲁大宅的小路附近。她能认出她来，因为原来给她做过一些缝纫活儿。接着她看到一个穿着雨衣的女人从克鲁大宅的门走出来，于是坎宁安女士停下脚步，跟她开始说话。这时，有人掉了一个东西，像是一封信，坎宁安女士就把它捡了起来。那个女人拿出了手帕开始擦鼻子。她往这边越来越近的时候，目睹了这一切。那边的那段直路还是挺远的，你也知道。她继续往前，就看见坎宁安女士转身进了门，另一个女人继续往村子的方向走。玛丽说这一切发生得很快。她们先碰面，然后坎宁安女士捡起那封信，接着就各自走了。丹宁问了坎宁安女士，她说是有这回事，和玛丽说的一样。荷莉德女士掏手帕的时候掉了一封信，她就捡起来了。她当时只是停下来跟她说两句话。那封信是打开的，而且是寄给克鲁女士的，她就提出说把信带去克鲁家。”

“她没说信里写了什么吗？”

他笑了，说道：“我不觉得这有什么关系。丹宁的任务完成得很好，你知道的。他问她荷莉德女士看起来是不是很心烦，她说并不是，和往常一样。他顺路还去了克鲁家，找到了厨师，叫什么来着？对，博得太太，她也是同样的说法。估计丹宁离开的时候已经筋疲力尽了。结果厨师反过来问丹宁，说他觉得她会做什么样的事情让大家心烦呢。他觉得很不快，赶紧离开了，心里一点也不觉得惋惜。这女人嘴巴真是厉害！”

希娃小姐编织的速度比以往慢了一些，过了片刻，她说道：“谢谢，弗兰克。这个回答我不能说很满意。如果荷莉德女士是被谋杀的，那背后一定有某种动机。一定是和她相关的某个人觉得她已经或者正逐渐变成一个威胁，所以必须得处理掉。看样子凶手是忽然起的杀意。所以在这个案件里，最后和她接触过的每一个人都非常重要，要严谨对待。坎宁安女士可能意识到了什么，不过她认为不宜告诉警察。”

“你是说荷莉德女士知道了一些对某人不利的信息，她可能告诉了坎宁安女士，又或者那人以为她这么做了。好吧，那么，梅普尔太太和塞尔比太太呢？不要忘了她们也见到她了，而且在塞尔比太太那儿她有很多机会可以吐露心事。”

希娃小姐偏着头，说道：“的确。但我觉得梅普尔太太应该可以忽略。她和荷莉德女士的接触时间非常短，而且要把知心话喊出来让一个耳朵这么不好使的人听见也不可能。”

“塞尔比太太呢？非常有可能了吧？好像没人觉得她碍了事。”

希娃小姐的头稍微偏向一边，这个姿态总是让他想起一种鸟。

“塞尔比太太幸免于难。有点意思，亲爱的弗兰克。”她说道。

第二十六章
进退两难

罗莎蒙德和简妮已经喝完了下午茶。简妮又沉浸到了格罗瑞亚·吉尔摩的世界里，她正看到书中情感与爱情最精彩的部分。此时罗莎蒙德暂时闲着，她坐回椅子上，想到要把茶托端进储藏室，然后再洗干净就觉得分外不情愿。她有些惊讶，自己竟有这样的情绪。她前一天夜里本想硬撑着不睡，结果没料到不仅睡着了，而且睡得非常沉，就是到今天她还是觉得似乎不太清醒。她强撑着自己的脑子思考着，如果不是她努力让自己的四肢活动，就会一动不动地一直躺下去。

耳边传来了莉迪亚·克鲁的铃声，她费力地站起来。简妮不耐烦地动了一下身体，皱着眉头说道："真该死！"

"简妮！"

简妮的脸上带着顽皮的笑容，说道："如果说这句话的时候，真有一把枪崩了她，那岂不是太好了？嘭！再也不会有铃响了！我刚刚说的时候，也希望自己能朝莉迪亚舅祖母开一枪。”

“简妮，拜托！”

简妮咯咯地笑起来。

“好啦，去吧！如果这铃再响，我还会说些更恶劣的话。”

罗莎蒙德走进了那间满满当当的卧室，在她看来，这个房间的一切总是给她一种太过强烈的感觉。房间里的东西太多了，空气又闷又热，动一下就像是在逆着缓慢的潮汐而行似的。她觉得四肢沉重，一时间有些头晕。

莉迪亚·克鲁坐在她那把直背椅上，面无表情，神色镇定。她身上披了一件薄薄的披肩，一直垂至脚边。戒指上的宝石在枝形吊灯的照射下闪闪发亮。房间里所有的灯都亮着。

“莉迪亚舅祖母，有什么事吗？”

莉迪亚·克鲁用嘶哑的嗓音回答道：“过来坐下，我想和你聊聊。”

罗莎蒙德有一丝不祥的预感。不会有人跟舅祖母“聊聊”。总是她审问你，而且是她来制定规则。她想起了一些和莉迪亚舅祖母谈话冰冷的回忆。其中有一次是发生在之前大家都以为简妮会死的时候，还有一次是在她们的相处方式已经固定下来的时候。她不得不接受这样的方式，还必须感恩戴德地接受。她听见莉迪亚·克鲁开口说道：“我想跟你聊聊简妮。”瞬间，房间里似乎充满了恐惧。

“怎么了，莉迪亚舅祖母？”

“她现在好多了。其实，我觉得可以说她已经好了。我们现在需要考虑下一步做什么？”

“嗯……”她不情愿地吐出这个字，沉默了几秒，本来还准备再说些什么，然而莉迪亚并不打算让她继续发表观点，自顾自地说出了自己的决定：“没法儿避免，但没人能阻止简妮过一个正常人的生活。如果缺乏教育，以后肯定会有很严重的后果。她需要纪律、友谊还有一系列的日常学习课程。我觉得这一点应该毋庸置疑。说白了，她现在需要的就是去学校上学。”

这是克雷格说过的，她自己也这么想。但从莉迪亚·克鲁嘴里说出来就像一记重拳。她还不知道该说些什么，然而那个霸道的声音继续说道：“所以我做了一些调查。西名顿小姐的学校看起来是一个不错的选择，地方在布林顿。这个学校不大不小，空气也很清新，学的知识都是以后能让他们自力更生的。韦斯特勒姆夫人向我非常详尽地描述了那个学校和西名顿小姐。她的堂亲把自己的孩子交给了她，她也非常主动地为孩子的教育负起了责任，就像我也打算为简妮的教育负起责任。”

那双深陷的双眸一直盯着罗莎蒙德的脸，强迫她必须表示感激。罗莎蒙德尽了自己最大的努力，回应道：“莉迪亚舅祖母，感谢您的好意……”

然而还没等她把“不过”说出口，克鲁女士又继续说话了：“你也认可，这让我很欣慰。年轻人总喜欢把一切都当作是理所当然。我要给简妮付学费，还要给她在学校里需要的一些东西出钱。作为回报，我希望你能继续在这里干好你现在的工作，而且你马上也不用再照顾简妮了，所以我希望以后这些事情能比以前完成得更有效率。我相信，你也觉得简妮越早受益越好。现在，西名顿小姐也已经同意可以立即接收她了。她说学校的用品可以在本地买到。”

罗莎蒙德站了起来。

“莉迪亚舅祖母，您不是……您不是背着我已经把这所有的一切都安排好了吧？”

她看到了克鲁女士可怕的眼神。

“你的语气很奇怪，罗莎蒙德。我被卷入了这么一件麻烦事当中，而且还要准备承担起一笔不菲的开支。我并不想提醒你，你和简妮一无所有，但现在好像有必要提一下。我做出的这些安排既合适又合理，希望你能接受。”

罗莎蒙德的手捏在了一起。

“我知道……简妮会去学校的。其实……我自己也在考虑这件事情。我想或许……下学期……我能找到一个离她近一点的……工作。”

克鲁女士的声音变得很严厉：“你可没有资格在学校找到一份工作。虽然怎么做也不够回报我，但这里就是你能报答我的地方。”她拿出了几张纸，继续说，“这儿有一份学校的简介，是西名顿小姐才寄给我的信，她建议你周五的时候带简妮过去一趟。”

罗莎蒙德并没有接过那几张纸，只是说：“噢，不……”

克鲁女士严厉地说：“控制一下你自己！看来这件事对你来说很突然，所以我也试图体谅你。但在专家当初说完了最后一句话的时候，你就应该要做这样的准备了。其实，你自己也承认了。”

罗莎蒙德努力地克制着自己，说道：“我知道……她是应该去学校。但太快了。我得有时间……让她做好这个心理准备。这么匆忙……谁都会觉得不合适的。这会让她很烦……非常烦。”

莉迪亚·克鲁有些不耐烦了。

“说实话，罗莎蒙德，你再这样下去估计要得神经质。如果你自己对她去上学都是这个态度，她当然会很烦。我希望你能好好想想，我会为她提供便利，而且在学校她还会有伙伴。你这么焦虑完全不应该。来，坐下，控制一下自己的情绪。如果你以现在的心态去找简妮，她肯定也会很排斥这样的安排。我就想认真问问你，你觉得简妮现在的生活状态还要持续下去吗？”

罗莎蒙德坐了下来。她不能被莉迪亚·克鲁动摇了。这实在太没道理了，但她必须得用有道理的方式去反驳。

“不，当然不。她必须得去学校，但并不急在这一时。而且在她去学校之前，我应该要先见见那位女校长，看看学校，还有学校的孩子们。如果我回来跟她讲讲这个学校，她会对这一切有不一样的感觉。”

克鲁女士垂下眼睛，看着手上的戒指。在枝形吊灯的映照下，戒指的光芒随着手指的转动变化着。有一枚戒指上镶着一颗相当大的方形红宝石，旁边紧紧地嵌着半圈钻石。此外，还有一枚蓝宝石和绿宝石戒指。蓝宝石戒指是当初摄政王赐给她的曾祖父的，而绿宝石是由从前克鲁家族的一位成员从印度带过来的，他曾和著名航海家德雷克一起出海远航。她的眼神从戒指上抬起来，眼神比手上的珠宝还要冰冷，她的声音变得更加平静阴郁，缓缓地说道："那你是要来发号施令了？然后仔细考虑考虑？你真的不知道为什么我偏偏不能给你和简妮时间吗？"

罗莎蒙德心中一沉。

"您什么意思？"

"你要么已经明白了我的意思，要么就是比我想得还要蠢。你真的不知道简妮会在晚上的时候跑到外面去吗？"

罗莎蒙德的脸一下子涨得通红，然而红晕很快褪去，她的脸变得苍白无比。

克鲁女士发出了一声刺耳的冷笑。

"我明白，你知道。我能不能问问她这样已经有多长时间了？"

"莉迪亚舅祖母，我不知道。是别人告诉我的……就是昨天……说看见她了……"

"谁告诉你的？"

"克雷格·莱斯特。"

"他又是听谁说的？"

"他看见她了……亲眼看见的。"

"半夜？"

"他去外面走走……因为睡不着……"

"他在哪儿看见她的？"

问题一个接着一个，她完全没有时间思考。她抑制着自己，不是因为自己的想法，而是一种保护的本能。她想帮简妮遮掩，想尽可能让她的错误不要那么严重。

“她那时正在门前的小路上走。”她回答。

“莱斯特先生当时又在做什么？”

“他刚好经过，看到简妮后就一直跟着她，直到看见她又进了屋。”

莉迪亚·克鲁冷冷地说：“走的侧门。她进出肯定是走的侧门。她运气不错，竟然发现门还没锁。如果再发现门开着，我一定会锁起来。好，既然你也承认她有这种行为，你还坚持认为这种状态要持续下去？大半夜的，也不知道简妮在什么鬼地方瞎晃悠，你觉得这样安全吗？合适吗？你没什么判断力，也没经验，但我想你肯定看过报纸。你或多或少应该知道一个女孩独自在外乱晃会发生什么。她应该不是梦游吧？”

罗莎蒙德摇了摇头。

“克雷格说不是。”

“她去哪儿了？”

“不知道。”

“对这个她自己怎么说？”

“我没有问她……还没有。这……太吓人了，我需要时间。”

克鲁女士看着她，似笑非笑。

“嗯，当然，你肯定有很多时间。现在你就有时间了，还要跟我说损失吗？今天星期三。按照一贯的做法，我今天就该把简妮打发到学校去了。不过，事已至此，这两天晚上你就把她的房门锁好，星期五早上九点半的时候带着她从麦尔布礼出发去布林顿。”

罗莎蒙德站起身来。她感到一种无形的压力，而这压力正源于这可怕的意愿，她无法反抗。是简妮自己摧毁了她手中能为她辩护的武器。如果莉迪亚·克鲁向别人讲述简妮所做的事，那每个人都会认为她确实做得对。她朝门口迈了一步，耳边又响起了那个嘶哑的嗓音：“罗莎蒙德，你应该明白我的意思。星期五早上，简妮要离开这间屋子。”

“明白。”她回答道，走出了房间。她再没别的话可说了。这是最后通牒，她们俩心里都清楚。简妮要被赶出去了。如果她们有钱或者有地方能去的话，这个命令则是意味着她们要自由了。可事实分明是她们一无所有。当简妮在周五早上离开克鲁大宅的时候，罗莎蒙德只能把她送进莉迪亚·克鲁事先联系好的学校，她别无选择。

第二十七章
互诉衷肠

她转过身，离开简妮的房间，沿着走廊向下到了客厅。她感觉自己怎么也走不快。莉迪亚·克鲁和她强烈的意志是那么残酷无情，压迫、追逐着她。仿佛那个压抑的房间内正关着一只暴戾的野兽，它可能随时被释放，然后追赶她。她从楼梯下的橱柜上一把抓起自己的外套，跑出侧门，穿过花园来到树林深处。她并不害怕在傍晚时分一个人。真正使她害怕的是那所房子，还有房子里的莉迪亚·克鲁。但在丛林里她就听不见了，无论召唤的铃声多么刺耳，无论简妮如何固执地呼喊她，她都不会听见。她还没准备好如何面对她。她必须保护简妮，不让她受到伤害，那个办法也是能让她自己受到伤害最小的。

树林里黑漆漆的。外面还有些亮光，但这里密密麻麻的树木以及投下的阴影遮挡了四周的光线，将她笼罩于黑暗中，让她有一种安全感。周围的树木就像是她防御堡垒的坚实城墙。在这里，她可以安安静静地思考。她在树林中间的一小块空地上来来回回地走着。目前，她必须得好好想想，可此时此刻，她什么也不愿想，她想要的只是安静，远离那栋克鲁大宅。

不知过了多久，她听见一阵脚步声。那是一个男人的脚步，非常轻快有力。她听见克雷格的声音："罗莎蒙德，你在那儿吗？"

有这么一瞬间，她觉得自己是丛林中的一只野生动物。她条件反射似的一动不动，沉默着，四下一片寂静。然而当她再次听到自己的名字，忽然意识到她就是罗莎蒙德，而那个人是克雷格。她走了过去，见到了他。

"简妮说你可能在这里。"

他的声音有些沙哑。他之前竟没缘由地以为她或许已经走出了他的世界，消失不见了。他抬起手臂环住她。

"你到底为什么要这样一个人离开呢？我不喜欢你这样。"

她回答道："我必须——要有个地方……"

"我的小屋有足够的房间！"

她摇摇头。他能看见她的动作，但并不能看清她的样子。

"我必须暂时离开一下……有时候。"

"今天就是？"

"对。"

"罗莎蒙德，发生了什么？"

他和她如此靠近，不可能不知道她现在碰到了麻烦。此时此刻，他能从她身上感受得到，只是他不知道那麻烦是什么。他必须得知道。他再次叫她的名字："罗莎蒙德……"

她的呼吸急促起来，像是下定了决心，回答道："她要把简妮送走……"

"去哪里？"

"布林顿的一所学校。她已经把一切都安排好了。"

"她没跟你说吗？"

"她一个字都没说过。克雷格，我知道，她总是会去学校的。但不是像这样。即便她先前没有病，我也该在她上学前先看看那个地方。但没人去那儿看过。舅祖母只是从一个认识的女人那里听说，她把自己堂亲的孤儿送到了那里。她只是随便把简妮送到一个地方，而且这一切都是背着我做的。"

他控制住自己的情绪，说道："不管她说的是什么地方，你当然都该在简妮去之前先看一看。"

他感觉她浑身都在战栗。

"没有时间，她就是这么计划的，所以根本没有时间。她说我要在周五带简妮到那儿去，就是后天！九点半的时候从麦尔布礼出发——一切都已经安排好了。我什么也做不了。她心里清楚，她有决定权。她一直都这样，操纵一切。我们身无分文，没人会收留我们，而且她不会再让简妮继续待下去了。简妮会去学校，而我就留在这里，尽量干活儿，来弥补莉迪亚舅祖母要付的这笔学费。"

他用有力的声音说道："好了，不会发生那样的事的，你别担心。即便是克鲁女士能确保这一切，她也不能就这样马上把简妮赶走。你为什么不反对她呢？"

他感到她绷紧了身体。

“你觉得我害怕。对，我是害怕，但我不会因为害怕就什么也不做。如果我只是一个人，我就走了。很久以前我就这样干过。其实，我不该回来的。这感觉就像坐牢一样。但我又能做什么呢？我还要顾到简妮。专家说她还需要人在身边照料一段时间。我也不知道我能挣多少钱……应该很少，因为我没有参加过任何培训。只能是家务，或者是在店铺里。我怎么能让简妮一个人待一整天呢？我真的很希望能找到一个不错的学校，他们愿意少收简妮一些学费，还愿留我在那里工作。那样的事我听说过。但这件事情没有给我们任何时间。克雷格，你说她没法儿一口气完成这所有事情，但她真的可以，而且大家都会支持她。听我说，她已经知道简妮会在晚上跑出去的事了。”

“她怎么知道的？”

“她没说，但她就是知道了。你看，这样一来她就有理了。她说，这样多危险，以后这种事情再不许发生了。她的每句话都那么有道理，其他人也会这么觉得的。虽然那不是她的真实想法，但她能用这个逼我就范，然后为所欲为。现在你明白我为什么不得不离开这个房子了吗？我要控制好自己了，才能去见简妮。我没法儿告诉她，她要被送走了。我现在还不知道怎么跟她讲。”

他一直用一只手臂搂着她，而她并没有挣脱。他有点好奇，她究竟注意到自己的手臂了吗？于是他把双手转而搭在了她的肩上，让她感受到这双手的重量。

“罗莎蒙德，别说了！如果你一直在那儿抱怨，不仅是现在什么事也做不了，以后也做不了。抱怨是没有用的。如果你能冷静下来听听我的意见，我倒是有一个相当简单的办法。不过我得感觉到你确实会听进去，才会告诉你。”

“我在听。”

“这样说吧，不知道你是不是还记得之前我请求过你嫁给我。你当时没有说愿意，也没有说不愿意。但我那时并不想催促你，现在也是一样。我只希望你能相信我说的都是真的。但现在看来你们遇到的麻烦比较严重，而这正是能解决好这个问题的一种办法。如果我们结婚，就不会有任何问题了，我们完全可以带上简妮离开这里。我有房子，也有工作。一切简直易如反掌。但这还是要取决于你的感受。我不知道有没有告诉过你，我爱你，但我想你还是或多或少感受到了。看到你照片的时候，我就爱上你了。每次见到你，都让我陷得越深越难以自拔。我很了解自己，所以我想这种状态会一直这样持续下去。我不会讲什么煽情话，因为我们是用脑子思考的人。那么，你怎么看？我想我已经罗列出了我的一些毛病，不过你现在应该也注意到了。我能说的就是我的想法，在之前我也说过，我会照顾好你，也会照顾好简妮。如果你和我在一起比和莉迪亚·克鲁住在一起还要难受，我就把名字倒过来写。你看怎么样？”

罗莎蒙德浑身颤抖着，几乎要笑出声来。意识到自己竟然是这样的反应，她觉得难以置信。但其实从一开始，甚至是他刚刚说出这件荒谬事情的时候，尽管他当时在惹她生气，可还是有一股笑意渐渐涌了上来，冲击着她的自制力。如果她就这样任笑意肆意蔓延开去，笑意会淹没了她从小就养成的骄傲与自尊。你不能在一个人的面前保持着骄傲的同时又哈哈大笑。这二者不能并存。听见他问“你看怎么样”，她想到只要说一声“愿意”，她就能抛开所有的麻烦了，这一切将变得多么简单。

他忽然身体向前倾，用脸贴住了她的脸颊，并没有亲吻，只是这样静静地贴着她。过了一会儿，他轻轻地呼唤她的名字，呼吸急促，声音颤抖。她推开了他。

“不行，你不能！这样不公平！”

“对你，还是对我？”

“当然是对你！”

“谢谢你，我可以照顾好自己。你应该知道，我们不是在讨价还价。我们是在讨论结婚的问题——从今往后，携手与共，相互扶持，无论境遇好坏，无论贫穷富有，无论身体健康与否，直到死亡将我们分离。这是一件完全不同的事情。这意味着两个人将一起面对未来的一切。如果有困难和挫折，两人要一同承担；如果是开心和幸福，两人要一同分享。没有公平与不公平。我现在已经深陷爱河，无法自拔了，你现在别无选择，只能尽量保全自己。但我只想告诉你，我一定会拉你下水，别指望我放过你。”

她喜忧参半，回答道：“我也陷入其中了。”他的手臂抱紧了她，他们没有再说话。她仰起头，他们彼此亲吻着。爱是世界上最快乐、最自然不过的事情了。它就好比你从外归来，穿过狂风暴雨，最终回到舒适的家；好比你忍受了长久的寒冷后，走进点着炉火的温暖房间；又好比是你饥饿时候的美味、干渴时候的泉水。

他感到自己的脸湿润了，那是她的泪水。

“罗莎蒙德，你为什么要哭？”他问道，“一切都解决了。现在已经没什么可难过的了。”

“所以我才……”

“我亲爱的傻瓜！”

“是，我确实是。这么长时间以来，从来没有一个人……”她摸索着，想拿出手帕，但并没有找到。

“来，用我的。”

这是一条宽大、干净的手帕。在格罗瑞亚·吉尔摩一部小说中的眼泪是非常美的，可在现实生活中，眼泪只会让你显得邋遢，用手帕不停地擤鼻子。

“好些了吗？”

她把手帕塞进了旧花呢外套的口袋里。他只看得见她点了点头来表示“好些了”。

“好了，亲爱的，既然如此，我们该讨论一下重点问题了。你不是那种受了惊吓就要晕倒的人吧？”

“不，不是。”

“因为那样的话就太不方便了，地下可能都要被打湿了。”

“克雷格，那是为什么？”

“啊，没有，反正也没什么好让人紧张焦虑的了。只是，我希望你明天就嫁给我。”

一点也不让人惊讶，她接受了。可片刻后她说道：“我们不能！”

“亲爱的，这就是你的错了。昨天早上，我去麦尔布礼见了我叔祖父的律师，已经了解了所有的情况。我男大当婚，你女大当嫁，不过注册婚礼得提前一天告知注册员。于是我又去见了他，我们明天上午十点半可以结婚。如果你希望有个教堂举行的婚礼，我们可以在以后举办。办教堂婚礼，需要久一点的时间，所以我选择了公证注册婚礼。”

“克雷格……”

“亲爱的，请让我说完。自从我第一次到这里来，我的愤怒与日俱增。你不仅是被压榨，被欺凌，这背后还有一系列不为人知的事情。这个村里已经有两个人消失了，其中一个人确认被杀害了，而另外一个可能也是。简妮半夜跑出门在外游荡。克鲁女士想把她打发到一个任何人都不了解的学校去。照目前看来，大家都会站在她那边，你没法儿一个人和她对抗。我没有身份和资格，所以什么也做不了。但如果我们结了婚，情况就不一样了。克鲁女士不是简妮的监护人之类的，我这样想对吗？”

“她不是。”

“那我们就一起带她走，没人能说什么。但我必须有合法的权利带走你们，否则我们什么也做不了。我以后不会催你，现在也不想，但一定要给我一个机会照顾你们。只要我能照顾你们，一切都不是问题。罗莎蒙德，我一定要带你们离开！”

她在树林里走过无数次，一直都是孤身一人。她忽然意识到，这是一个多么寒冷而荒凉的地方。她想去一个四周有灯光和人群的地方了。她要到别处去，只要能离开克鲁大宅，离开莉迪亚·克鲁。她一个人不能照顾好简妮，可克雷格今后会照顾好她们俩。

第二十八章
交叉审问

这天下午大约两点半，尼古拉斯查看了一下自己拟好的计划。旁边是霍华德，伯灵顿先生的秘书，但他不太喜欢这个人。他工作的范围很小，而且需要高度集中注意力。霍华德正沉默地在他和灯光之间穿行。他有些烦躁，情绪都写在了脸上。像这样的上级秘书，左右逢源，有时会忽然出现在你身边，自然很难让人喜欢。而霍华德不只是不让大家喜欢，简直是惹人讨厌。他的眼神透过他那长长的黄色鼻子，俯视着他，说道："伯灵顿先生要见你，坎宁安。"他站在那儿等着尼古拉斯站起来，仿佛自己是一个监狱的看守。不过，只走到伯灵顿先生的门口，他便相当不以为然地走开了，只留他一个人进房间。

房间很小，却相当不错。阳光透过三面大窗户斜照进来，投到了刺绣上。达林庄园的几任女主人曾经在这刺绣旁谱曲或是坐着休息。三面大窗户上曾挂着锦缎窗帘，而如今却是光秃秃的。灰绿色的嵌板墙蒙上了一层灰。精美的地毯也荡然无存，和大部分家具一起被送到了售卖处。现在铺在地上的，只是两张耐用的普通地毯。而摆放家具的位置上，现在也放上了一张办公桌、一些书架和文件柜，还有一些比较实用的椅子。

伯灵顿先生坐在桌子旁。他身材瘦削，总是皱着眉头，言辞犀利。他很有头脑，否则也不会坐在那个位置上。尼古拉斯也希望自己的事业能如己所愿，如果能跟面前这个人一样，他也就心满意足了。伯灵顿先生忽然开口说："进来把门带上。"

尼古拉斯关上了门，发现旁边还有一个人。他原本一直看着窗外，此时忽然转身向这边走来。没有注意到他真是太正常了，他中等身材，戴了一副浅色边框眼镜，浑身的颜色相当不显眼。他有一头不错却稀疏的深棕色头发，相貌平平，衣着也很普通。伯灵顿先生转向他，说道："这是尼古拉斯·坎宁安。我让他把今天早上我们的对话告诉你。"

尼古拉斯觉得这句话有点让人不寒而栗。这个身份不明的人一定是某个重要角色，甚至可能是一位相当重要的人物。他猜想，自己定是如法庭上的被告一样，已被他们提到过很多次了，而不是因介绍而提到的。

重要人物坐下了，依旧没有透露自己的身份。尼古拉斯应要求也坐了下来。他坐的这张椅子迎着光，正对着光秃秃的窗，显然是专门为他准备的。伯灵顿先生说道："好了，尼古拉斯……"

"我不太清楚您想让我从哪里开始讲起，先生。"

伯灵顿先生皱起了眉头，说道："我想让你把今天早晨我们的对话复述一遍。从进屋一直到你出去关上门，你说了什么？又做了什么？"

这样的要求很奇怪。他想着，可能这样是故意测试他的准确性。于是他回答道："您当时在桌子前写东西，我来到您面前，说'先生，又发生了'。"

"那是什么意思？"

"您想让我把发生的事情再说一遍吗？"

"没错。"

"大概一个月前，我在口袋里发现了一张奇怪的字条。感觉好像已经放了一阵了，我也不明白是怎么回事。字条皱巴巴的，而且有磨损。上面的字是铅笔写的，但笔迹非常淡。不管是字母还是单词，都不是英语。"

那位重要人物仿佛一直不存在似的，此时终于说了话："你觉得是什么？"

"我觉得可能是俄语，或是其他某种东欧语言。"

"为什么这么想？"

"字母不一样。"

"你认识俄罗斯人吗？"

"不认识，先生。"

"你会什么语言？"

"法语,一点德语,还有就是在学校大家都会学的一些拉丁语。"

"你看不懂那张纸吗？"

“看不懂，先生。”

“你怎么处理的？”

“我想最好还是拿给伯灵顿先生看一下。”

“你为什么这么想？”

“我觉得可能是俄语。我也不喜欢它老放在我的口袋里，所以我想最好拿给他看一下。”

对方稍稍做了一个手势，让他继续。伯灵顿先生表示让他继续说。

“结果这件事情又发生了，这种感觉很不好。今天早晨我下楼去吃早餐，我姑姑过来了，手里拿着一张皱巴巴的纸条。她前一天晚上给我缝了夹克口袋，说这个张字条是从口袋的洞里漏出来的，就夹在缝线和衣服之间。她以为这是我有用的。”

那个平静的声音又开始提问：“字条她看了吗？”

“她以为这是我的隐私，不会看的。”

“她或许以为不是隐私呢，她看了没有？”

“我不知道。”

“你没问她吗？”

尼古拉斯的脸红了起来。

“没有。”

“为什么不问？”

“我不想让她以为这个很重要。”

“如果不是关于个人隐私的字条，这个问题就应该问，不是吗？”

最后几句话虽然声音不大，但他却感觉如鞭子一般抽在他的脸上。一切始料不及。他回答道："我觉得不是，先生。"接着是难以忍受的沉默，终于那人又说话了。

"或许你应该再继续讲。"

"我不知道字条上写的什么。我还记得另外一个，所以我以为是相同类型的。伯灵顿先生也不想我跟别人谈到这个。"

"你没有立即就看吗？"

"一个人的时候才看的。我把纸条塞进了口袋，想让我姑姑以为这个并没有什么。"

"看来你本来就觉得这个很重要？"

"我认为伯灵顿先生得看一下。"

"你什么时候决定要给他看的？"

"看完字条我就决定了。"

他平静的声音依旧波澜不惊，说道："我来看看。"

尼古拉斯把字条从口袋里掏出来。重要人物看着字条，读出了上面的内容："……只能自己一个人看。如果你不能给我们提供更好的资料，你就没用了。对于没用的东西，当然是要处理掉。"

"看到这些你是什么反应？"

"我觉得有人要陷害我。"

"所以你就决定来找伯灵顿先生。不错，很明智。外面的雇主已经很不满意，而且想干掉你了。如果想保全自己，你很自然就会想到这样做。"

尼古拉斯一把推开椅子，猛地站起身来，说道："先生，我反对！"

浅色镜框后的那双眼睛死死地盯着他。

“对，但你依旧会这样做，不是吗？而且如果这就是实情，更是如此。”

尼古拉斯·坎宁安极力控制着自己。此时很容易大发雷霆，发泄的过程固然会让人感到舒坦，然而之后还是要收拾留下的烂摊子，他本来也不喜欢这份工作。他看着桌子那边的人，说道：“我没法儿证明什么，我只能告诉你事情的经过。这两张纸条我都是一发现就交给伯灵顿先生了。我觉得有人是要陷害我。如果知道是谁，我也不会在这里。我会自行处理。”

伯灵顿看着那个男人，背对着尼古拉斯说道：“坎宁安，坐下。”

第二十九章
莱斯特的请求

克雷格·莱斯特当天走出冬青树旅馆的时候已经是晚上十点了，他独自在路上踱着步。经过白色小木屋的时候，他看见前面的两间房屋灯火通明。他不禁有些好奇，屋里只有两位女士，为什么两间起居室都亮着灯呢？他还没来得及想，前门开了，阿博特·弗兰克走了出来。他站在门外，起居室投出的灯光照亮了他的轮廓，克雷格下定了决心。他注意到莫德·希娃小姐正在门那边，于是就在弗兰克告辞说晚安的时候，他穿过头上弧形的紫杉树，快速走到了石板路上。希娃小姐朝外面的黑暗处望了望，正准备转身关门，而弗兰克也正转身要走，迎面而来一个人，差点撞上了他。他们很快认出了彼此。

“嘿，是你！你找谁？我正要走呢。”

“我能否和希娃小姐说几句话？如果还不算太迟的话。”

“好吧，如果你不是找我，我就走啦。”

他沿着路走了。克雷格的声音充满着歉意：“现在迟吗，希娃小姐？”

光从她身后照射出来，但他感觉她是面带微笑的。

“不迟，莱斯特先生，请进。”

她把他领进了起居室，示意他坐在先前弗兰克坐过的那张椅子上。接着，她拿起毛线继续编织着，用鼓励的眼神看了他一眼。

“有什么能帮你的吗，莱斯特先生？”

“一个很大的忙，如果你愿意的话。”

“你可以告诉我是什么吗？”

“嗯，不过在此之前，我想告诉你，我完全清楚你为什么会在这儿。”

她的语气略带一丝责备：“我在拜访我的老同学麦理都太太呀。”

“弗兰克·阿博特有无数堂亲，而他最近也在拜访其中某一个！我想他应该跟你说过，我和他原来就认识，已经有相当长一段时间了。”

“是的，莱斯特先生。”

“其实，我想说的是，我知道你们的行动。弗兰克暗示过我，这事儿不能外传，这个我想他应该也告诉你了。”

她微笑着说：“这样的事会在村里议论开。”

他点点头，说道：“对我来说，你只是麦理都太太的朋友，只是这样。”

编织针在明亮的羊毛上飞舞着，嗒嗒作响。

“现在这个身份跟当初相比，已经没有那么重要了。请问，你希望我为你做些什么呢？”

他的脸洋溢着笑容，顿时变得不一样了。

“你可能并不太想来参加我的婚礼，对吧？其实这就是我来这儿想问的问题。不过在你拒绝之前，能不能麻烦你先听我讲讲这件事？”

“当然，莱斯特先生。”

他的语调有些孩子气，像是比现在的年龄小了十岁。

“你真好！我要和罗莎蒙德结婚了。因为现在，她非常需要结婚。”

希娃小姐看着他，赞许地说道：“她是一个特别讨人喜欢的姑娘。”

他开门见山地说：“看见她照片的时候，我就爱上她了，后来我才见到她。简妮之前寄过一些手稿到我的公司，里面还随意地夹了一张照片。随后，当看到她本人的时候，好吧，就是她了。但当然我想她或许和我的想法不一样。我并不想催她。我想感情是需要时间的。但随后我明白，我们根本没有时间。克鲁女士把她往绝路上逼，简妮又不服管教，而且现在有人在背后操纵着一些不为人知的勾当。当然这一切都是很隐秘的。”

“没错，莱斯特先生。”

他对一切细节都能敏锐地察觉到。

“我不该说那些的。请原谅我，好吗？星期天的时候，我发现简妮晚上跑出了房子。那天我失眠，心里有很多事，于是我想出去走走。当快走到克鲁大宅的时候，一辆车沿着路开过来。在车灯的光线下，我看到了简妮。你知道，那儿有个台阶，通向田间的人行道。她就从那边过来。车一走，她就跑过我，到门口的小路上去了。我看见她从侧门进了屋。我告诉了罗莎蒙德，她非常难过。看来克鲁女士应该是看见或者听到她进屋了。于是她背着罗莎蒙德计划好了一切，马上就要送简妮去学校。今天下午的时候，她跟罗莎蒙德说，她已经安排好了，周五早上的时候，她就必须带她去学校。这样等于是在摧毁罗莎蒙德的希望。我之前一直在未雨绸缪。两个女孩儿身无分文，又无依无靠，只有我能帮她们。可情况是，我没有一个合理的身份去帮助她们。于是我去了麦尔布礼注册婚礼处做了登记，第二天就可以结婚。所以明天我们就可以结婚了。我把时间定在十点半。我希望罗莎蒙德能有人陪。这些事情会让大家议论纷纷，但我还是想尽力平息。我过来是想问问你，能否和我们一起开车去麦尔布礼，见证我们的婚礼。只要是住在这儿的，我都不能问，因为克鲁女士都知道他们的家世，而且……我也想不到一个能邀请的人。”

他看到了一个非常和蔼而迷人的微笑。

“你认为这真的很重要吧，莱斯特先生？”

“是的。如果我是罗莎蒙德的丈夫、简妮的哥哥，我就能带走她们了。村里发生着一些事，我不喜欢。她们在这儿不安全。”

她点头道：“我会参加你们的婚礼，莱斯特先生。”

第三十章
露西的苦闷

扫码听本章节
英文原版朗读音频

露西·坎宁安自己也不知道这一天是怎么过去的。哈伯德夫人在家帮忙的时候，她就在屋里屋外到处忙碌。一直以来，她把屋子打理得非常好。她忙着整理着床铺，清理灰尘，把几个热水袋的水倒掉。亨利喜欢用热水袋，如果不是她也用，她才不会这么做。同时，她还要把饲料和剩饭混在一起，放在炉子上煮成了糊状的饲料，拿去喂鸡。她每天都是如此，家里的事务一件件让她感到踏实，像是一堵墙隔在了她和可怖的夜晚之间。在这堵墙的庇护内，可怕的夜晚就像存在于梦境里一般，非常不真实。回头看自己的童年，她依旧能记起，在梦里曾被狼群或是印第安人追赶，她梦见自己把所有的个人物品都塞进一个小手提包，去赶一辆去往澳大利亚的火车。若是没赶上，她将陷入一场未知而且无法挽救的灾难之中。她还曾梦到从高高的悬崖上猛地跌落下去，接着她会在即将摔得粉身碎骨的一刻忽然惊醒。这一切都发生在夜里，一度让她恐惧不已。但只要在安心的白天，这些都会渐渐消散，不见踪影。

事情一件接着一件，她渐渐感到自己身上的担子越来越重了。她一度忘记了这一点，但持续的时间也就几分钟——帕森太太的猫又跳到了墙上，她得把它撵走。那是一只黄棕色有斑点的猫，身上有大片白色的毛，显得凶神恶煞。她还得和莉迪亚谈谈，因为她想砍掉鸡笼和围墙间的那棵树。这棵老核桃树从来不结果，而且只要有小鸡，那只猫就会发现，然后跳下树抓走它们。莉迪亚不会同意砍树的，她不喜欢对事物做任何改变。其实她没必要征求莉迪亚的意见，因为父亲已经买下了遗产房，所以她本就有合法的权利砍掉院子内不想要的树木。只有她在跟莉迪亚·克鲁打交道的时候，不会站在自己的合法权益上。

亨利早晨一般都会出门。此时她们来到了他的房里。在放衣服的抽屉里有一只死青蛙，还有一些看起来黏糊糊的植物在卧室的盆子里。在房里，她还发现了一些正处孵化中的蝌蚪，她考虑着，不知道能不能把这些恶心的东西扔掉。她停止了思考，把青蛙放在了洗脸池的正前方。这个位置，他不会看不到。身后的哈伯德夫人发出啧啧的声音表示不满，时不时抽鼻子嗅一嗅。她不明白，坎宁安女士怎么能忍受这些。他是一位绅士，这点没人否认。但他同时也没有结婚，因为没有哪位妻子能像他的姐姐一般容忍他这一切。

亨利的房间终于清理好了，干净，整洁，没有了四处乱扔的东西，露西感觉好多了。这些年来，他什么都往家里带，鸟蛋、蛾子、毛虫，还有你能想到的其他恶心的东西。亨利才不是那种死了一只虫就悲痛不已的人，不，他绝对不是！

她走进了尼古拉斯的房间，开始清洁和打扫，而此时哈伯德夫人已经下楼了。他还是一个孩子的时候就住在这儿。那时乔治和艾舍尔把他从印度送回这里，当他们在印度去世之后，便由她独自把他拉扯大。房间里有个书柜装得满满的，都是关于潜水艇、飞机，还有男孩儿喜欢的侦探书籍。她拿起一两本翻看着，其中有一面全是母鸡的涂鸦，非常相像而且充满童真。尼古拉斯很擅长画画。他画过一幅莉迪亚的漫画，画里莉迪亚又高又黑，神情严肃；而那幅露西的漫画，则是圆圆胖胖的。她把书放回书架，回忆起尼古拉斯用手搂着她说："可是，亲爱的露，掩盖有什么好处呢？你本来就是圆胖的身材，这是没法儿回避的。"他笑话她，取笑她，因为他爱她。

直到哈伯德夫人走了以后，她才觉得身上的担子又重了起来。亨利跟往常一样，吃午饭的时候心不在焉。他在面前撑了一本书，只有想再加一勺布丁的时候才会开口说话。午饭后，他又钻进了自己的房间，关上了门。和平常一样，完全没有任何不同，然而露西想，若是能在客厅一起喝一杯咖啡的话就好了。如果能告诉她，他上午在做什么，对他应该也没有影响。所以，当麦理都太太和这段时间一直在她那儿的朋友前来拜访的时候，她相当高兴。她带她们参观了房子，顺便向她们解释了一下蝌蚪和死青蛙，表示歉意。

“我弟弟现在正在写一本书，所以如果扔了他房里的东西，或者清理他的房间，他会很难过。”

希娃小姐对这个屋子十分感兴趣，而且很喜欢这一切。她非常欣赏由乔治安娜·克鲁在 1755 年绣的刺绣画和客厅里挂着的那幅她的肖像画。

“当然，所有贵重的肖像画都在克鲁大宅里，不过，你可以看到，这幅画是画在嵌板上的，所以克鲁先生就把这幅画留在这里了。我父亲把大多数家具也买下来了，就是现在放的位置。他和克鲁先生都认为，如果挪动了家具会很可惜。在克鲁大宅里，还有很多家具，他们根本用不上。但这件事在当时让克鲁女士非常不高兴。”

她不知道为什么会提起莉迪亚。她只是想说话，这些话就自然而然地溜出来了。其实这也没关系，因为玛丽安·麦理都知道，而希娃小姐也不过是一个过客。她继续讲述着这间房子。

但无论是上楼还是下楼，她的眼神总是不自觉地落在从上往下数的第六级台阶上。就在前一天夜里，那儿系了一根花园绳子。绳子绑得相当紧，楼梯的扶手上甚至有些沥痕迹，还掉落了几块油漆。

她尽可能陪着两位女士，可最终她们还是离开了，又剩下她孤单的一个人。接着，夜晚来临，房子里再一次变得幽暗而沉寂。那堵庇护着她的墙垮塌下来，显露在她面前的不是可怕的梦魇，而是一个残酷的事实——昨晚有人试图在夜里杀了她。屋里只有三个人，都姓坎宁安，而且是一家人。有亨利、尼古拉斯，还有她自己……

有人想杀她。他会就此作罢吗？或者还有下一次？

夜幕缓缓降临。云朵飘得很低，空气里满是潮湿。尼古拉斯打来电话，说他会迟点回家。

“不用做饭了，我不吃。”

她的声音里透露着难以掩饰的关怀。她也察觉到了这一点，不知为什么竟觉得有些安慰。

“你是说你在外面吃吗？你一定得吃点东西才行。”

他简短地回答道：“嗯，我就在这里吃。”接着，电话挂断了。

她的心一沉。又会是一顿难受的用餐，亨利依旧会沉默不语。这样的情形已经有很多次了，她之前一直没有注意或者说一直不在意。而现在，她仿佛看见了这个画面将在今后延续着，无穷无尽，没有尽头。想到这里，忽然像有一把刀戳醒了她，或许她再没有未来可以害怕的了。如果她昨晚在楼梯上绊倒了，此时就不会坐在这里，还担心着要独自和亨利一起吃饭。如果还有别的谋害，或许会发生在此时，又或许是稍后，那么这一顿或许就是她和亨利一起享用的最后一顿饭。还有可能一会儿什么也不会发生。亨利等着吃晚餐，而用餐后她还要忙着洗刷餐具。

她不知道为什么会有这么傻的想法。她不能这样想。她还得准备晚餐，还要清洗餐具。她得炸一些鲱鱼还有吐司，因为亨利喜欢那种酥脆的口感。这么多事情都需要她来操心。等她忙完后，尼古拉斯就会回家了，而且——“我可以把门锁上。”

第三十一章
结婚前夜

罗莎蒙德在克鲁大宅里走着，感觉自己像是在梦里。眼前的夜色像是深邃狭窄的约旦河，奔流而过。她只要跨越过去，她和简妮就从这个房子的束缚下解脱了。只要再过十二个小时，她们就能到达希望的乐土。有时她的想法是那么轻松愉快，以至于她担心这些想法会把她推进一个比现在更漫长更黑暗的走廊。有时她那么期待早晨的到来，却又发现格外遥远。她还什么都没跟简妮说，既没有提学校也没有说克雷格。既然简妮现在不用去莉迪亚·克鲁定好的学校，她也就没必要知道了，免得心烦。她知道以后，不是害怕就会生气，无论怎样都会让她心神不宁。罗莎蒙德只希望安心睡觉，待明天她将告诉她一切。因为这些虽不会让她心烦意乱，却会让她非常兴奋，而今晚她必须好好地休息。

她试图让简妮早些上床睡觉，可并没有成功。简妮想听收音机，想把小说看完，还想聊天，唯一不想的就是睡觉。她拒绝了罗莎蒙德的规劝。她的眼睛亮闪闪的，嘴里喋喋不休地说着。

“有些晚上你只想赶紧上床，然后偎在温暖的被窝里做个美梦，但有的时候你却想跑出去迎风起舞。今天晚上的风刮得很大，我可以听见风在房子周围呜呜响，像有一大群马在拼命地跑。我想，就是这样女巫才能骑着扫把飞上烟囱吧。真是太有意思了！我就想成为一个女巫在房顶上飞！”

“简妮，很迟了。”

简妮吐了吐舌头。她的眼神闪烁舞动着，头发闪着光。

“不，不迟。知道吗，罗莎蒙德，你的问题就是总是对一些小事太关注。来吃早餐，来吃晚餐，来吃午餐，快上床，从早到晚，每天都是！如果你觉得我还没厌倦，那你就再好好想想！我厌倦得像是陷在沼泽里，什么也做不了，只等着鳄鱼来把我吃了。亲爱的，你说莉迪亚舅祖母就不能当一条可爱点的鳄鱼吗？”

罗莎蒙德正要喊简妮的名字以制止她继续说下去，莉迪亚·克鲁的铃响了起来。在罗莎蒙德匆忙跑出卧室的瞬间，简妮摇摇头说道：“真该死！”

莉迪亚·克鲁不喜欢等别人，何况这个时候她心情并不好。她坐在椅子上，身体非常直，骨瘦如柴的手指轻敲着椅子的扶手。

“我想问问你跟简妮说了没有？”

“还没有，莉迪亚舅祖母。”

“为什么？”

罗莎蒙德往屋内走近了些。

“我不想让她难过。”

“她为什么要难过？你对她的溺爱纵容也该到头了！简妮能在温室里待一辈子吗？”

“我想还是让她今晚好好睡一觉。”

克鲁女士忽然尖刻地说道：“如果她真的想睡觉的话，你得记着要把她锁在房里！不过好在她也没法儿从房间的窗户溜出去。要是我把门闩上了，你们俩都会很恼怒。但就像我原来说过的，我不同意年轻女孩儿就这样睡在一楼，而没有任何防护措施。我想你现在应该承认我是对的。”

“莉迪亚舅祖母……”

“怎么？”

“如果……如果把门锁上她会非常难过的。”

“为什么非让她知道呢？她不会知道的，除非想跑出去。如果她就是想出去，因为门锁上了而感到难过，那是她自作自受。你不会真的觉得她可以半夜在外面乱跑吧？”

“当然不是。”

“那你就照我说的做！你可以等她睡着了把门锁上，在早晨她醒来前把锁打开。相当简单，你得亲自确认门锁好。现在你可以去把我的热牛奶端来了，一会儿我应该没什么事找你了。”

等她热好了牛奶端上楼的时候，克鲁女士已经在卧室里了。她把一只手伸出来，绕过房门，一把接过杯子，猛地关上了门。

她们彼此都没有再说话。这是罗莎蒙德最后一次做这样的差事了。除了以这种可怕的方式“道晚安”，她从没得到过她任何感谢的话语。想到这里，她有点吃惊。这种无穷无尽的吩咐看起来好像并不会就此结束。她端起还盛着另外两杯牛奶的托盘，穿过走廊，走向简妮的房间。

进屋的时候，她没有看到简妮。床上的被子拱成一个大包，有咯咯的笑声从被子下传来。她转身放下托盘，背对着床，简妮忽然从被子里露出了身子，就像是一个玩偶匣。她明亮的秀发摆动着。

“我说过我很快的！我是很快，是吧？我整个人都藏得好好的！‘美德得报之那块巧克力’，这是我给我现在正在写的书起的名字！就像莉迪亚舅祖母的母亲的那些书，那时她还是一个小姑娘！亲爱的，你能想象得到，莉迪亚舅祖母原来是一个甜美或邋遢小姑娘时候的样子吗？她曾经也和别的小宝宝一样，被裹在长衣服里！他们罩着羊毛面罩，因为外面的空气太糟糕了！露西姑姑给我看过一张照片，我不明白这样小孩子怎么呼吸！难怪后来死了这么多孩子！”

喝完热牛奶后，简妮正说着话，忽然打起了呵欠。她心满意足地躺下，于是罗莎蒙德轻轻吻她，然后向她道了晚安。

罗莎蒙德回到了自己的房间，思考着是否要锁门。她没说自己不会锁，也没说自己会锁。她从没做过这样的事，现在也不想做。如果简妮在黑暗中醒来，发现自己出不去，可能会觉得很难受。

锁在屋里，她会体验到被囚禁的人关在监狱里的痛苦感觉。她决定不去锁门了。既然简妮现在已经上床了，她可以趁这个机会去把她们的东西收一收。不是打包，只是整理一下放在一起，到时候好方便带走。她在房里忙碌着。等一切都收拾完毕了，她脱下外衣，躺到了床上。她觉得自己应该睡不着，可头一碰到枕头，脑海里的所有想法仿佛消散在了迷雾中，什么都没有了。

第三十二章
深夜争斗

简妮完全没有睡着的意思，她此时头脑清醒而且活跃。罗莎蒙德从树林里回来以后，她就非常确定，一定是发生了什么事情。但罗莎蒙德并没有告诉她是什么，这是非常愚蠢的。当然，她其实可以假装伤心至极，流下一两滴虚假却相当奏效的眼泪，然后罗莎蒙德就会统统说出来。可她觉得就这样猜测，然后等着罗莎蒙德自己暴露反而更有意思。虽然背对着储衣抽屉，可她知道有些东西被收走了。她受了格罗瑞亚·吉尔摩爱情小说的影响，竟有了一个非常接近事实的想法：他们要和克雷格·莱斯特一起悄悄逃走了，这样也就意味着不用再和莉迪亚舅祖母住在一起了。这个想法太过遥远使人目眩，她不能把时间浪费在睡觉上，一分钟也不行。大约一个半小时前，罗莎蒙德在隔壁房间来回忙碌的声音就已经听不到了。那么现在，简妮要看自己的宝藏了。她不打算留下自己的任何手稿，也不会留下任何一本书。有些东西是你宁愿死也不会扔下的。

她听见十一点的钟声响了，接着是十一点一刻，十一点半。有时候，教堂的钟声听起来特别响，但有时候好像又完全听不到，这个取决于刮风的方向。罗莎蒙德的房间已经安静了好一阵，她从床上爬了起来，穿上了那件温暖的蓝色睡袍。她长得太快了，睡袍已经到了膝盖上方，不过依然可以裹住她的胸脯。她在腰上绑了一个结，接着把自己所有的手稿都集中放进了最上层的长抽屉里。本来这里是没有位置的，但罗莎蒙德拿走了许多东西，所以就能放得下了。

把所有的手稿都整理到一起以后，她拉开了右边最上方的抽屉，里面有铅笔，还有薄荷霜。整个抽屉里好闻的味道就是源于薄荷霜。有一双有破洞的手套，她忘了要把破洞补起来。除了这些，抽屉里还有一个罗盘、一把尺子、一支钢笔、一瓶墨水、一根棕色发带、一条温暖的围巾、一个中国匣子，还有许多被别人抨击为垃圾的小玩意儿。简妮不在乎别人的看法，抽屉里的每一件东西都弥足珍贵，她要把它们全带上。这些东西里，那个中国匣子是最为贵重的。要打开匣子需要秘密方法，如果不知道打开的窍门，你永远打不开它。此刻，她打开了匣子，露出了一枚珍珠胸针，那是她的干妈在她受洗礼的时候送给她的。从那以后，干妈便离开去了澳大利亚，她再也没有动过这枚胸针。旁边有一枚大头针，上面有一只蓝色的玻璃小鸟，边缘是一圈红色的种子。匣子里还有一枚银顶针，原来是她的奶奶的。此外，还有一枚有孔雀图案的硬币和一颗蓝色的威尼斯珠子。

她不想看这颗珠子，但眼神落到上面就挪不开了。她没有忘记这颗珠子，只是把它锁起来了。现在这颗珠子就在她眼前，珠子里面的金银片闪着光。她用一根手指碰了碰那颗珠子，感觉是那么真实。她为什么没有把这颗珠子就这样留在牧师巷的草地上呢？她为什么不把这颗珠子扔在田地里或者马路上呢？她为什么要把这颗珠子带回家？她有种可怕的感觉，这些事情她一个都逃不掉。这颗珠子身上好像有些什么特别的东西在吸引着她。她不由得慢慢拿起了那颗珠子，放在手掌心。正当她借着光看那颗珠子的时候，她发现门开了，莉迪亚·克鲁正站在门口，看着屋里。

门本来是关上的，可现在正开着，一切一点声音也没有。门口之前也没有人，而现在莉迪亚·克鲁那高高的黑色阴影正站在那儿。她头上裹着一条黑色围巾，肩上的斗篷一直垂到脚踝。这是一个令人恐惧的时刻，仿佛最可怕的噩梦成为现实。简妮面对着她，挺直了腰杆。有些人崩溃的时候会表现出害怕的情绪，而还有一些人则会大发雷霆。简妮就是属于后一类人。在克鲁女士冰冷的眼神下，她的脸红了起来，眼里满是怒火，话语脱口而出：“你想干什么？”

莉迪亚·克鲁走了进来，关上了门。

“你跑下床是在做什么？”

“我起来了。”

“我看见了，这颗珠子你是从哪儿拿到的？”莉迪亚语气冰冷，没有任何情绪，黑暗中看不清她的表情。

“是我找到的。”

“哪里？”

简妮向后退了一步。她把手合在一起放到了身后，紧紧地捂住珠子。

“我才找到的。”

“我问你在哪里找到的。”

“你为什么要知道？”

“你为什么不想告诉我？要我告诉你吗？因为你晚上溜出房子到处乱跑，所以你不愿意说。”

简妮直视着她的眼神，毫不退让。她可不是软弱的罗莎蒙德。他人的欺凌只会引来她的反抗，她毫无顾虑。她们之前素来不和，只在恍惚之间有一丝骄傲之情从莉迪亚·克鲁心中油然而生。尽管她们不同姓，但简妮和克鲁毕竟有血缘关系。某种情愫在不经意间燃起，随即又消散了。

她用严厉的声音继续说道：“你必须得知道，这种事情不能再发生了。我不会再让它发生。我已经安排好了，你得去学校。罗莎蒙德马上就会把你带走。”

“我不信！”

克鲁女士冷冷地说道：“罗莎蒙德该告诉你的。当然她觉得她知道就好了。我建议你知趣一点，好好利用我提供给你的便利。既然你要开始独立生活了，那你当务之急就是把以前没做的事情都补回来。现在快把珠子给我！”

深色的人影往前进，简妮已经无路可退了。她的身后是抽屉，右边是墙壁，看来已经走投无路了。她紧紧地捏着手里的珠子，躲开了克鲁张开的手臂，向窗边跑去。大约离窗还有一米远时，她抬起手把珠子扔了出去。一切发生得非常快，仿佛就是一瞬间。莉迪亚·克鲁心里的怒火仿佛能照亮整个房间。

然而一切却风平浪静。莉迪亚·克鲁抑制住了那股恼怒的情绪。屋里是一片可怕的沉寂。简妮靠在床沿上，她可以感受到夜晚寒凉的空气，她的心狂跳着。莉迪亚·克鲁拿着钥匙朝门口走去，接着门被轻悄悄地关上了。然而，很快门上传来了钥匙转锁的声音——简妮被锁在了房里。

第三十三章
不眠之夜

露西·坎宁安坐在紧锁的房门后。她很早就上楼了，但并没有脱衣服。她一直在等待着。究竟是等待什么事情，她也不知道。她必须等待，这样的感觉如芒刺在背，无比凄凉。这件事情不可思议，也不可理喻，她只能默默忍受。她感到悲恐交加，但更多的还是恐惧。但凡她还有一些理智，就竭力掩盖自己的恐惧。如果听到尼古拉斯进屋然后锁上门了，她或许会去床上，或许会睡觉。到了早晨，一切都会不一样。

对于有些人，永远不会有白昼。她感觉像是有人在她身边大声地喊出了这句话。当然，她的身边并没有人，是害怕的情绪作祟，使她产生了幻觉。这样傻傻地坐着是不行的，她站起身开始走动。教堂的钟声敲响了十一下，接着是十一点一刻，然后是十一点半……

尼古拉斯还是没回来。她不知道他在忙什么。他之前从来没有在外面待到这么晚，肯定不是在达林庄园。怎么回事，所有人都应该在几小时以前就回家了才对。她觉得自己不能继续在这里等待了。如果要发生什么，那就发生吧，再解决便是。往日理智的露西·坎宁安正用她睿智的声音在心里拷问着自己：你在害怕什么？你在害怕谁？现在这屋里只有一个人，他就是亨利。

这样想着，她忽然充满了勇气。她不害怕亨利，并不是真的害怕。她的神经太紧张，把自己吓得仿佛经历了一场噩梦。要从梦中醒来，她就得下楼做几小时前她就本该做的事情。她要跟亨利讲述这一切，告诉他有人试图杀了她，再看看他对此怎么说。

她走到脸盆架前，用湿毛巾擦了擦脸，顿时觉得好多了，可怕的无助感也消散了。尽管如此，她还是打开落地灯，先仔细检查了那段长楼梯才走下楼去。接着，她又打开了大厅里的一盏灯，然后径直朝书房走去，推开了房间门。眼前还是那番熟悉的景象，杂乱的桌子，刺眼的置顶灯，亨利正背对着她，伏着身子仔细地研究着面前的标本。那张桌子非常大，几乎占据了一半的房间。可即便如此，桌子上还是堆得满满当当。其中有一个放着小工具的托盘，上面有一排小瓶子，还有一个罗列着死了的蛾子、蝴蝶、毛毛虫还有蜘蛛的硬纸板，上面的蜘蛛看起来要格外多一些。大部分蜘蛛的体型相当大，其中一部分的身体上还有长毛。这时，露西才觉得一阵毛骨悚然。凡是东西超过四条腿，都会让她有这种感觉。她不喜欢这种东西，永远不会喜欢。但无论亨利身在何处，他一直都是如此。他总是像这样弯着腰，手里捏着一个小工具，在桌子上那只最大最恶心的死蜘蛛身上拨弄着。每天夜里都是如此。不同的是，他有时拨弄的是一只蝴蝶，有时是一只蛾子，有时甚至是一只蜥蜴或者青蛙，但相同的是那瘆人的画面和扑面而来的消毒剂气味。

听到开门声，亨利·坎宁安习惯性地表示抗拒。

“如果你不介意的话……我现在有点忙。”

如果是从前，露西通常会很介意，但这一次她不再掩饰自己。

“抱歉，亨利，但我必须和你谈谈。”

他的声音有些焦虑：“你不觉得别的时间会比较合适吗？”

“不，亨利，就是现在。”

他叹了一口气，放下了手中的工具，坐到了自己的椅子上。他伸出一只手放在眼前，向上推了推眼镜。

“我还以为你睡了。”

她绕着桌子，走到另一边，拉出一把椅子坐下。

“还没有。”

他又叹了一口气，说道：“明白了。不过现在已经很迟了，而且我确实很忙。这些标本得寄到一位比利时记者那儿去。他要进行一个关于蜘蛛的讲座，我为他提供所需的蜘蛛标本。到时候会有幻灯片投影到大屏幕上，什么都能放大，看得清清楚楚。这些都清楚地说明了勒隆定理……不过说了你也不感兴趣。”

露西·坎宁安回答道：“是的。”

眼看他又准备全心投入到蜘蛛身上去了，她的声音变大了一些，更严肃地重复了一遍先前说过的话：“亨利，我必须和你谈谈。”

他坐了回来，说道：“我真的很忙，怎么了？”

“亨利，昨晚有人想杀我。”

他的眼镜搭在额头中间，眯着眼盯着她问道：“有人要杀你？什么意思？”

她的身体向他倾斜，一只手放在桌子上。然而两人都注意到，这只手正颤抖着。她连忙把手收回来，放在腿中间，然后用一种十分陌生的语调说道：“有人在楼梯上绑了一根绳子。大厅的铃响了，我当时还以为是电话，不过估计应该是一个闹钟或者电铃之类的。我那时急着下楼想接电话，结果绳子绊到了我的脚踝。现在楼梯上还有印子。幸亏我当时抓紧了扶手，才救了自己一命。如果我摔下楼，头先着地撞到了石头地板上，很可能就没命了。你不觉得吗？”

他看起来有些不知所措，回答道：“天哪，露西！”

“你不觉得吗，亨利？”

他的手里本来捏着工具，此时把工具放下了，手捏成了拳头。他说道：“肯定有人在附近放了一根绳子，而且你又绊倒了……尼古拉斯……还是哈伯德夫人。太不小心了……太危险了。我记得在康斯坦丁布尔……”

她打断道：“这是黑尔兹格林村。绳子是花园用绳，不是放在附近，是在楼梯之间，绑在楼梯扶手上。我上床睡觉的时候还没见到这根绳子。绊倒了之后，屋里也只有两个人，就是你和尼古拉斯。我想知道你们俩是谁绑的楼梯间那根绳子。”

“露西……”

“肯定是你们中的一个。不是你，就是尼古拉斯。如果不是尼古拉斯，那就是你。告诉我为什么。”

“你都不知道你在说些什么。”

“我很明白，我已经想了一整天了，有人要杀我。”

“露西，你可能状态不太好。你不觉得你现在去睡觉……要不喝杯茶或者吃片阿司匹林……”

忽然，她再一次恐惧起来。他是亨利，是那个整天只会摆弄标本的人。但那些小瓶子里有一部分东西装的却是毒药。喝一杯茶或者吃片阿司匹林？她听见他继续说道：“你应该上床睡觉。我去倒点茶，给你拿上来。”

他的语气里满是关心。关心什么呢？她不知道。他这一辈子从来没给任何人倒过一杯茶。他从来不记得吃饭，总是要人去喊。她记得曾在铁路边的书报摊上拿起过一本书，书名叫《死于杯中》。那一排小瓶子在她的眼前晃动着，她扶着桌角站起了身。

“好，我去床上。我睡不着，不喝茶，喝了反而更清醒。我这就去床上躺着。”

当快到门口的时候，她转过身来，问道：“尼古拉斯怎么这么迟？”

亨利·坎宁安捏着一边的银眼镜腿，正在调整着眼镜。他含糊地回答道：“尼古拉斯……经常还要迟一些才会回来。”

“但他从达林庄园打电话回来说在那儿耽搁了。”

“这个，他可能在某个地方继续忙着吧。”

他又在桌子前弯下身子忙碌起来。她走出了房间。

站在大厅里，她想到只要自己喜欢，她可以跟任何人打电话，比如冬青树的斯塔布斯太太、玛丽安·麦理都和她那位娇小的朋友希娃，还有莉迪亚·克鲁。她可以向她们倾诉而不说出实情。比如说她不舒服，而且精神紧张，还可以说她昏倒了，所以摔了一跤。她们都住在离她不超过一百英尺 [长度单位。1 英尺等于 30.48 厘米。] 远的地方，所以肯定会过来的……不过，莉迪亚呢？她很快就否认了这点。片刻之后，她否认了自己要叫朋友过来的想法。为让大家关注自己，仅仅因为自己睡不着，就要把朋友从睡梦中叫醒吗？实在太晚，太迟了，根本不适合打电话。她缓缓地上楼，向房间走去，四周响起教堂午夜的钟声。

第三十四章
临时行动

希娃意识到冷落了那位慷慨的女主人，竭尽全力想弥补一下。等她走回起居室，却看到麦理都太太已经睡着了，这让她心里好受了不少。麦理都太太睡得很舒适，没有立即醒来，过了好一会儿才睁开眼坐起身。她也不知道此时是几点了，直到看了钟才惊呼，竟已经过了一个半小时。尽管此时夜已经深了，醒来后的她和希娃还是聊了很久。等她们在屋里绕了一圈，检查完所有的窗户以后，已临近午夜了。

麦理都太太醒来后精神不错，既惊讶又兴奋，她不记得上一次熬到这么迟是在什么时候了。她忽然回忆起自己在叛逆的青春时光曾无视规定，和朋友一起在学校宿舍里举行宴会。那时塞西莉亚侥幸逃脱，没有被老师发现。

“还记得吗，莫德？”

希娃记得，虽然不喜欢这个回忆，但因为包容，并没有显出非常反感的情绪。

“那是很久以前的事情了。”

麦理都太太叹了一口气，说道：“是啊，确实。但有时，感觉好像并没有过那么久。我们都没怎么变，大家都是，对吧？我们的内心一直没有变。当然外表还是变化了，人都是慢慢在变，所以连我们自己也没有察觉到。但我早就认识你还有塞西莉亚了，尽管她现在已经胖了，我们那时都喊她西西。”

道完晚安后，希娃关上卧室门，像往常一样准备脱衣服了。她走到床头柜前，取下了挂在裙子右侧的怀表，扭了几圈发条以后，放到了柜子上。接下来，她要取掉白天戴的发网，用更牢固的方式来固定住头发。希娃小姐见过一些非常暴力的场景，无论什么时候警报响起，她总是能镇定自若，泰然处之，毫发不乱。晚上与白天不同，她会把辫子梳得更紧一些，但仍旧是整齐而服帖。她正抬起手要取下固定发网的发夹，就在这时她忽然停住了，手放了下来。

她依旧戴着发夹站在原处，陷入了深思。或许她想到了玛丽安·麦理都刚刚说的陈年往事，在那时，一项规定或章程尚还不为大家所接受。或许她想到了比这更加重要的事情，一种不安和急迫的感觉在蔓延。她看着面前那张舒适的床，她明白，若是不能平息心中的不安，今晚怕是无法入眠。为安慰自己，她想到了一个主意。玛丽安·麦理都不聋，不过并没有希娃那般敏锐的听觉。她的卧室位于房子的后方，窗前是美丽的花园。若是希娃悄悄下楼后打开前门，并不是一件难事儿。所以，她实际上完全可以在无人察觉的情况下离开这间屋子，不需要和任何人解释自己的去向。

想到这里，希娃拿起怀表，重新别到衣服上。她套好外套，戴上第二好的帽子，穿上了一双户外鞋。她拿出那条心爱的旧毛皮披肩，牢牢地裹在脖子周围。这条披肩已陪伴她度过了许多个冬天。接着，她关掉了卧室里的灯，悄无声息地走下楼梯，出了门。室外很冷，但没有下雨的迹象。希娃很庆幸，多亏这条披肩，夜晚对她而言还不算糟糕。不过就算此时大雨倾盆，为完成任务，她依旧会冒雨前往。她必须在睡前去遗产房一趟，至少站在旁边瞧一眼楼上的窗户，尽管她自己也不知道到了那里要做什么。此时那栋房子的灯应该全灭了，而黑暗并不能说明一切安全。她想起了《圣经》里的一句话，“醉的人在夜间醉”。醉当然不止一种，人会醉于骄傲、激情或是权力，还会醉于憎恨或是欲望。

在静谧的黑暗中她沿着路往下走，心里毫无计划。等时候到了，她自然知道该做些什么。遗产房只有几码远的距离，她忽然听到身后传来脚步声。尽管天空中没有月亮，但夜色分明，身后高大的人影渐渐清晰。她觉得有些眼熟，决定冒一次险。

“莱斯特先生？”

他吓了一跳，还是认出了这个声音。

“希娃小姐！你在这儿做什么？”

她平静地回应：“我该问你这个问题吧？”

他笑着回答：“我睡不着，就想出来走走。”

他猜想，她会不会觉得他傻，竟要到克鲁大宅来盯着罗莎蒙德那块黑暗的卧室窗户看。她的窗户正好闩住了，因为克鲁女士认为睡在一楼，不做任何预防措施很不安全。其实他并不在意希娃小姐怎么看他。他心潮澎湃，只想大声喊出罗莎蒙德的名字，或者把她的名字刻在树上。他的心在此刻难以平静，而她也是一样。他听见希娃说道："我非常担心坎宁安女士。"

他有些意外。若是听到罗莎蒙德和自己的名字，又或者是简妮和克鲁女士的名字，他都能立即回应，可是露西·坎宁安……他透过夜色，看着她问道："为什么？"

"我觉得昨晚有人想要她的命。如果不过来看看，我估计自己没法儿睡着。"

他直截了当地问："你能做什么？"

"不知道。至少我得觉得自己尽力了。"

他们静静地站在路边的阴影处，声音很小。村尽头的木屋就在他们身后，整个村子都在沉睡之中。

"有人要她的命！这是什么意思？"他忽然问道。

她简洁而精确地描述了整件事情的经过。

"这样的话，那凶手就在屋里。"

"是的，莱斯特先生。"

他发出了一声轻微的冷笑："那个阴森的亨利！我觉得他不正派，是那种堕落分子，但我认为他不会伤害任何一个人。那就只剩尼古拉斯了。但她一手把他带大，这样太没人性了。"

"罪恶的行径又何谈人性呢，莱斯特先生。"

"那你准备做什么？"

“今天下午，坎宁安女士很热情地带我在她屋里转了一圈。她的房间在后面，有两扇窗。她告诉我，睡觉的时候，她通常把窗户开着。如果现在她的房间没有灯，窗户是开着的话，或许可以表明目前一切还正常。一般来说，我认为第二次谋害应该不会这么快就实施，但一定有某个特殊的原因她才保持沉默，不跟任何人提起。我实在放不下心。”

话语里似乎传递着某种只可意会的东西，他明白了。他觉得震惊，又有些疑虑，此刻忽然心神不宁。

“如果可以，我跟你一起去。”他说道。

显然，空气中有一瞬间的沉默，希娃小姐正在考虑。他的声音带着笑意说道：“我不会发出任何声音。如果需要，我可以走路跟猫一样轻。”

“有你一起，我很高兴。”

遗产房面对着大路，附近并没有小路直通门口。房子藏在一圈石墙内，一条维多利亚风格的光滑过道连接着石墙的大门和房子的前门，约几英尺长。克雷格提起门闩，站在一边，让希娃先过。此时，教堂的钟声传来，已是午夜十二点一刻了。

第三十五章
意外发现

整栋房子似乎都沉浸在黑暗中。无论是通向前门的过道，还是两层楼的所有窗户，都在夜色中静悄悄的，没有任何异样。通过过道向右走，有一道窄玻璃门通向花园。玻璃门从里面反锁了。希娃从外套口袋里掏出一把简易手电筒，发现钥匙就在门上，于是把门扭开。克雷格觉得自己像个贼。他带路在前面走，发现脚下是一条砾石小径，两侧全是茂密的灌木。希娃小姐关上身后的门，跟着他。她关掉手电筒，放回口袋里，镇定自若地沿着路向前走，仿佛是应邀而来的客人。

走到房子的一角，路转了个弯，眼前的灌木变得开阔起来，依稀能看见后面树木的黑影。四周依然是黑漆漆的。房子耸立在他们身旁，仿佛是一座悬崖。克雷格弯下腰说道："我们沿着这条路走一圈吗？"他可以勉强看清她点了点头。

就在这时，他们听见了声音。那声音来自前方，在左侧。是树枝折断发出的清脆的一声咔嚓，但响声并不大。他感到希娃小姐的手正扯着自己的胳膊，把他朝路旁边靠房子的方向拽。几步路的距离，他们已经躲进了灌木丛，仔细地听着周围的动静。有人在灌木丛里穿行，就在路那头。要不是那根折断的树枝，他们或许还在往前走。希娃一动不动地站在原地，记起了关于这块地的一个谎言。房子的墙壁并不是从前门平整地呈直线延伸至后门，而是有间断，向内凹，从而形成一个小庭院。在这个时节，那是一个相当阴森恐怖的庭院，里面爬满了大量的藤蔓植物。她想起了紧紧挨着房子生长的那棵老木兰树，大片的弗吉尼亚爬山虎，以及那一两棵黑柏树。

有人从左边的灌木丛里走出来，进了庭院。希娃的手向下，捏住克雷格的手腕，稍稍用力以示提醒。接着，她悄悄地离开了灌木丛。他有些疑惑，但她先前提醒过他，他只好先待在原地。他是一个笨拙的男人，有一双大脚，若是移动一下，很可能就会暴露自己。他曾担任过空降兵，好几次因为沉默不声不响，差点付出生命。然而，此刻他依旧站在原地，因为这并不是他大显身手的时机，而且不管是什么情况，两个人总比一个人行动的声音大。

黑暗中的时间走得很慢。无论是在哪里，当你不知道接下来发生什么只能等待的时候，时间就格外漫长。幽暗中有东西动了一下，他朝前走，碰到了希娃小姐的手。他朝她的方向弯着腰，听见她用极轻的声音说：“有人从克鲁大宅出来，通过一道暗门进了遗产房。我想我们得跟着。”

“那我们怎么进去？”

如果是要强行进入，他倒是准备以男性的视角坚决遏制这件事的发生。为见义勇为，哪个女人都会心安理得地无视法律，但他并不想以被捕这种方式来庆祝自己的婚礼。

希娃小姐的回答清晰明了，言简意赅。

“她把门打开了，但我没听见她上锁。”

他的脑中回响起一个吉尔伯特式的声音——她究竟是谁？

露西·坎宁安？她为什么要偷偷摸摸走暗门？

简妮？她倒是做得出来这种事，不过她又怎么能拿到钥匙呢？

不可能是她们。噢，不，看来是莉迪亚·克鲁。那是一个危险信号，他沉默了。

希娃小姐一只手扶着他的胳膊。庭院里的石头上全是苔藓，又湿又滑，一棵高大的柏树紧紧贴着屋子黑色的墙壁。她在前面走，另一只手在黑暗中摸索着。她感觉到了什么，于是向后退，让他到前面来。前面的空间越来越小了，他摩挲着墙壁，手被树干和细枝刮擦着。四周有一股冷冽的幽香。接着，他们走进了一条极其狭窄的通道里，后来他才知道这条通道位于两间房的中间。他的肩抵着通道两边的墙壁向前走，已经清除了无数张蜘蛛网。通道里弥漫着一股难闻的尘土味，不知道还有多远才走到头。

他们眼前出现了一丝光。细细的光仿佛一根明亮而锋利的线，把黑暗切割开来。走到跟前，他终于看清了，这是一道门。确切地说，不是门，是一道活动嵌板。有人从这里进了房间，但因粗心大意而没有关好嵌板，所以留下了一道缝隙。光和嵌板后的声音从缝隙中传了过来，他们听见了莉迪亚·克鲁低沉沙哑的嗓音。

“亨利，真有意思！露西肯定要疯了。”

接着，是亨利·坎宁安的声音，显得紧张而焦虑。

“她说楼梯上有一道绳子，差点把她绊倒了，她以为这个房子里只有尼古拉斯……还有我。”

她的声音忽然充满了愤怒，急不可耐地问：“那你告诉她我在这里了？”

她一定朝他走了几步，于是他向后拖椅子，发出了和地面摩擦的刺耳声音。克雷格的脑海中浮现出了一幅画面：一个男人在一只拳头下蜷缩着，当然这是一只无形的拳头。椅子和地面刮擦着，那个紧张的声音带着慌张，连忙说道：“不，不，我当然没说，一个字也不会说。她不知道你来了。我从来没说过，什么都没说。”

莉迪亚·克鲁说道：“这样最好。如果说了，你就死定了。”

“可我不明白为什么。”

“她已经知道太多了。”

“她从我这儿什么也没听到过。”

她变得有些不耐烦，说道：“她怎么知道的一点也不重要！如果她知道了这一切，就太危险了！”

“我不明白你的意思。你昨晚做了什么？你进房子的时候做了什么？露西那样说……你为什么要绊倒她？”

“或许我觉得她最好……暂时停止一下她的交际活动。或许我觉得为她好，她应该安心长眠，好好休息了。”

想必他此时正盯着她，她发出一声嘲讽的大笑，说道：“别那样看着我！亲爱的亨利，你最好还是不要插手。假装什么也不知道，什么也别问。现在你手头的工作做得很好，所以你最好继续保持。把麦尔布礼夫人的红宝石放在那些恶心的蜘蛛身体里包好，这样我们就能在他们眼皮底下把宝石弄到国外去。你有那位比利时通讯员正是天赐良机。过一段时间，他可以再举行一次讲座，我们还可以寄走一些钻石。主要是那几个大红宝石有点麻烦，你能想到蜘蛛，还是不错的。”

“是，是。”他的声音有点烦躁，停顿了一下，忽然狠狠地问，“你为什么要置露西于死地？”

接着传来了椅子挪动的声音，看来克鲁女士觉得站得有些累了。她用谈话式的语调说道：“我刚刚不是说了，什么也别问。”

“这个问题我必须问。”

“好吧，你听好！如果说了些你不爱听的，可别怪我。露西知道得太多，她所知道的会毁了我们。”

“她知道什么？”

“博得太太看到那个荷莉德星期天下午的时候去过我的房间。她肯定是在那儿捡到一个信封，那个信封非常重要。后来信封到了露西手里，她把信封又还给我了。任何看到信封内容的人都会毁了我们。你也知道露西是什么样的人。”

亨利·坎宁安的声音响起：“她是我姐姐。”

“她是一个叽叽喳喳的蠢货！只要她说出去，我们就都完了。”

“为什么她会说出去？她是你的朋友，不是吗？她一直都是你的朋友啊？”

她似乎做了些动作，急急地说道："亨利，你这个蠢东西！她当然不会故意说出去，我不是指这个。荷莉德拿了信封应该也不是故意的。应该是从我的椅子边上滑下来的。博得太太看到她的时候，她正在那儿用手拨来拨去，我估计当时信在她手上，顺手就塞进自己的口袋里了。"她不慌不忙地继续说道，"是的，肯定就是这样。因为露西在小路尽头看到她的时候，她在往外扯口袋里的手帕，然后信封就掉出来，落到了她们中间。露西把信封捡起来，看到上面是我的名字，就说她会进屋把信封带给我。就是这样了，真是……"她停顿了一下，长舒一口气，说道，"真是有点惊险。"

"怎么惊险？"

"如果你非要知道，信封里装着麦尔布礼夫人的项链草图，那是我的初稿。虽然后来我把比例缩小了，但我最初画过一张初稿。那个信封是个旧的，开口没有密封，之前我把初稿塞到了里面。有人进过我的房间，我想应该是罗莎蒙德。愚蠢的错误真是一个接着一个！"

"我不明白跟露西有什么关系。"

她的声音平静得古怪："我看你从来都没明白过什么吧？你给我听好了！信封是开的。如果露西拿了信封，朝里面看了一眼，就一眼……"

"她不会的！"

"你敢赌吗？我不敢！你想过坐牢吗，亨利？不管是什么时候，什么地方，你喜欢到处游荡，收集你的蛾子，你的蝴蝶，你的虫茧。那种蜘蛛，所有人都以为灭绝了。可你历经艰辛找到一组标本，悉心照料，你真的很快乐，不是吗？你喜欢这样简单的生活，没人打扰你，除了自己的小爱好，别的都不用干。大家对你没抱什么期望，你也只需要知道这么多。”

他的声音有些颤抖：“荷莉德……”

“怎么，亨利？”

“她死了……”略做停顿后，他恐惧地说，“就像麦琪……”

“好了，亨利，这有什么好说的！麦琪是厌倦了黑尔兹格林和她挑剔的父母，所以走了。毫无疑问，她肯定会说是为了更好的生活。至于荷莉德，她经常撞到头。我估计她是因为博得太太星期天说的话而走了极端。博得太太真是一个忠心的仆人，不管看见谁在我卧室里都会很生气。当然，荷莉德伤心到寻短见是够不幸的，是不是？我也不知道！”

“莉迪亚……”

“亲爱的亨利，你不觉得你的问题已经问得够多了吗？有句很经典的谚语说干东行不说西行。你呢，就继续干好你的东行，忙好你的标本！荷莉德是自杀的，就是这样。”

第三十六章
藏宝之处

扫码听本章节
英文原版朗读音频

尼古拉斯穿过大门，往前门走去。天色已经很晚了，他刚从达林庄园走回来。但是，直到此刻，当他站在门口把钥匙插进锁眼里的时候，才感到疲乏。这是一种纯粹的肢体感觉，独立于他本身之外，独立于这个刚从噩梦中逃脱、名叫尼古拉斯的人。在整件事情结束前，他从未因为不得已向前踏出了一步，就让自己松懈。他意志坚定，既不朝右看，也不朝左看。直到现在，紧绷的神经终于得以放松，他才想到了亨利。他感到有些惭愧，因为在此之前，他从来不敢想到他。就在刚才，直到他的理由确实不可动摇了，布朗才全盘崩溃，从他那极度的优越感上坠落下来。如果不是这样，噩梦可能还会继续下去。他当时在那里就明白了交叉审问对于犯人而言有多么不利，一着不慎，就会引来灾祸。这简直就是一个颠扑不破的真理。

他现在知道他当时是多么害怕，主要是因为亨利。每次布朗结巴地提问时，他就等待着听到亨利·坎宁安的名字，然而这个名字却迟迟不出现。尼古拉斯遭到他人陷害，说他是庄园泄密的罪人。但亨利却没有被卷进来。事情已经变得白热化，所以必须得找一只替罪羊，而尼古拉斯就是。既然有炮制好的罪证，如果此时他做出了别的行为，肯定会招来祸端。不过好在他直接找到了伯灵顿。穷困老朽的亨利完全没有被拉下水。他不知道为什么他认为亨利跟此事有关。可能是因为他那副虚度人生的做派，所以他很容易被人当作棋子利用，还有那无人知晓的二十年……

他用钥匙拧开门，脑海中的思绪不停地飞舞。接着门被砰的一声推开，随即又猛地往回弹。剧烈的声响超出了他的本意，可他没有理会。大厅里有一盏灯仍然亮着。他转过身插上门闩。

书房里的莉迪亚抬起了头，问道："什么声音？"

亨利·坎宁安眼神很迷离，回答："应该是尼古拉斯。露西刚刚说，他还没回来。"

"房间门锁了吗？"

"没有，我从不锁门的。"

她向门走去，步伐非常急促，仿佛是一个年轻人。还没等他说完，她便连忙转动了钥匙。她呼吸急促，好一会儿，才恢复了正常。她回到桌子前，然后用极其细微的声音说道："没想到，你竟然蠢到这种地步。"

他透过眼镜看着她，眼神温和。

"他不会来这儿的，他从来不来。"

“假如他来过呢？”

“他只会觉得奇怪，认为我本该把门锁上。”

“小声点！”

她又回到门口，打开了门，然后透过半开的门向下看了一眼大厅。饭厅还有灯亮着。门依旧开着，她转过头来说道：“露西有没有给他在托盘上留点吃的？”

“如果他回来得迟。”

莉迪亚·克鲁又关上门，并上好了锁。亨利说道：“你不用这么做。他不会来这儿。”

“我不会冒险，你也不该冒险。那些红宝石在哪里？”

“噢，在其中一个抽屉里。”

“肯定是随便一放吧！”

“不，不是。我想，应该是我很确定，我把它们放在……咦？我放到哪里去了？不，不是这个抽屉，应该是另外一个抽屉。”

他一边说话，一边拉开一些抽屉，然后关上，拉出来，又推进去。她说话的声音微弱，非常不满：“一个没锁的抽屉！你知道它们值多少钱吗？”

他气急败坏地说：“我从来不锁东西。不锁反倒安全一些。因为，我肯定会把钥匙弄丢。对了，在这儿。我想起来了，我把它们藏到了脱脂棉球中间。棉球是用来包裹蜘蛛的，宝石在里面非常安全。就算你出钱，露西和哈伯德夫人都不会碰这些抽屉。这里头曾经有条活蛇，导致后来哈伯德夫人一连好几周都没有收拾这屋子。所以，宝石在这里绝对安全。”

她站立着，双眉紧皱，俯视着他。他这个人总是稀里糊涂，这让她很恼怒。虽然危险，但有时她也把这看成一种优点。他整天只会沉迷在科学研究中，对自己的财物漠不关心，什么东西都到处乱放，就连一个上锁的抽屉都没有。所以又有谁会怀疑到他呢？很多东西一年前就放在那里，所以麦琪·贝尔必须离开。她没有神经质，这些东西这样放着确实很危险，而正由于亨利的疏忽大意，他们不得不冒险。

她皱着眉头，没有说话。她此刻没有资格指责他。她自己本身就很粗心，所以因为荷莉德小姐，他们又冒了一次险。这次，有一些更加让人讨厌的后果，因为这让她少了一位女仆。而且没人愿意来顶替这个位置。于是她不得不回去找维尼·泰勒。维尼这人傻乎乎的，看起来像个精神病，尽管干起活儿来并不差。

她把抽屉推进去。麦尔布礼的宝石就在这里，外面裹着一层脏兮兮的棉球。

“行了，我得走了。等我走到走廊的尽头，你再把门锁打开。你去睡觉吧，你看起来很累。”

他抬起一只手，在额头前挥了一下。

“是的，或许我真的得去睡觉了。莉迪亚，关于麦琪的事你确定吗？”

“当然确定啦！她刚好在那时想要有所改变。她是这样跟我说的，所以我就给了她一些钱，让她离开。但你最好保守这个秘密。好了，你有没有觉得好受一些？”

他取下眼镜擦了擦。她发现他竟然泪眼迷离，她觉得有些荒唐。

“是的，没错。确实好多了。莉迪亚，你说过这是最后一次了。”

“当然。别想太多，对你不好。”

他回答：“是不好，有时候，我确实觉得很难受……”

她的手落在他肩膀上，用力按了按。

“去睡觉吧，剩下的事情交给我。你唯一要操心的就是你的那些蜘蛛。”

在嵌板的另一边，希娃小姐已经开始一点一点朝前挪。这条通道一直向前延伸，经过书房的门口。弄清楚起点在哪里会是一件有趣的事情，但在此时此地要弄清这个问题可不合适，因为这并不能解决眼前的紧急情况。为避开克鲁女士，她在前面走，克雷格紧随其后。活动嵌板打开了，一片长方形的灯光照在通道的地上。这时候，他们确实没有什么安全空间可言，只要莉迪亚·克鲁朝右边看，就会发现他们。她拿着手电筒，只要她朝着那边照一下，也会发现他们。然而她既没有朝右看，也没有朝左看。亨利在她后面关活动嵌板的时候，她便借着电筒的光，在通道上沿着来时的路离开了。

直到她离去的声响平息之后，克雷格才弯下腰，附在希娃小姐的耳边，问道：“那么，我们接下来做什么？”

她没有用语言回答他，而是轻轻地捏了一下他的胳膊，于是他便乖乖地跟着她朝通道深处走去。他们来到之前进来的门口时，发现门是锁着的。克雷格不由得笑了一声，声音很小，几乎听不见。

“好吧，现在怎么办？我想我们现在要返回去，看看另一头能不能走出去。你知道是什么方向吗？你知道这个房子的结构，我不知道。”

他还是跟往常一样，说起话来镇定自若。

“我想出口应该是在大厅里面或者客厅里。这两个地方都有跟书房类似的嵌板。”

他们原路返回了。当走近之前那扇半开的嵌板时，他们惊讶地发现还有光从里面透出来。不过这时嵌板已经被亨利·坎宁安关上了，因为刚刚他们站在不远的地方，分明听到嵌板咔嚓一声关紧了。为了警示希娃，克雷格戳了她一下，然而他们此时看到的光，却不是从嵌板缝隙处出来的，而是从嵌板上头一个距离地面约5英尺的小孔里透出来的。显然，这样是为了任何人在通过走廊过来时，都能确定房间里是安全的。

希娃得踮起脚才能够得着这个圆孔。透过圆孔她能清楚地看到写字台，亨利·坎宁安正在上面埋头工作。他面前有张白纸，上面有只蜘蛛，是他之前一直在解剖的那只。这一幕让她觉得恶心至极。他左手拿着一把镊子，一丝不苟地把一个很大的红色石头塞进蜘蛛的肚子里。这一刻，她确信无疑，现在看到的这块就是麦尔布礼夫人的红宝石，就是那块位于钻石项链中间的红宝石。或许，是因为它的大小，希娃小姐才如此笃定。红宝石被塞进了蜘蛛肚子里，看不见了。亨利·坎宁安放下了手中的镊子，又拿起了另一个器械，并把它在碟子里蘸了一下。碟子里装着一些黑色的黏糊糊液体，这些液体被一滴一滴滴进了蜘蛛肚子里，裹住了石头。蜘蛛的肚子看起来又圆滚滚的了。亨利·坎宁安的手法稳健，神情专注。

希娃小姐窥视了一分钟，就让克雷格上前来，两人都看到了相同的画面。对于亨利·坎宁安来说，此时此刻他完全沉浸在了自己的世界里。在这个世界里，没人怀疑他，没人催促他。这个世界里，没有道德戒律，也没有罪行。这个世界里，只有他自己的技艺和方法。一想起麦琪·贝尔，他就觉得很苦恼，一说到露西·坎宁安是他的姐姐这句话，他就觉得自己像是身在另一个世界。他想从那个世界逃离，哪怕付出任何代价。

希娃小姐开始顺着通道往前走。正如她所料，通道通向大厅的一个更黑暗的角落。这块嵌板和先前那块一样，移动的时候也几乎没有声音，这一点莉迪亚·克鲁当然要确保。大厅里依然亮着一盏灯，克雷格轻轻滑开嵌板，明亮的灯光从嵌板后倾泻过来。忽然，他按在嵌板上的手停住了。餐厅的灯吧嗒一声熄灭了，接着尼古拉斯·坎宁安出现在他们眼前。嵌板缝隙间的他看起来镇定而自信，他穿过大厅，脚步轻盈地走上楼梯。随后，楼梯平台处的一扇门打开，很快又关上了。

第三十七章 慎重之举

希娃小姐认为他们应该从后门离开。以坎宁安女士现在的状态应该也想不起还要锁后门。况且，等她想到这些事情的时候，可能已经发生了其他更重要的事情，届时这件事就显得微不足道了。

他们走出房子，来到了庭院里，通过铺满石头的小路，来到了花园门口。克雷格在后面把门关好的那一刻，教堂的大钟警示一般敲了四下，宣告此时的时间。夜晚的空气很凉爽，清风柔和。在走出满是灰尘的通道，并经受了厨房和洗涤室里密不透气的感觉后，克雷格有一种活着的真实感，他觉得身心都沉浸在这样的感觉中。他一点也不喜欢在半夜偷偷摸摸地潜入别人的房子，他再也不想干第二次了。他很想知道，接下来他们该何去何从？在他看来，尽管他们此时怡然自得，可实际进退两难。如果希娃小姐打电话给弗兰克·阿博特或者警察局，说她已经发现了麦尔布礼红宝石的下落，这必将是一个爆炸性新闻。如果莉迪亚·克鲁跟这件事没关系，那本来也没什么。可事实并非如此，所以他和罗莎蒙德可能会遇上些麻烦，那么罗莎蒙德肯定会说明天不能嫁给他。不，不是明天，已经是今天了。在他大婚的日子，却看到罗莎蒙德从他身边溜走，去了一个毫无意义的幻境。在那里，她永远不会跟他结婚。如果他能把希娃小姐拖到十点半，到时候她大可以继续追查，把他们都捉拿归案。

他们在路上走着，能感到行走时带起的阵阵微风。

“接下来你准备怎么做？”他问道。

她停下来，转过身面对着他，说：“不知道。但我想我们必须回去。”

“又回到房里去？”

“不，没必要。但我不是很放心坎宁安女士。我认为她现在很危险。”

“她有生命危险！”

“莱斯特先生，你听到了克鲁女士和坎宁安先生的谈话。你对她想杀他姐姐的意图还有疑问吗？”

“没有了。不过还是很不可思议。”

她镇定地说：“谋杀案总是不可思议。凶手已经失去了判断力，他更多的是考虑自己的欲望、计划、自身的安全，已经超出了正常范围和道德戒律。他们每走一步，都更加觉得自己理直气壮，更加自信，也更确信自己能成功地实施行动计划。这应该不是克鲁女士第一次犯罪。她是不是和麦琪·贝尔的失踪以及荷莉德的遇害有关，这点我一点都不怀疑，她肯定知道什么。我们可能永远无法知道麦琪的遭遇，但是她之前在遗产房上班，很有可能看到了什么。如果她把看到的事情都联系到一起，并且得到了一个结论，那可能是很危险的。显然，荷莉德就是这样才遇害的。克鲁不在的时候，她悄悄地溜进她的房间。后来被博得太太吓了一跳，所以她把偶然捡到的信封随手塞进了大衣的口袋里。就像克鲁说的，这个信封可能是滑到空隙里去了。整件事情都起因于打扫房间的女仆，源于她一时的好奇和本能的反应。她应该是抖了抖坐垫，把手伸进椅子的旁边时感觉有东西在那里。你也知道信封里有什么，那是一张麦尔布礼宝石项链的草图。这张图就是为后来的仿制品做准备的。”

“是的，我听见了。不过我不知道项链的事。它被偷了吗？”

“是的。几周之前，麦尔布礼女士发现，她的项链是一个仿制品。没有人知道是什么时候被换掉的，连她自己也不知道。我想，她不想把这件事闹得沸沸扬扬，可是麦尔布礼却没那么小心，所以现在这件事大家都知道了。结果，县城里差不多一半的人都认为是麦尔布礼小姐自己把项链给卖了。”

克雷格轻轻地吹了声口哨。

“我明白了。本来是相安无事，可倒霉的荷莉德非让大家不得安宁！”

“就是这个意思。她捡起来的信封没有封口。上面写着克鲁女士的名字，里面是给珠宝商做参考制作仿制品的绘图。万一荷莉德看见了，跟别人说了这一切，对他们相当不利。说来她也很可怜，她从口袋里面掏手绢的时候，信封掉了出来，然后坎宁安女士捡到了信封，又还给了她的朋友。这样，露西也成了怀疑对象，让人觉得是潜在的威胁。她或许不会怀疑她的弟弟或是朋友。她应该不会有意泄露这些事，可她对人太热情，也管不住自己的嘴，没人知道她会说些什么，所以克鲁在台阶上绑了一根绳子。”

“那现在怎么办？”

“克鲁女士恐怕会回来，不是马上，应该是晚上的某一时刻。她会等一段时间，确认亨利和尼古拉斯睡着了以后，换一种方法谋害坎宁安女士。不管怎样，这是一种可能性，不容忽视。相信我，在这件事上，我非常能体会你的感受。你自然希望把麦克斯韦尔小姐带走以后，我们再采取行动实施抓捕。但是，你必须明白，目前这个情况必须立即向警察通报。”

他回答道：“明白。”

希娃小姐继续说：“走廊的入口得有人把守，不能让克鲁女士接近坎宁安女士。如果你愿意在那里守着，我立刻赶回白色木屋给阿博特检察官打电话。”

第三十八章
黎明前的黑暗

莉迪亚·克鲁行走在蜿蜒的小道上，小道两边灌木丛生。她不需要手电筒，这条路她已经走过太多次了，白天、清晨、夜晚以及半夜时分——也就是此时。她在路上走着，知道该在什么地方转弯，她熟悉身旁的每一簇树丛，知道在哪一根树枝下面要低头，也知晓每一根出土的新苗。曾经，她年少志高，怀揣着梦想在这条小路上穿行。当梦想破灭之时，她依旧在这条路上前行。只是，她不屈的意志将她置于另一条路上，她已无法回头了。

她穿过两座花园之间的空地，头上树木茂密的枝叶连成一片，一直通向自己的房子。她从大门进去，不过罗莎蒙德、简妮和她自己的房间在另一侧，还要走一截才能到。她快步从房子前半部分穿过，没有任何警惕。前面的这几间屋子都是空的，以前这里住的都是儿女和客人，而楼上的阁楼住的是用人管家。没必要为昔日的繁华而轻声细步。

她拐进了一个角落，来到了一楼的窗前，那里是她自己、简妮，还有罗莎蒙德的房间。她的窗户关着，而简妮和罗莎蒙德的窗户则开着。她站在简妮的窗边，仔细地听着，什么声音也没有。这段时间，应该够简妮大哭一场，然后倒头睡觉了。她就是从这扇窗户把蓝色的威尼斯珠子扔出去的。克鲁把手电筒打开，四处寻找着。

窗户下面，有一个小花坛，里面有些桂竹香和郁金香，散发着春天的味道。珠子应该不在那里，简妮当时是用尽全力往外扔的。应该也不在房子四周的石子路上。不过小路外面的那片石头园，倒是值得重点查找。那些石头随意地散落在四处蔓延的薰衣草、茂盛的迷迭香，还有凌乱的玫瑰花、风铃草和百里香之中，手电筒的光在石头上的青苔来来回回地检查。随后，光束扫过了花园中心的池塘，池塘的水太浑浊，没法儿看清珠子是否在里面。她想或许珠子暂时不会出现了，但这些珠子还有很多。如果这颗珠子在池塘里，反倒安全了。

她从花园慢慢往回走，手电筒的光晃来晃去。或许明天白天的时候，会好找一些。即便她找不到，别人也别想找到，她总是这样。她关上手电筒，突然黑暗处传来一声长长的叹息声。她高声呵道："是谁？"那是一个女人的声音，可那女人分明已经死了。

"你找不到的，这是我的东西，你找不到的。"

那个声音非常微弱，她不断安慰自己什么也没有听到。可是，不管她听到与否，她知道这个声音是谁的，她知道她说了些什么。

她趴在简妮的窗边，握着窗户上的铁栏杆，心怦怦直跳。她觉得耳朵里有一阵急促的嗡嗡声。如果刚才那个声音再次说话，她可能真的什么也听不见，但那个声音没有再说话。

房间里，简妮正躺在床上，背对着窗户。她咬住枕头的一角，压抑着内心想笑的冲动。她做得很好，几乎要把莉迪亚舅祖母吓疯了。要模仿可怜的老荷莉德相当容易，只需要她把腔调装得文弱而轻柔。简妮自己也觉得，若是在夜晚寻找东西时，听到本属于死人的声音，她自己也几乎会被吓晕过去。

可她立即开始害怕了。手电筒的光照进了屋子里。灯光打在身旁的墙上，照到一个玻璃相框，接着是相框旁的圆盘，最后灯光晃动着落到了床上。她吓坏了。其实，在灯光照进屋子以前，她就开始感到害怕了。或许是因为她的伎俩被看穿了，又或许是莉迪亚舅祖母不想站在窗户栏杆那儿瞧她。可是，在手电筒照进来前，她就已经感到害怕了。她起初是在笑，但情绪很快就变了。她的喉咙里一阵呜咽，眼泪随即落到枕头上，打湿了一片。

手电筒熄了，莉迪亚舅祖母的脚步声也消失了，一切终于又归于黑暗和平静。突然，这黑暗和静谧不再美好，她开始惊恐起来。她蹿下床，跑到门口，以防有什么东西要扑过来。可能是一只黑蝙蝠，带着皱巴巴的翅膀，就像恨她入骨的莉迪亚舅祖母，也可能是荷莉德小姐，她穿着一身白装，浑身湿漉漉地回来要寻找她的威尼斯珠子。

门依旧是锁着的。这是简妮一生中最糟糕的时刻了。这个时刻比那场交通事故前的时刻更可怕，当时简妮就知道事故会发生。

这个时刻比浑身支离破碎地来到医院更可怕。因为对简妮来说，精神上的折磨总是要比身体上的伤害更糟糕。她紧贴着门，身体僵硬，她要克制住，不能双手打门，不能尖叫着喊罗莎蒙德。如果她这么做了，莉迪亚舅祖母就会赶来，她就会明白是简妮在耍她。

这需要她很努力才能克制自己，但她做到了。突然，门上有钥匙转动的声音。接着，门把手按了下来，门被轻轻地推开了。她光着脚，一直紧贴着门，一听到动静，便开始一寸一寸往后挪。她把手放在喉咙上，怕自己忍不住尖叫。门慢慢打开了，好在是罗莎蒙德。她正穿着白色的睡衣，身后的走廊亮着灯。她看到了简妮，简妮一头乱蓬蓬的头发，正瞪着她。罗莎蒙德伸出双臂，简妮连忙扑进她怀里，大口喘着气。随后，她费力地把她抱到了床上。

罗莎蒙德关上门，然后回来跪在床前抚慰着啜泣的简妮，她似乎在啜泣中说了些什么，但罗莎蒙德并没有听清。过了一会儿，她感到简妮用双手抱紧了她，身体瑟瑟发抖。黑暗中，她们依偎在一起。罗莎蒙德本想去开灯，可简妮却抖得更厉害，惊呼道："不要！她会来的！"

直到简妮慢慢平静，罗莎蒙德便开始安慰起她来。

"听我说，简妮，会没事的，美好的事情即将发生，我来告诉你这一切。没什么好怕的。我们就要离开了。"简妮仍抽着鼻子"等我拿一条手帕。一会儿，我会告诉你所有的事情。"

罗莎蒙德走到抽屉前，又折回，坐到了床上。

"来，别哭了，不然我说什么你都听不进去。"

“我没哭了，我是在擤鼻子。”只过了片刻，她便接着问道，“我们要去哪儿？”

“我们跟着克雷格一起走，我要跟他结婚了。”

“什么时候？”

“明天。不，应该说是今天了。”

“我也跟着一起去吗？”

“当然！简妮，我不会离开你。”

简妮说：“我不这么想！”她顿了顿，接着说，“莉迪亚舅祖母把我锁在屋里了。”

“我知道，亲爱的，以后不会有人这样做了，只是你不要在夜晚出门。你要向我保证，知道吗？”

“谁说我晚上出门？”

“莉迪亚舅祖母见到过，克雷格也见到过。亲爱的，你不能再这样了，晚上不安全。”

简妮的声音变得僵硬起来：“我再也不想晚上出门了。”接着，她突然惊叫道，“罗莎蒙德……”

“什么？”

“她会不会过来？”

“莉迪亚舅祖母？”

简妮紧紧抓住她的手腕。

“是的！她之前就在外面！她过来朝屋里望了一下，还用手电筒照了一遍！”

“所以你才害怕，对不对？我之前好像听到有人在花园里面，还听到有人在谈话，是莉迪亚舅祖母吗？”

“不是谈话。她用手电筒照屋子，想看我是不是睡着了。她会不会沿着走廊过来，然后打开门？”

“她为什么要这么做呢？”

“她有可能会的。我们去你的屋里吧。把这间屋的门锁上，这样她就会以为我在里面。等到明天，我们一起逃跑。你和克雷格结婚，从此我们一起快乐地生活在一起。”

第三十九章
最后一次冒险

莉迪亚·克鲁回到她的房间，打开了所有的灯：五彩斑斓的大吊灯，还有壁炉旁和窗户之间的水晶烛台。屋子里的每一个角落都一览无余。窗帘垂到地面，上面有许多褶皱，是屋里唯一黑暗的地方。灯火通明的屋子里，几乎没有地方能够容得下阴影藏身。她坐在椅子上，身体僵直，极力控制着自己，然而心仍然比平常跳得猛烈。她用意志努力平复自己的心跳。那个黑漆漆的花园和她之间只隔一道墙和一排灯光。如果是她的那些紧张的神经在跟她开玩笑，那么，这些神经应该明白，她才是主人。但如果是简妮的话……

她努力控制住怒火，不让自己爆发。简妮可以先放一边，没有时间再冒一次险了。露西才是危险的人物。珠子不见了，没人会再看见，而且明天简妮就要去学校。米利森特·韦斯特勒姆说这个学校“有些简陋，总体还行，不过学校纪律严明，学费也很低”。西名顿小姐的学校纪律严明，简妮是不会喜欢的。或许这学校是专门给她准备的，至少现在用来对付她正好。

她要回去找露西·坎宁安，她才是真正的危险人物。跟亨利谈过话之后，或许等待更加安全，但她不能冒这个险。从某种意义上说，这都是朝好的方向发展的。因为，他会老老实实地说，可怜的露西一直都极其紧张而且抱怨睡不着觉。他的话绝对能让人相信，不过他必须管好自己，不要越界。他这个人既没有勇气，也没有清晰的思维能编出令人信服的谎言。

今晚这件事一定要做。今天，注意到露西整天都魂不守舍的也不只亨利一个人。等到大家第二天早上发现她的时候，不过是又多了一个茶余饭后的话题：一个老女人晚上睡不着，于是吃了些药，结果因此丧命。她开始思考细节。亨利和尼古拉斯现在肯定睡着了。露西经常抱怨，他俩一旦睡着，怎么样也喊不醒。不过要他们熟睡必须得留有充足的时间。等他们睡着后，就没有人知道她又返回了遗产房，除了露西。但露西那个时候已经没法儿说话了，一切将随着她一起成为无声的秘密，永远不会有人知道。

刚刚在花园里听到的声音仍在意识的边缘低声细语，随后被她自己否认了。逝去的不会再回来，他们没有力量再伤害别人了。你很安全，他们没法儿伤害你。当露西死了以后，露西也没法儿再伤害她了……时间慢慢过去了。

最后，她坚定而果敢地站起身。她的卧室连通门的另一边。她穿过门，走到另一端的洗手间，那是一间屋子改造的，里面有些家具。这些家具原本就放在这间干净整洁的屋子里。她走到角落里的小书桌旁，掀开一块小木板。里面有一些文件格，塞得满满当当，是各种账单和过去的信件。这些东西她从来都懒得管。她拿出左手边第二个格子里的东西，再往里摸到了一个弹簧，弹簧下是一个小隔间。隔间里没有别的东西，只有一个瓶子，几乎装满了白色药片。

她把所有东西都放回原处，往手掌里倒了一些药片，思考起来。这些药片已经放了二十多年，快三十年了。这是老莱斯特医生在她父亲病重时开的药。每次一片，疼痛加剧时，最多只能两片，绝不能多吃。她不知道这些药是不是依旧药效强劲，但也从来没有听过否定的回答，她得试一试。剂量最好大一些，比如十片。她数好药片后，把药片放进一个玻璃杯中，用热水冲开。她需要一个小瓶子来装药水。她仔细想了想，然后从橱柜里挑了一个空酒瓶，仔细地洗干净，等到药片都溶解后，她把药水装进了酒瓶塞好。

她走出房间，来到走廊上，神情坚定，自信满满。她坦然自若地走到简妮的房间，动了动门锁。如果门开了，她会再把它锁好，然后拿走钥匙。在之前讨论这个问题的时候，她对罗莎蒙德的回答并不那么满意，但也不想表现出被她无视。此时，她转了转门上的钥匙，门依旧锁得好好的。她走下走廊，穿过大厅，打开侧门，踏上那条熟悉的小路，向遗产房走去。

第四十章
老友对话

克雷格·莱斯特一直守在原地。经过一番侦查之后，他决定选择一块有利地形，那儿正好有一棵老苹果树耸立在灌木丛中。灌木丛在房子和空地中间，正好经过这片空地，就可以通过侧门进入隔壁的花园。黑暗中，一棵树光秃秃的，没有叶子，他无法判断这是什么树。露西·坎宁安其实可以告诉他，在五月，这棵树会开玫瑰色的花朵，等到九月，树上会挂满玫瑰色的苹果。

但莉迪亚·克鲁可以向他讲述更多的事。两百多年以来，这两栋房子中间，一直有一片果园。不过之后，园艺的风格有所改变，不再像以前那样富有生活气息了。园里再没有了梨树、樱桃树、苹果树、桑葚树和榅柏树，取而代之的是灌木丛，一切都是为满足索菲娅·克鲁一时的心血来潮。因为她为本来已经衰败的家带来了巨大的财富。她美丽、固执，因丈夫去世而得到了一笔极丰厚的遗产。所以，乔纳森·克鲁很迁就她。不过他始终不愿意放弃这棵树。一年中有十个月他都能从这棵树上摘到苹果，来当作早餐。他一直以这棵苹果树为傲，逢人便夸耀自己虽人到中年还能在树上爬上爬下。他已经去世很久了，索菲亚和她丰厚的遗产也早已消失，但苹果树至今仍站在这里。它树枝低垂，枝干向外延伸。克雷格站得有些累，就坐在树下。坐累了的时候，就起来站会儿，他唯独不能走开。他不禁觉得回到了旧时代。

他开始想罗莎蒙德了。现在一切都可能出现问题，可他不能相信，也不会相信。无论今晚发生什么，他们必须按计划结婚。他是多么希望这是一个平静的夜晚，什么也别发生。他知道希娃小姐一定会给警察局打电话，但他并不认为警察局的人会因为听了一个老女人的一句话，就在半夜一拥而出，来逮捕亨利·坎宁安。应该得有一个搜查令，这也就意味着要得到上级的授意。而上级领导绝不会乐意在半夜被叫醒。如果麦尔布礼那些宝石是在亨利·坎宁安的抽屉里，那么就算再过几个小时，宝石肯定也还在那里。这种推论在他看来还是有些道理。不过他认为，坎宁安女士现在处境危险这个说法，倒是可能会遭到别人的质疑。

刚开始，他自己对这点也很怀疑。若不是他站在嵌板后面听见莉迪亚·克鲁的“露西知道得太多了”，他现在根本不会相信。实际上，那句“露西知道得太多了”让他感到有些无法接受，他不明白她怎能继续说出“她知道的东西会毁了我们”这样的话。他明白，她把这件棘手的事甩给了亨利·坎宁安。他同时也明白，不知为什么，人们总会说些言不由衷的话。这话难以说出口，但声音就自然而然地出来了。他突然间意识到，他还从未像厌恶莉迪亚·克鲁那样厌恶过任何人。

要不是他的耳朵受过特殊训练，可能听不见她来的声音。那条小路就在他身旁，如果他当时向旁边迈出步，然后伸出一只手，就会碰到她。她走了过去，几乎没有任何声响，只有身旁的气流搅动了一下。他知道她要去哪里，所以并不急于跟着她。他松开鞋带，脱下鞋子挂在树上。他穿着袜子，来到庭院的一角。此时她已经溜到了灌木背后，那里藏着一扇暗门。她转动钥匙，打开门，走了进去。虽然他没有亲眼看到亲耳听到这一切，但他知道，她进去了。

接着，他听到了希娃小姐的声音："她刚刚进去了，是吗？"

"是的。"

"一定要跟着她，快。"

弗兰克·阿博特高大的身影出现在面前。他也用几乎听不见的声音说道："搜查令要迟点才会发放，可能要等等才会来。"

希娃小姐向房子走去，弗兰克紧随其后。

"亲爱的女士，我们不能就这样进去！"

他认为她的回答颇具维多利亚式的传统，完全体现了崇高超越荒谬的特点。"亲爱的弗兰克，我常拜访坎宁安女士，而且要进入她的房子也不困难。当然，你和莱斯特要做你们觉得正确的事。"说完后，她也钻到灌木后，进入了通道。

她站着听了一会儿，发现确实什么也听不到，才继续向前。虽然时间紧迫，但也需要小心谨慎。

莉迪亚·克鲁穿过书房，身后的嵌板并没有关上。大厅里面亮着一盏小灯。她想了一会儿，决定保持原状，接着上楼向卧室走去。如果一会儿忽然要逃跑，这灯能让她看清脚下的路。露西·坎宁安在楼梯上右手边第一间房，亨利在她对面的左手边，尼古拉斯则在楼梯平台的后边。她不怕他们会醒，如果他们中的任何一人醒了的话，她会回答说，亨利已经跟她说过露西的情况了，她只是溜进来看看。

她拉动门把手，发现门锁上了。她皱起眉，抬起手，敲了敲门。过了一会儿，一个声音传来："是谁？"

她几乎听不出这是露西。这个声音非常沙哑而且紧张。她温和地回答道："亲爱的，是莉迪亚。亨利很担心你，他说你身体不舒服，所以给我打了电话。"

露西·坎宁安吓了一跳，忘记了害怕的情绪。

"亨利给你打电话了？"

"是的。你看，他多担心你。让我进来吧，我们可以好好谈谈。"

她听见露西朝门口走来，拧开了锁。她走进屋，心中充满胜利感，顺手推了一把门。她没有转身去闩门，因为，她不会在这里待太久。这件事不容耽搁。她看着露西，发现她仍然穿着下午的外衣，于是语调惊恐地问道："亲爱的，你怎么还没换衣服，你知道现在几点了吗？"

露西摇摇头。

"没事，我睡不着。你之前说亨利打电话给你了？"

莉迪亚·克鲁点点头。

“他非常担心。我跟他讲，我会过来，再带些安眠药。”

“亨利给你打电话了吗？”他疲惫平缓的语气中透露着怀疑。

“没错。”

“亨利？”

“我们又重归于好了，你高兴吗？”

“高兴？噢，莉迪亚！”

大颗的眼泪从脸上滑落下来，她伸出手，莉迪亚连忙握住她，把她牵到床上，坐在她身边，温和地安慰着她。

希娃小姐此时正走到楼梯顶层，她听到了克鲁的说话声，以及露西·坎宁安的啜泣。声音是从半开的门里传出来的。借着半开的门，他们反而更好靠近。她站在门口，听见克鲁说道：“露西，没什么好哭的。亨利和我和好了，你应该感到高兴才对。他很担心你，所以，我希望你能喝下这些安眠药。你需要好好睡一觉。亨利可以跟哈伯德夫人说，让你上午多睡会儿。等你醒来，就给我们打电话，告诉我大家又重新成了朋友你有多高兴。当然，你和我一直都是好朋友。我们绝不会让任何事情妨碍我们之间的友谊，以前没有，将来也不会有。”

这期间，露西一直流着泪，尽管声音不大，却怎么也停不下来，仿佛除了哭泣，她别无选择，只能用尽全身力气，直到哭不出来。莉迪亚和亨利和好了，莉迪亚现在是那么友善，她再没什么好担心的了。可她太累了，实在高兴不起来。她现在只想躺下好好睡一觉。莉迪亚松开她的胳膊，她看见她起身走到了脸盆架旁，接着传来一阵玻璃杯碰撞的声音。

接着，莉迪亚走回来了，站在她面前，手里还拿了一个玻璃杯。

“露西，喝了它。然后脱衣服，睡一觉。”

希娃小姐把门往里推开了一两英寸，看见露西·坎宁安坐在床边，脸上泪痕未干，依旧是泪眼迷离的。而莉迪亚·克鲁正背对着门站在旁边，端着一个盛了一半液体的玻璃杯。她把玻璃杯递给露西，语气坚决地说道：“来，喝了它！”

露西呜咽了一下，说道：“莉迪亚，我不想喝。既然你来了，我就能睡了。”

莉迪亚坚决的语气变得更加严厉了。

“不要废话，马上喝了它！你需要的是一场彻彻底底的长眠！”

露西·坎宁安犹豫地伸出手，接过杯子，忽然看到一身黑衣的莫德·希娃小姐走进屋子。她披着皮毛披肩，头戴帽子，手上是温暖的羊毛手套。这身打扮让她很吃惊，好像完全清醒了。莉迪亚一下子不再那么咄咄逼人，她的脸色沉了下来，缩回了手。

希娃小姐故意轻轻咳了一声，说道：“我认为你拒绝克鲁女士的安眠药是极其明智的，自然入睡总是比较好。”

莉迪亚·克鲁猛地转过身来。她之前也被吓到过，可很快就能镇定下来。她能在很短的时间内就计划好下一步该怎么办。可是现在，这个瞬间，她只能呆呆地站在那里，傻傻地看着一切。

出于本能，露西·坎宁安往克鲁女士的身后顺势一靠，把玻璃杯放到了床头的桌子上。她没有什么特别的意图，只是手中有个杯子，她便把它放下来。不知发生了什么，竟让希娃小姐在大半夜来到她的房间。她站起身，从莉迪亚身边走过，站在了离希娃稍远的地方。她能感觉到，此刻的房间如深海一般，暗流涌动。她不明白他们为什么会在这里。莉迪亚的和善忽然消失了，她的声音变得战栗起来。对露西而言，这是一种熟悉而可怕的战栗。

“你——想——干——什——么——”

希娃的表情依旧淡淡的，她用一贯的镇静语气说：“我希望你回家，克鲁女士。你最好听我的，坎宁安女士该休息了。”

莉迪亚·克鲁竭力控制着自己的愤怒，克制地说：“她在水里溶了些安眠药，这药是她自己的。我不过是在监督她喝下了好入睡。”

然而愚蠢的露西却完全不明白，辩解着：“莉迪亚，我从来不用安眠药。我不喜欢吃，也不需要安眠药，你才需要……”

屋里一片安静。莉迪亚·克鲁使出所剩的力气，说道：“行，我走。既然你不需要药，那我就扔了。”随后，她突然大声叫道，“你要干什么？啊！”

她的转身迟了一步，希娃小姐已经挡在了她和桌子之间。就在这时，她终于忍不住爆发了。她发出一声恐怖的怒吼，手向希娃小姐的喉咙伸去。

露西·坎宁安声嘶力竭地尖叫起来，不一会儿屋里就挤满了人，有弗兰克·阿博特、克雷格·莱斯特，还有尼古拉斯。随后，亨利·坎宁安也来了，他用颤抖的双手堵住自己的耳朵，但这一次是莉迪亚·克鲁可怕的叫声。

第四十一章
东方破晓

罗莎蒙德做了一个梦，她梦见自己和克雷格走在一个满园春意的花园内。幽暗的森林已经成为过去，她似乎再也想不起了。这是春天里的花园，园里有很多苹果树，红色的苹果花开满枝头，旁边还有些樱花。他们走在小路上，两边是水仙花和五颜六色的报春花。天空蔚蓝，阳光明媚。她忽然醒来，眼前一片黑暗，耳边有个声音在喊她的名字。

“罗莎蒙德！醒醒！”

是克雷格的声音，但梦中的美好还意犹未尽。她坐起身，旁边是简妮，这是一张旧式的大床。她轻声问道：“怎么了？”

“我是克雷格。到窗户这边来，我想跟你谈谈。”

他们隔着窗户上的铁栏杆吻了一下，他握着她的手，说道：“亲爱的，我不想这样叫醒你，可我们必须抓紧时间了。”

“怎么了？”

“我迟点跟你说。看，已经快六点了。我希望你把简妮叫醒，然后穿好衣服，我是说两个人。如果你愿意，打开侧门让我进来，我可以为你们准备点茶端过来。我可不想我们刚要结婚，就让你挨饿。这儿应该有鸡蛋吧？”

“应该是有的。可是，克雷格……”

“亲爱的,没有时间说‘可是’了,照我说的办就好！穿上睡袍，让我进来。你去收拾行李，我来做点吃的。”

她乖乖照他的话做了。或许这一切还在梦里吧，只是比刚刚的梦昏暗了许多，而且使人困惑。她有许多疑问，但没有说。气氛有些迫切，还有些令人害怕。如果莉迪亚·克鲁醒来，她定会害怕得缩成一团，她不知道下一幕会发生什么，也不知道那张嘴又会说出什么难听的话。这样的想法只闪现了一下就消失了，她没有时间细想了，情况紧急。开门的瞬间，她和克雷格紧紧相拥，亲吻了一下。接着，她告诉克雷格厨房的方向，便被他连连催促着回去穿衣。

回房间的时候，简妮已经醒了，房间的灯是开的。她突然想到一个画面：莉迪亚·克鲁站在窗户边朝外望，正看着窗里的光线投在路上那一片明亮的方块。莉迪亚舅祖母睡觉的时候习惯关紧窗户，拉好窗帘。可在这幅画面里，莉迪亚站在窗户旁边，观察的正是罗莎蒙德房间里的灯光。或许克雷格在铁栏杆另一侧说话的时候，她就站在那里偷听。但罗莎蒙德不知道，莉迪亚·克鲁再也不会站在窗户边偷听和偷看了。罗莎蒙德赶紧拉好窗帘。

简妮一边伸懒腰，一边打着哈欠。

“亲爱的，大半夜的，你去哪里了？”

罗莎蒙德镇定地说道：“已经六点多了。克雷格想让我们现在就跟他一起走。你快起来把衣服换好！他在厨房煮茶呢。”

简妮收住哈欠，亲了她一口。她的眼睛闪着光，睡意全无。

“噢！太棒了！我们不能弄出什么声响来，对吧？假如她听到我们，会火气冲天地出来，什么也不许我们做！”

罗莎蒙德正在换衣服，她淡淡地说：“我们还是要去。她没法儿阻止我们，但是我们一定要快一点！”

她们和莉迪亚·克鲁的房间在同一条走廊上。当即将转身离开这条走廊的时候，简妮却回头看了一眼，轻声嘀咕道：“要离开你极其憎恨的地方的时候，你会说什么？肯定不是‘再见’，因为再见就意味着想要再次相见，可我不想再回到这里。所以，应该是‘永别’。最好是说，‘这可怕的地方，我希望永远不要再来这里！’”她挽着罗莎蒙德的胳膊，催促道，“快跑，免得又被这鬼地方拉回去了！”

罗莎蒙德能够感觉到她的手正颤抖着，她控制着自己，平静地说道：“拖着两个行李箱，我可没法儿跑，也没有必要跑，不会有人在后面追我们。”

直到她说出口，她才第一次感觉到这是真的了。她们穿过大厅，在那儿她留了一盏灯。这光亮十分微弱，除了能照出楼梯上的影子，凸显楼梯间和走廊口的黑暗，几乎没有任何作用。头顶上，悬挂着祖先们阴森的画像。她们就这样在画像的注视下离开了。当她们穿过大厅后面的隔音门，看到明亮的灯光时，终于感到了一丝安慰。克雷格来这里的时候，似乎打开了所有的灯。

她们来到厨房，看见克雷格正在滚开的锅里翻弄着鸡蛋。桌上铺着桌布、杯子和碟子，黄油和面包都已经摆好了。他略侧着头，说道："把盐和胡椒拿出来，还有餐刀！噢，牛奶也拿来，水马上就开了！"

这一点也不浪漫，可让人无比踏实。当那扇隔音门关上的时候，她们已经摆脱了身后的那些阴影。厨房里没有鬼魂，即便有，也如往日的饭菜残留的香味那样淡薄，不会令人害怕。他们吃完饭，并清洗了餐具。博得太太会注意到鸡蛋不见了，也会知道面包和黄油变少了，但她没法儿抱怨他们留下脏餐具，还等她来洗。

他们走出侧门，顺着小路向下，来到了克雷格停车的地方。此时已是七点整。这是一个平静而寒冷的清晨，夜的黑暗正慢慢退去。

第四十二章
蓝色遗珠

塞尔比太太醒了。这一整夜，她听见钟声每隔一刻钟就敲一下，接着她又突然睡去。或者她根本没睡着？她也不确定。钟声已经停止了。一切归于寂静和寒冷。她很孤独，身边没有任何人陪伴。这比最可怕的梦境更让人害怕。

寂静和空旷之中，隐约传来了一个声音。她不知道这声音是从什么地方传来的，但这声音让她清醒了。她坐起身，听到有车从路上开过来了。屋里很黑，她不喜欢开着窗，让夜晚的风钻进屋里。她把窗帘关得紧紧的。乡村的夜晚，空气阴冷而潮湿，她不想让寒冷的空气进来。而且，外面还有蝙蝠，如果有蝙蝠飞到屋里来，那她会疯掉的。弗雷德喜欢把窗户打开，说如果窗户都关上，屋里的空气太憋闷，这样他会睡不着。可她不会开着窗户睡觉，所以，他们一人一间卧室。她起初没有想到，他们会变成这样。夫妻应该睡在一起，这是天经地义的事情。但是，如果窗户全开着，除了猫和蝙蝠，天晓得还会有什么动物钻进钻出，她可不能忍受。从前，这些其实并没有让人不舒服，应该说如果从前是这样，她或许还会喜欢。而现在她不喜欢的是弗雷德任由窗户敞着的态度。他至少应该转过头来，关心关心她，而不是就笑笑，轻描淡写地说："亲爱的，一切随你。"

她从床上坐起身，听到有四个人下了车。她知道有四个人，因为她听见了他们的谈话，他们根本没有降低声调的意思。等他们走到门前，她听见了一阵电铃声。她当然不会穿着睡袍去开门，弗雷德会去的。不过她还是走下床，来到了窗边。她把窗帘拉开了一条缝，向外窥视。此时天色已经没那么黑了，天边露出晨光。天上的云很低，随时可能下雨。人到了乡下，就开始关注天气，真有意思。住在城里的时候，她一般从来不注意天气，除非下雪、冰雹、暴风雨，或是热得让人喘不过气来，才会关注。

电铃又响了，这次，外面的人把手指按在电铃上没再拿开。她可以看到那人和他的同伴一起站在门外，正等着有人来开门。是警察！她拉好窗帘，向后退了几步，全身冰冷，颤抖不止。这些警察在大家都没穿好衣服的时候来想干什么？弗雷德会去开门，他们还得等一等。她伸手去拿睡袍，披在肩上，光着脚走进了他睡觉的房间。一阵风从敞开的窗户吹入，朝她扑面而来。他正躺在那里。面对着窗户，背对着她，被子挤成一团，堆在他耳朵旁边。她掀开被子，把他摇醒。他举起一只胳膊，嘟哝着："怎么了？"

"有警察！弗雷德！"

他说："胡说！"随即，他高声问道，"他们来干什么？"

"不知道。我不能穿成这样去开门。"

他把被子往旁边用力一扔，结果掉到了地上。此时，有人使劲捶着门。他怒气冲冲地看了她一眼，便立即咚咚跑下楼去开门。

塞尔比太太站在原地，把胳膊塞进睡袍里，然后把前面的扣子扣上。她听到有人在讲话，但不知道在讲什么。应该是关于荷莉德小姐的。但她不想知道谈话的内容。每次她想到那个可怜的女人跳井的事，就会感到一阵眩晕，心里很难受。

走廊里传来脚步声，弗雷德回到了屋里。他看起来像是有些发抖。这种天气，早晨应该穿厚一点。他身边站着一位警察，警察清了清嗓子，说道："你还是回自己房间吧，女士。塞尔比先生要穿衣服了。"

弗雷德说道："没错，亲爱的，你最好把衣服换上，一会儿给我们倒点茶。警察要再勘察一下现场，我跟他们说了，我们没有异议，因为我们没有隐藏什么。"

警官用手捂住嘴，咳嗽了一声："弗雷德一直在忙些什么？"这个问题像一把小刀，刺进她的脑子。他总是面带微笑，对于任何陌生人，他的声音总是令人愉悦，那么友好，大家都乐意跟他交朋友。但这一切无法迷惑她。一定是哪里出了问题，而他在企图掩盖真相。

她走进自己的房间，随手拿了几件衣服便往身上套。那条藏蓝色的裙子和一件针织衫，还有一件紫色的开襟毛衣。她抽出一把梳子，把头发梳整齐。这套衣服色彩亮丽，却让她看起来有些吓人。她没有考虑这些，赶紧穿上袜子，找了一双有羊毛衬里的棉拖鞋。这双拖鞋非常暖和，这种温暖的感觉让她感到一丝慰藉。

弗雷德从屋里出来，沉重的脚步声穿过房子，去了后门。塞尔比太太来到厨房，在油炉上面放了一个水壶。这水壶是之前开过后放冷了的，现在被重新放回到炉子上，小火慢慢烧着。当她走到后门往外看的时候，外面已经下起了毛毛雨。屋外的雨水落到鸡舍上，湿漉漉的母鸡在鸡笼内啄来啄去。几个警察时不时出现在她的视野里，穿过来走过去。那边有两个很好的棚屋，她实在不明白他们在那里做什么。

最后，沉重的脚步声又回到了房里。他们之中有一个人来到了厨房，他是麦尔布礼的检察官。他径直朝她走来，手上好像捂着什么东西。走到餐桌的对面，他站住了，接着，他把手放到颜色明亮的方格子桌布上，摊开了掌心，里面是荷莉德小姐的一颗珠子。绝对没错，明亮的宝蓝色，在放大镜下能看到金银碎花片混杂在里面。她惊讶地张开嘴，便脱口而出："那是荷莉德小姐的一颗珠子！"

检察官问道："塞尔比太太，你确定吗？"

"嗯，我当然确定。怎么，她……"

她旁边有把椅子，她坐了下来，盯着他，不说话了。

"塞尔比太太，你向我们描述荷莉德周六晚上的穿着时，提到过一串蓝色的珠子。这颗珠子是你说的那串珠子里的吗？"

她说话的声音变得很小，几乎连自己都听不见。

"没错……"

他接着说道："荷莉德小姐的遗体从井里打捞上来的时候，这串珠子就是断的。不过，在她的衣服里发现了一些珠子。这颗是我们从那几个棚屋里找到的，在一个旧袋子里。你能解释一下它为什么会在那里吗？"

她说："不能。"

"你最后一次见荷莉德小姐的时候，她还活着？"

"嗯，是的。"

"她戴着这串珠子？"

"嗯，是的。"

"珠子没有断吗？"

"噢，没有。"

"她离开这座房子之后，你有没有再见过她？"

他的话让她想起了周日的晚上。那时她和荷莉德小姐一起坐在客厅里，当时她看到那串蓝色的珠子，心里就想着，这串珠子在灯光下发出金色和银色的光彩，多好看啊。接着，她陪荷莉德走到门口，便送她出了门。所有和那晚相关的东西似乎都消失了，只有周日晚上的道别才是真的。她看到荷莉德小姐走了出去，随后她关上门，转动钥匙，把门锁好。"她出去后，我就把门锁上了。后来再也没有见过她。"她说道。

第四十三章
供认不讳

扫码听本章节
英文原版朗读音频

莉迪亚·克鲁终于停止叫喊，开始说话了。整个晚上，她的话都没停。当弗雷德·塞尔比被警察带回警署问话时，她依然没有住嘴。警察警告塞尔比，他所说的一切都将成为呈堂证供，之后便开始审讯。莉迪亚·克鲁也同样被警告了，可不起任何作用，她仍然说个不停。所谓的自控与压抑已经消失了。弗兰克·阿博特想起了祖母的钟，他的祖母是令人生畏的伊夫林·阿博特夫人。那钟每次在家庭祷告做到一半的时候便会敲响，没有人能让它停下来。每逢想起当时祖母那既惊异又不悦的表情以及她的怒斥时，都不禁使他会心一笑。

不过莉迪亚·克鲁现在的表现可让人笑不出来。显然，她已经不太理智，但同时又异常清醒。重要的是，她似乎因为自己的所作所为相当自豪。她保留着克鲁大宅，给家族带来新的财富，这些都是她为自己正名的理由，并且还引以为荣。他们告诉她，有两个证人亲耳听到了她关于麦尔布礼红宝石的对话，而且，宝石也被他们找到了。有两颗是在亨利新做的蜘蛛标本的肚子里找到的，其余的是在抽屉里找到的。听到这些，她迫不及待地讲述起她是怎么偷换了这些宝石的细节来。

“像菲利希亚·麦尔布礼这些人，成天把这些宝石锁在保险箱里，这有什么用？你猜去年这宝石她戴了多少次？准确地说，只有两次，一次是在全郡舞会上，还有一次是在麦尔布礼的舞会上！所以有次我给她打电话，说我可以过来。你看，我们是远亲。等我到那里的时候，她告诉我，她正戴着那条名项链，我之前就知道那条项链。能戴着它到处显摆她感到非常高兴。所以，我的机会来了。你们肯定不知道我是怎么做的，这是我自己发明的方法。我先准备了一张纸，给宝石绘图。当然，这得需要敏锐的辨色和过目不忘的记忆，我正好两者兼备。我只需要编造一个借口，让她离开房间一小会儿就可以了。于是，我说我忘带手帕了，她就走进她的卧室，去给我拿一条。等她回来的时候，我已经把宝石的图形画好了，图纸早已装进了包里。要画出一张完整的宝石图纸，再让别人根据图画炮制一个假的出来，是需要高超的技巧的。用来作假的宝石是按照我的要求在巴黎定制的。塞尔比在加斯廷街上的店铺里有一个极其高明的工匠。你们还不知道他还有一个珠宝店吧？不过大家也不指望警察有多聪明了。我们每次都比你们想得周全。”

警长沉默不语。他是一个健壮的男人，喜怒不形于色。弗兰克·阿博特说话了："这次可不是，克鲁女士。"

她继续说着，似乎没有听到他的话。

"那个店很破旧，街道也很破旧。店里主要修胸针的针扣和表，还卖一些廉价的珍珠项链。当地的姑娘喜欢戴这种廉价珍珠，还感觉自己像一个明星。你们不知道塞尔比有那样的店吧？他以前和他的哥哥一起做生意，后来退休不干了，不过这家店铺还一直开着。店里有个人，叫赫希，人很聪明，也很勤劳，相当可靠。项链做好了之后，我只需要等着麦尔布礼舞会，然后再去麦尔布礼一趟。菲利希亚不喜欢我，但很怕我。我想什么时候去就什么时候去，她对我总是很礼貌。镇里大多数人的事情，很少有我不知道的。我过去后，假装很欣赏那条项链，然后就用赫希做的假项链把真的换掉了。其实她当时在屋里，我说花园有个什么，转移了她的注意力。替换一下也就是一瞬间的事情。"

她用刺耳的声音不停地说着，整个人眉飞色舞。被问及荷莉德女士时，她讲述了捡信封的事情。那个吓坏的女人把信封塞进了罩衣口袋，结果掉了出来，被露西·坎宁安捡到，又回到了克鲁大宅。

"所以，你明白了吗？她必须得死。她可能朝里面看了一眼，瞟到了项链的草图。塞尔比手法还是很精干的。"

警察长问道："他怎么做的？"

她的眼神越过他，内心充满喜悦和满足，像是猫抓住了一只鸟。

"我们那天在草地里碰头了，他说只要他去了冬青树旅馆，荷莉德就会过来看望他的夫人。你们知道吗？她很害怕男人！真是一个蠢货！他说他可以在九点钟之前溜出去抓住她，就是在她回家的路上。她一直在这个点回家，因为那个老女人每次都在那个点锁门。他说如果只出去一两分钟，没人会注意，而且距离也不远。所以就是这样啰。”

“他杀了荷莉德小姐？”

“不，没有，他只是把她打昏了。然后，我们把她扔到了平房后面的一个棚子底下。怕惊动了别人，直到半夜，我们才把她扔到井里。不管是塞尔比太太还是老梅普尔，都不会注意到这些事的。”

警长把手托在下巴上。

“克鲁女士，你要知道，你现在说的话将被记录在案，作为呈堂证供。我是不是可以这样理解，从一开始荷莉德小姐被打昏，直到她被投入梅普尔太太家花园的那口井里的时候，你都在现场？”

她朝他瞟了一眼，眼神空洞而明亮。

“是啊，没有我，这事他估计也办不成。草地中间有条很方便的小路，一直延伸到牧师巷的台阶那儿，离塞尔比家平房很近。我可以肯定地说，一切都安排得井然有序，什么问题也没有。警长先生，告诉你，整个过程，我都很克制自己。塞尔比虽然很有用，但他总不听我指挥。他不擅长实施周密的计划，可正是由于有了周密的部署，这件事情我们才成功完成的。你一定要清楚这一点。”

“坎宁安先生呢，他是什么立场？”

“噢，亨利！”她说着，做了一个手势，仿佛让什么东西从手里落了出来。她的戒指在灯光下闪闪发光。弗兰克·阿博特不由得想："一会儿这些戒指就得被拿走，她估计会心如火焚吧。"但这个毫不相干的想法一转眼便消失了。

"亨利！"她说道，"他就是想，也什么都干不了！他就只会把宝石塞进他的标本里。我们没有告诉他什么有用的消息。他喜欢干这个，但另一方面，他又有点担心。他做的毛毛虫标本确实很精美。有些标本很大，他知道该怎么把钻石塞进去。这些大的毛毛虫标本确实可以塞进好几颗钻石。他会用一种黏土一样的东西，等标本干燥以后给它们上色。这些标本是送到国外用于教学的。"

弗兰克·阿博特用轻蔑不屑的眼神看着她。

"真巧妙，克鲁女士。整件事情你一定动了很多脑筋吧。你能不能告诉我，麦琪·贝尔的失踪是不是也是拜你所赐？我猜她是在遗产房里无意中看到了一些东西。然后亨利·坎宁安跟你说了，你就来处理这件事了？"

她把眉毛皱起来了。

"关于麦琪·贝尔，你知道什么？"

他靠在椅子上，姿势很随意，声音很从容。

"好，如果你问我的话，我会告诉你，亨利很不细心。我想想……你当时已经偷走了麦尔布礼太太的项链。早在一年前你就想着要把这些石头弄出国，不过一直在等机会。亨利可能把一部分石头塞进了标本。我猜，他离开房间的时候，把这些标本随意放在了写字台的吸水垫上。等他回来的时候，发现麦琪·贝尔在看这些标本。”

“她不能进他的书房，”莉迪亚·克鲁郑重其事地说，“他告诉过她，他工作的时候，绝不能进去打扰。无视规定的人，就必须承担后果。”

“能不能说说你是怎么让她……承担后果的？你的计划这么精密，还能化险为夷，是怎么做到的？”

“当然，我第一反应就是这件事很紧急。我觉得麦琪不大可能把自己看到的事情跟父母说。她父母很难相处，除了自己的事和身体的病痛，对别的事都没兴趣。但是麦琪经常去她表亲弗洛理·亨特那儿，她这个表亲在麦理都太太家做事。刚好露西·坎宁安过来的时候，提到麦琪那天晚上要去那儿。露西这人的嘴巴什么都说，这个习惯很烦人，但有时候还有点用。我要塞尔比准备好车，来接我。亨特一家的房子是村里的最后一个，当时我们把车停到了更远的村外。下车后我往回走，当麦琪走过来的时候，我正在等她。我说我有一张便条要给亨特太太，于是她就跟我一起走回车里去取。她虽然活儿干得不错，但实在傻得很。我要她上车，因为便条里有些东西我得解释一下。是塞尔比动的手。把她的遗体处理掉以后，我们就回家了，什么风险也没有。后来塞尔比把我事先准备好的两张卡片寄出去了，所以大家都以为麦琪是厌倦了在黑尔兹格林村生活，离家出走了。”

“你们是怎么处理麦琪的尸体的？”警长问道。

莉迪亚·克鲁有点不悦，她不喜欢这样的措辞，让人感觉很恐怖。

“啊！”她说，“你们一直没找着，对吧？如果你们找着了，大家就不会相信她逃走了。所以，我很小心，绝对没人能找到！”

弗兰克·阿博特扬起眉毛，说道：“那好，我们只是听你这样讲，是不是？可你现在给我们讲的这些绝妙的计划根本没有证据来支撑。我觉得，除非你把麦琪的尸体放在我面前，不然你说的话我一句也不相信。如果你真的像你说的处理掉了，你就应该能告诉我们你的做法。这样，等我们找到尸体的时候，才会相信你的话。说实话，我才不会那么容易就相信呢。”

于是，她继续向下说着。

第四十四章 结婚当日

当克雷格在九点半来接希娃小姐的时候，她已经准备就绪了。她戴着一顶帽子，黑色毛毡材质，左边有一束蝴蝶花。这顶帽子她戴了不超过两个冬天，是她最好的帽子。弗兰克·阿博特常说，这些年他一直视希娃为偶像，这期间她只戴过两顶帽子，分别被冠以“最好”和“第二好”的头衔。但是，就像凤凰一样，它们会定期涅槃之后，再次复活，重新焕发光彩。帽子就具体表现为会添加一些装饰，比如，一条新的黑色或紫色丝带和几束颜色淡雅的鲜花。当然，她的帽子一直都是同样的形状。材质根据季节变化，要么是黑色毛毡，要么是黑色皮草。现在，她戴的帽子上面有一条黑色丝带，边缘带点紫色，还有一条黑色搭扣系着的几枝蝴蝶花。她迫不及待地要戴上塞西莉亚·维西在圣诞节送给她的灰色麂皮手套。她觉得这双手套太轻了，不实用，不过在婚礼这样的场合是再合适不过的。她神情自若，气定神闲，没人能想到她其实熬了一整夜。

在遗产房的书房搜查后，大家找到了麦尔布礼的红宝石，这也就意味着亨利·坎宁安必将被逮捕。露西·坎宁安的痛苦可想而知，这种痛苦大概只有在她不安的梦境中才会消失了。尼古拉斯一直陪着她，直到清晨，他坚持露西最好由他来照顾，直到麦理都太太前来安慰她。

幸运的是，玛丽安整夜都睡得很安稳，她丝毫没有怀疑前门已经被打开，客人也不在了。不过等她醒来发现这一切的时候，这些已经不那么重要了。重要的是这一夜之间，莉迪亚·克鲁、亨利·坎宁安，以及温文尔雅的塞尔比先生全被捕了。

“噢，亲爱的莫德，克鲁家两个可怜的姑娘！她们该怎么办？还有露西！她肯定觉得很可怕，可怜的人！我必须去陪着她！可怜的亨利，太不可思议了！他原来是那么英俊潇洒。当然，莉迪亚一直都很怪。像她那样一直生活在过去确实不好。毕竟，这些旧房子、照片还有家具，它们不如人重要，我们不能太留恋过去。但是莉迪亚却是这样，她总是看着过去。不管发生什么，她总是我行我素。”

整个黑尔兹格林村议论纷纷。弗洛理第一次发现她竟不是第一个知道新闻的人，麦理都和希娃小姐早就知道了，而且很不情愿谈论这件事。麦理都太太的那句“太难过了，弗洛理，我必须赶紧穿好衣服到坎宁安女士那里去”，是她唯一能从她嘴里获得的情报，而希娃早就端着茶，进到自己的房间，关上了门。

克雷格来的时候，麦理都太太已经去遗产房了，希娃小姐也准备好了。等到他们已经将村子远远甩在身后，她才神情肃穆地向他说了一句“早上好”，接着她继续说道：“她们怎么看这件事，莱斯特先生？”

他的回答里有一丝抵触。

“她们不知道。”

“你什么都没跟她们讲？”

他摇摇头。

“一句都没说。天刚刚亮，我从窗户叫醒了她们，要她们穿好衣服一起走。她们什么也没问。我觉得她们和克鲁女士吵了架。简妮有点奇怪，她不在自己的房间里，和罗莎蒙德在一起。我什么都没问。我想在我们结婚以前，给她足够的个人空间。罗莎蒙德现在完全可以说她受不了了，因为那个疯女人已经被抓住了。但是，只要我成了她的丈夫，我就能够处理这件事情，能处理她所有的问题。这么说吧，她如果不安全，我会急得像热砖上的猫。”

“你准备把她们带到哪里去呢，莱斯特先生？”

“其实，我本来想带她们到叔祖父的房子里去。虽然相当得体，但这样做会惹得他们大惊小怪。年长的女仆、保姆，一切都像时钟一样运行，你应该明白。这样行不通。所以我把她们带到了车站旅馆，通常住的都是早班火车到站的人们。她们待在自己的房间，至少我希望是这样，然后等着我们到那儿去找她们。简妮应该没怎么睡觉，罗莎蒙德会尽量让她安静一点的。”

希娃小姐静静地坐着，若有所思。镇子上的新闻一传十，十传百。这次则让大家群情激动。被捕的人已经被带到麦尔布礼，接受控告。宾馆里或许也已经有消息了，那里的员工会去上班，而麦尔布礼的宝石会让大家议论纷纷。她的确希望罗莎蒙德·麦克斯韦尔能够待在自己的房间里。

克雷格的敲门声一响起，罗莎蒙德就打开了门。即便他心存疑虑，此刻一见到她，也全部烟消云散了。她穿着蓝色的针织套衫，就是那天跟麦理都太太喝茶的那套衣服。衣服虽然不是新的，但是穿上它更加突显她美丽的蓝眼睛。她看着克雷格，双眼熠熠生辉。

他说道："希娃小姐过来见证我们的婚礼。"接着，她立刻转向希娃，伸出双手。

"你真好，真的太好了！"

简妮感觉自己穿得很气派，因为她穿着罗莎蒙德的裙子和针织套衫。她自己的衣服全部已经短到了膝盖上，参加自己姐姐的婚礼可不能穿成那样。这些衣服不是新的，其实她们的衣物本就没有新的，但是她能感受到裙子在她的腿上飘荡，这让她有种成为大人的感觉。尽管裙子的材质是单调的粗花呢，套衫的颜色是棕色的，但这些可以凸显她的金色的头发。很奇怪的是，当希娃小姐看向她的时候，希娃小姐好像要哭了。

他们坐着克雷格的车，来到了婚姻登记处。简妮认为这种结婚的方式很没有意思。要是罗莎蒙德穿着长长的白纱，身后拖着漂亮的裙摆，头上装饰着面纱，随风飞舞，那场面肯定美极了。那时简妮就是伴娘，也穿着白色纱裙，头上戴着花环。铺满鲜花的教堂会响起风琴声，还有吟唱。无趣，现在真是无趣，她还在幻想婚礼美好场面的时候，一切都已经结束了。她还没来得及决定头上究竟是戴雪莲花、常春藤叶子，还是葡萄风信子，就已经听到了登记员的话：“莱斯特夫人，请允许我送上对你们的第一份祝福。”一切就这么结束了。

克雷格和罗莎蒙德没有亲吻。他们彼此对视，眼神有些特别，这让简妮感到一阵莫名的颤抖。让婚礼变得浪漫的不是鲜花、婚纱和音乐，而是别的东西，这个东西就存在于结婚的两人之间。在克雷格和罗莎蒙德对视的这一刻，简妮看见了。

第四十五章
真相大白

“她一直在讲话，嘴就没停过，”弗兰克·阿博特说道，“真的很讨厌。他们把她带到医务室去了，她还在不停地说啊说啊，说的都是过去二十年的一些琐事。”

希娃小姐叹了一口气，说道：“真是一件令人震惊的案子。”

繁忙的一天过去了，现在正值傍晚。他们坐在白色木屋的客厅里，弗兰克躺在最大的椅子上，希娃小姐则坐得端端正正，忙着针线活儿。麦理都太太仍然跟露西·坎宁安在一起，在露西安顿好，准备睡觉前，她会一直陪着露西。咖啡托盘放在弗兰克的胳膊肘旁边，壁炉里的火烧得很旺。他说道：“跟你说，连局长也无法相信，说她是精神错乱了，整件事只是一种痛苦的妄想。就是亲眼看到麦尔布礼的红宝石他还是不相信。克鲁这家人住在克鲁大宅已经有三百年的历史了。如果这块地方出了一个恶棍，那肯定是亨利·坎宁安。你看，坎宁安一家在这里只有三十年左右。至于塞尔比，只是一个碰巧到了这里的伦敦佬，当然他怎么样都有可能。很奇怪，你也知道局长是一个很有能力的人，但是他就是有种顽固不化的观念，总觉得郡里出身于古老家族的人不会做错事。”

小约瑟芬的紧身裤差不多要织好了，樱桃红的羊毛线刚刚够。她问道：“那么请问，你是怎么让他相信的？”

弗兰克给自己又倒了一杯咖啡，放了一大把糖。

“嗯，是这样，她说麦琪·贝尔的遗体被扔在那个旧的沙坑里面。地点位于一条小路尽头，小路往下走到第二条公路，向左便是去麦尔布礼的方向。沙坑就在荨麻和黑莓灌木丛中。他当时觉得她要么是有预见力，要么就确实如她所说的，把麦琪·贝尔的尸体放在那儿了。她倍感骄傲地给我们讲述了她怎样在麦琪·贝尔去找亨特的路上把她拦住，说她想要麦琪·贝尔向弗洛理的母亲解释一些事情，并要她上塞尔比的车。这样，塞尔比很容易从后面袭击麦琪·贝尔，然后把她扔在了沙坑里。麦琪跟不幸的荷莉德小姐一样，看到了不该看到的。莉迪亚·克鲁很后悔，因为亨利给她招来了许多麻烦。亨利很粗心，出房间的时候，把偷来的钻石放在了桌子上，等他回来的时候，正好看到麦琪正看着这些东西。自然，就有一件事情必须做了。于是塞尔比和莉迪亚一起完成了这件事。我想他们没有告诉亨利。他做的事只是把宝石塞进标本里。”

“就是这样。莱斯特先生和我无意中听到莉迪亚安慰他说，麦琪是因为觉得很无趣所以离开了这里，又说荷莉德小姐是自杀。他很不安，就是因为他太焦虑了，所以很难让人相信他是凶手之一。他是一个软弱的男人，牢牢地掌控在她手中。”

弗兰克喝完咖啡，把杯子放下来。

“我跟你说，有一个问题误导了所有人，那就是大家都在心里假设麦琪·贝尔的失踪是和达林庄园的情报泄露有关的。如果麦琪没有在坎宁安家工作，尼古拉斯·坎宁安也不是在达林庄园从事高度机密的工作，这两件事情就绝不会混在一起。安全部的人怎么也跳不出这个假设，乃至影响了整个案件，采用了错误方法。比如，他们调查了塞尔比，发现他已经不再和他的哥哥合伙从事体面的车库生意了。即便他们发现塞尔比太太的父亲曾留给他女儿一家小型珠宝店，他们也根本不会把这个当作什么有用信息。可事实是，这个可笑的勾当就是在那里进行的。塞尔比太太对于这件事情一无所知，我估计塞尔比相当了解她的脾性，所以能顺利瞒着她。他挑了一个非常聪明的犹太裔法国人，这是一个珠宝造假能手，所以他们才能用假的去换掉真的。但我想知道，你是怎么异想天开想到珠宝这一点的？”

希娃小姐对这种措辞表示斥责。她轻咳一声，传达了自己的态度。弗兰克朝她送去一个飞吻。

“抱歉加后悔！不好的交流会破坏美好的仪态。我这人常常用词不当。我会好好修正自己，我相信，你一定会原谅我，然后告诉我一切。”

她尽情地笑着。

“亲爱的弗兰克，你说得太夸张了。你想知道什么？”

“你是怎么想到珠宝生意的？”

她手上的织针嗒嗒作响，然后扯了扯樱桃红的羊毛线。

“有点不好说。其实主要是因为克鲁女士。她和坎宁安一家一直走得很近。她和亨利·坎宁安曾经有过婚约。麦理都太太也说过他非常听她的话。后来，一件价值不菲的首饰就不见了，大家都怀疑到了坎宁安先生的身上，他接着便出了国，这就增加了他的嫌疑。二十多年以后，他回来了，变得郁郁寡欢，喜欢独处，只对自然科学感兴趣。莉迪亚·克鲁四处表白他们之间彻底地决裂了。在外面碰到他时，她会当场无视。她过来喝茶的时候，碰到了他，当时就是这样做的。麦理都太太对此非常焦虑，告诉我她总是这样。喝茶间，谈话转移到缪丽尔·斯特里特夫人身上，说她发现，胸针上那颗她一直认为很值钱的宝石竟是一个赝品。是麦理都太太提起的这个话题，但是克鲁女士却似乎很兴奋地继续往下说，还说麦尔布礼女士也有过类似的发现。如果不是她先生随意跟她的一帮朋友们抱怨，这个发现就不会有人知道了。她还说，如果一切都真相大白，人们会发现很多具有历史价值的首饰都是假的，而正品早被卖了，只有聪明人才对这种事实缄口不言。她说话的样子让我印象深刻，很特别，不好形容。她的语气是指责的，但又显示出一种愉悦。显然这个话题让她很感兴趣。她大讲特讲，我能感受到她内心的一种骄傲。就是现在我还能感受得到。”

他半眯着眼，饶有兴趣地看着她，眼神中满是热切。

“我明白，你继续说。”

“荷莉德失踪后不久，她的遗体就找到了。我仔细回顾过当初的想法，经过一番思考，觉得这些想法确实很有可能是真的。一方面，刚发生的失踪案不可能不跟一年以前的麦琪·贝尔失踪案联系在一起。但另一方面，我不能接受一种说法，就是把荷莉德小姐的谋杀案跟达林庄园泄密案联系在一起。”

“请问为什么呢？”

她点点头。

“我越来越相信克鲁女士和荷莉德小姐悲惨的遭遇之间有些不寻常的关联。周日晚上，坎宁安女士正好碰到荷莉德从克鲁大宅出来。有个年轻女士告诉警察说，当时她正好骑着自行车从她们旁边经过。她说，其中有个人弄掉了一个信封，坎宁安女士捡了起来。而坎宁安小姐的解释是，这封信是荷莉德掏手绢的时候，从外套口袋里掉出来的。她看到信封是开着的，而收信人写的是克鲁女士，她想可能是她拿错了，所以才说正好她要进去，就把这封信带回了克鲁大宅。那么，谋害荷莉德小姐的动机在这里就很明显了。这封信里的东西对克鲁女士极为不利，她必须保证没有其他人看到。当荷莉德被杀害后，紧接着便有人想置坎宁安女士于死地，我这时才有些确信克鲁女士参与到和犯罪相关的事情当中，而且坎宁安女士处境非常危险。但我不能同意克鲁女士参与向外国贩卖机密的说法。”

弗兰克·阿博特睁大了眼睛。

“你这么说，我有点惊讶。”

希娃小姐的目光落在他身上，像是有些失望。

“亲爱的弗兰克，你没有认真思考。克鲁女士确实是一个冷酷无情的坏女人，但是忽略了作案动机也是不对的。在莉迪亚·克鲁的案子里，她的动机很明显。她有一种与生俱来的家族优越感，对她的家族、家族传统、家族功绩和家族的财富有着近乎偶像崇拜式的热情。既然克鲁家族是这个县城不可或缺的一部分，这个县城又是国家不可或缺的一部分，那么她就不会参与到任何出卖国家利益的事情当中，就像她听到国歌响起，不可能不肃然起立一样。但是至于对邻里偷鸡摸狗这样的事情，她倒是沿袭家族传统，挺在行的。历史会让人们见证大家族的兴衰历程。他们遭遇滑坡，所以失去了土地，后来以邻里的利益为代价，作为胜利者，又获得土地。我毫不怀疑克鲁家族就是这样，有荣辱兴衰的家族史，我也确信克鲁女士就是在这种家世掩盖下进行的掠夺。这一切都很明了。她谈论珠宝盗窃案时显露出来的得意和自以为是的骄傲，还有她认为传家宝的消息已经众所周知了的猜想，都让我对自己的想法更深信不疑。但是，更紧迫的是坎宁安女士的生命安全。那次你离开以后，我越想她的话就越感到不安。最后，我觉得必须去一趟遗产房。我想看看她的卧室有没有灯。除此之外，我完全没有计划。结果你也知道，机缘巧合我碰见莱斯特先生了，当我们绕着房子转的时候，看见克鲁女士进了一道暗门。”

他抬起手，在本已如镜面般光滑的头发上摸了一下。

“亲爱的女士，你总是在对的时间出现在对的地点。其实，这刚好完美地反驳了一种谬论——‘永远不会在对的时间、对的地点，遇上对的人。’”

"弗兰克……"

他急忙先发制人地说道："坎宁安女士欠你一条命。"

希娃小姐开始收针，当最后的一根线从针织品上落下的时候，她说道："她应该受了不小的惊吓。我并不认为她对她弟弟还抱有什么幻想。她了解他，知道他是一个懦弱、没有主见的人。但是，她应该没有想到他参与了这个案子，也全然不知道他和莉迪亚·克鲁之间关系的破裂只是做戏。其实，他经常和她见面，而且像从前一样，对她唯命是从。他的审讯以及由此面临的刑罚对这个可怜女人来说，将会是一场灾难。"

他犹豫了片刻，接着说："把这个烂在肚子里吧。塞尔比必须受审，但是坎宁安恐怕不太可能受得了审讯。他有某种间歇性的病症。我想他应该不会去，这样反倒是救了他的姐姐和那位年轻的坎宁安。顺带说一句，达林庄园的风波已经平息，今天早上，安全部的人已经告知我们了。是有人试图陷害尼古拉斯，但显然他让局势出现了反转。整件事情背后的始作俑者其实是伯灵顿赖以信任的私人秘书——布朗。又是一个老套路——起因是一次小小的失言，他总想让自己显得消息灵通，什么都知道，来凸显自己的重要性。随后就有了压力，有了暴露的危险，接着便是敲诈污蔑，就是这一整套伎俩，你应该能想到后来的发展。那封秘信本来是栽赃给了尼古拉斯，但结果秘信上留下的指纹暴露了他。面对他们的时候，布朗崩溃了。印证了吉普林的一句话'在高压下崩溃的脆弱知识分子'，就是这样。我希望你今晚能好好休息，一觉睡到天亮，毕竟熬了一整夜。"

希娃小姐微笑着说：“我很喜欢参与其中。”

“你忙了些什么？”

她把织针放在小约瑟芬已完成的紧身裤上，说道：“我参加了一个婚礼，我把新娘交到了新郎手中。”

“真是全能！新娘是谁？”

“罗莎蒙德·麦克斯韦尔。克鲁小姐打算今天送简妮去学校，莱斯特先生劝说罗莎蒙德接受这场突如其来的婚礼，因为这样他在这件事情中才能有权代表她。这两个女孩经济上完全依赖克鲁小姐。由于简妮发生事故之后，一直行动不便，罗莎蒙德根本没能挣到什么钱。实际上，她们的处境很艰难，结婚似乎是唯一的出路。莱斯特先生希望我出席，因为他觉得罗莎蒙德应该有亲友团，他们也不想让克鲁小姐的朋友参与进来，因为那样的话，罗莎蒙德会觉得受到了冒犯。”

弗兰克吁了一声。

“可怜的克雷格——他摊上事了。”

希娃小姐责备地咳了一声，说道：“我可以向你保证，能够娶到这样一位善良迷人的姑娘，他觉得自己极其幸运。还是田纳森爵士说得好：

‘如果爱情降临，如我所愿，

放眼寰宇，无论生死之间，

只要你以爱将我沐浴，

诸多罪恶又何足畏惧？’”

弗兰克笑着坐起身。

“噢，如果是这样，那就没什么好说的了，对吧！你和田纳森爵士认可的婚姻里有个多么疯狂又凶残的舅祖母！她现在疯疯癫癫，所以她终究也不会被判绞刑。我们能做的就只有恭喜他，挑一份合适的礼物，然后怀着最好的希望。不管怎么说，这本身就是一个疯狂的世界。”

希娃小姐笑了。

第四十六章
挥别过去

“克雷格，我必须回去。”

她坐在那里看着他，脸上的红润和朝气消失了。这让他觉得自己像是一个刽子手。不过是二十四小时，他又使她回到了这副悲惨的面孔！即便是短暂的喘息也很难获得。晚上的报纸被藏起来了，因为上面或许会有某个恐怖的大标题，这样她就会看到。他们已经在一起度过了二十四小时。他们来到他住的房子，有老保姆的欢迎、简妮的兴奋，还有罗莎蒙德静静的喜悦。这种感觉像是他们来到一个地方，在这里所有梦寐以求的东西都变成了现实。而此时此刻——这个灰暗的早晨，屋外雨点打在窗户上，掺杂着几丝冷风，他必须得告诉她事情的真相。于是他向她讲述了莉迪亚·克鲁的事。

他太了解她了，所以知道她要说什么。他听到了她的声音：“克雷格，我必须回去。”

“我亲爱的姑娘！”

她向他伸出双手，说道：“噢，你之前应该告诉我！你不该让我跟你结婚的！”

他温暖而有力的手握紧她的双手。

“亲爱的，别犯傻了！你现在能不能听我说？首先，现在人们无论是获得成就还是毁灭，一切都是源于自身的所作所为。没有人会在乎她的人际关系。你看，大多数人都会有一两个聊不到一块儿的朋友。再者，除非是理由充分，否则，没有人会把你和简妮，还有克鲁小姐联系到一起。”

她的脸色突然一变。

“克雷格，你难道不明白这是我没法儿改变的吗？我没法儿装作和她没有关系。我们那时无处可去，她收留了我们，而且她是我的亲戚，我的妈妈也姓克鲁。我不能就这么一走了之，觉得事不关己。这是一个法律事实。我不能就这么跑了，让她觉得我毫不在乎。我必须回去。”

他回答道：“她不会感激你。”

罗莎蒙德拉开自己的手，说道：“那有什么关系呢？”

他突然笑了一下。

“是没关系，但是是对你而言。好吧，亲爱的，那我们就回去。简妮可以在这里和保姆一起。你应该不想把她扯进来吧？”

“不，当然不！”

简妮一点也不想回黑尔兹格林。她再也不想回忆起那里发生的一切。无论是现在还是将来，她再也不想记起跪在通往牧师巷台阶上的时刻，再也不想看见那一束灯光在草丛的深色麻袋上划过，也绝不让自己想起在哪里找到的蓝色珠子。黑暗的时刻已经过去，珠子也已经不见了。她不在乎莉迪亚舅祖母是不是疯了，不在乎她是不是入狱了，她唯一在乎的是她终于再也不用见到她了。她有克雷格当哥哥，有这个美妙的房子住，还有腰圆体胖、总是红光满面的保姆照顾她们。因为保姆，她的生活发生翻天覆地的变化，她是那么好。

罗莎蒙德和克雷格开车在雨中穿行。他早就知道并确信，罗莎蒙德肯定会回去的。她很温柔，但内心坚定。他突然笑着说道："你知道吗，我的宝贝，你有一颗苏格兰式坚强不屈的心。"

"你是不是觉得很困扰？"

"我会慢慢习惯的。我的一位祖母是苏格兰人，我受她的影响很深。"

他们到达克鲁大宅找到负责的警察时，天依然在下着雨。

直到晚些时候，他们才被批准见莉迪亚·克鲁。罗莎蒙德没有简妮的那种能耐，对自己不想记得的事情真的能置之不理。而接下来的对话让她久久无法忘怀。屋内惨白的墙上光秃秃的，四周弥漫着油漆味，长长的黄色桌子，一头坐着莉迪亚舅祖母，一头坐着她自己和克雷格。屋内还有两位女警察，一位站在门口，另一位则站在莉迪亚舅祖母的身后。后来，当她想起现场有两个警察的时候，才觉得颤抖不已。而当时，这两名警察给她的是一丝安全感。犯人沉默着，她已经停止了自己没完没了的讲话，但是可能还会有另一场爆发。

莉迪亚·克鲁在桌子的一头，离得很远，背挺得很直，她的眼睛耷拉着。罗莎蒙德握紧了双手，说道："莉迪亚舅祖母，我们来这里是想看看我们能做什么。你或许需要一个律师。"

"律师？"克鲁女士的语气极其傲慢，"你们觉得我没有法律顾问吗？霍桑家族的霍桑先生和蒙克谢德这么多年来一直负责我大大小小的事务。"

克雷格低声说道："他们不会介入这个案子，这不属于他们的职责范围。我想，他们应该会推荐别人的。"

莉迪亚·克鲁尖锐地说道："不要嘟嘟哝哝，莱斯特先生！这个习惯让人很讨厌！我想请问，这跟你有什么关系？"

罗莎蒙德脸红了。

"莉迪亚舅祖母，我们结婚了……"

她抬起眼皮，冰冷的目光落在他们身上，久久凝视。

"是吗？你就是这么报答我为你和简妮做的一切的！你们真是操之过急，不成体统！"

克雷格的声音很悦耳："克鲁女士，我想罗莎蒙德和简妮需要有人照顾。我和罗莎蒙德现在一起过来，看看有没有什么能帮得上忙的。我们不能在这里待太久，所以，如果你有什么需要就跟我们说。"

她的目光依旧死死地盯着他们，但是明显精神有些涣散了。

"结婚了……"她喃喃道，接着说，"我不知情，如果我事先就知道，一定会反对。但重要的是，名字必须延续下去。当然，你可以马上就把自己的姓改成克鲁。梅杰·麦克斯韦尔总是拒绝。他太顽固了，不知好歹，他不知道我们承认他是这个家族的一员，对他是多么大的恩情。”

看到克雷格默不作声，她声色俱厉地说：“改姓，立即改！”

“不必了，克鲁女士。”

她站起身来，双手握住桌子的边缘，身体前倾，用颤抖的声音把克鲁家族昔日的辉煌细数了一遍：家族的约翰爵士曾和菲利普·西德尼爵士一起牺牲在荷兰聚特芬；约翰爵士的哥哥查尔斯曾在海上抗击西班牙无敌舰队；家族的比维斯曾是大主教；詹姆士足智多谋，是查尔斯二世的宠臣。她就这样一个接一个、一代接一代地列举。她的声音高亢，眼神里火光渐起。她看着罗莎蒙德，说道：“我的房子、我的族人，正是因为我，才得以延续。无数大家族家道中落了，他们的生命力渐渐消散。但克鲁家族却没有，克鲁家族绝不会！它会比任何时代都更加辉煌！昔日的荣光会重新闪耀！我保证！会有很多财富！”她不断地低声重复着，“很多……”她的声音越来越微弱，呆呆地站着，浑身发抖。

两位女警走到她两边，将她带走了。

罗莎蒙德和克雷格没有说话。他们回到车站旅馆定好的房间内。克雷格打开房门，站在一边让罗莎蒙德进来，她却径直走到窗边。她向外张望，什么也看不见。克雷格走到她身边，她却伸出双手，不让他靠近。他见过她脸色苍白的样子，但从未像现在这样惨白。她用低沉而又平稳的声音说道：“我觉得很羞愧……太羞愧了……”

他握着她的手，手凉得如冰一般。

“亲爱的，如果我们为别人做的事情感到羞愧，那么我们什么也别做了。她已经疯了，你没看出来吗？”

“是吗？”

“毫无疑问。我觉得她这些年一直都在朝这个方向发展。”

她浑身忽然一阵颤抖。他靠近了一些，紧紧地搂住她。

“我们不会让这个毁了我们的生活。你听到了吗，亲爱的？如果你觉得我会让你整日带着忏悔度日，那么你得想想另外一个问题。你知道吗，人会幸福，是因为对世界有所奉献。这听起来有些浮夸，但我只敢跟你说，这确实是事实。我们彼此相爱，应该有幸福的权利。如果你到处去传递消极和悲观，我可能会打你的，然后你就会和我离婚。这样又有什么好处呢，尤其是对简妮！”

“简妮……”

他把脸依偎在她的脸上。

“你知道吗，我觉得简妮是可以快乐一些的。她一直生活在一个不正常的环境中，而且她有些过于成熟。她需要的是轻松的环境，在普通家庭中过正常人的生活。我想这样的生活应该是，早上去上学，身后有家人的支持，给她一种安全感。”

他能感觉到她的紧张慢慢散去。她靠着他，身体不再僵硬，不再抗拒。他用一贯安静的语气继续说道：“这就是她想要的，也是你想要的。你或许不会在意自己的幸福，但我要劝你想一想，如果你不幸福，简妮也不会幸福。同样，对我也很残忍。那么，你现在还要逃避吗？”

“你这样说，似乎显得我太清高，太自以为是了。”

“确实有一点朝那个方面发展，不过我会纠正你的。”

“噢，克雷格！”

“好啦，亲爱的，我跟你开个玩笑。成功婚姻的第一步就是妻子听了丈夫的笑话之后能被逗乐。那么，现在该你了！”

她的嘴唇开始颤抖。突然，他紧紧地抱住她，深情地吻上去。

“噢，亲爱的，你会幸福的，一定会！”

她有一种如释重负的感觉，过去的事情就让它消散在过去的烟云中吧。现在，他们身处光明，温暖的阳光洒在他们身上。罗莎蒙德抬起头来，说道：“一定会。”

《女神探希娃》系列悬疑推理小说全集（32册）

帕特丽夏的系列侦探推理小说以各种谋杀案为叙事主题，设置悬念，故事情节惊险曲折，引人入胜，构思令人拍案叫绝，赢得了英国民众喜爱，在英国媒体《每日电讯》和犯罪文学协会举办的公众评选投票中名列前茅。不仅如此，该系列小说在美国、德国、法国、荷兰、意大利、葡萄牙等国广为流传，并跻身各国畅销书排行榜前列。

主人公希娃小姐是帕特丽夏塑造得最为成功的一个人物。读者把希娃小姐与柯南道尔塑造的福尔摩斯、阿加莎·克里斯蒂塑造的波洛相提并论。福尔摩斯善于推理，于种种细节中抽丝剥茧，得出案件的真相；波洛其貌不扬，有特殊的洁癖，却有着敏锐的观察和判断能力；而希娃小姐则善于伪装，深入受害者家中，与各位嫌疑人对话。三人探案风格可谓大相径庭，带给读者别样的阅读体验！

女神探希娃01：灰色面具
女神探希娃02：遗嘱之更
女神探希娃03：惴惴独行
女神探希娃04：新婚杀机
女神探希娃05：燃烧的披肩
女神探希娃06：夜访古宅
女神探希娃07：怡水别墅谋杀案
女神探希娃08：教堂谋杀案
女神探希娃09：分身诡计
女神探希娃10：凶宅梦魇
女神探希娃11：拉特老宅
女神探希娃12：格兰奇庄园谋杀案
女神探希娃13：两个重婚者
女神探希娃14：遗珠血案
女神探希娃15：悬崖旅馆
女神探希娃16：染血的外套
女神探希娃17：致命贪念
女神探希娃18：象牙匕首
女神探希娃19：穿墙之谜
女神探希娃20：消失的女孩
女神探希娃21：古村疑溪
女神探希娃22：情迷布里克
女神探希娃23：海边旧事
女神探希娃24：谎中谎
女神探希娃25：失踪迷雾
女神探希娃26：暗道惊魂
女神探希娃27：红事白事
女神探希娃28：眼观其声
女神探希娃29：匿名杀意
女神探希娃30：指纹谜案
女神探希娃31：2号继承人
女神探希娃32：地窖残影